Chara

# STAY

DEADLOCK番外編1

英田サキ

キャラ文庫

この作品はフィクションです。
実在の人物・団体・事件などにはいっさい関係ありません。

# STAY DEADLOCK 番外編 1

口絵・漫画／高階　佑

# Quirk of fate
# ～運命のいたずら～

医務室帰りに廊下を歩いていると、ミッキーとすれ違った。

「よう、ディック。もう食堂に行くのか?」

「ああ。お前は?」

ディックが尋ねると、ミッキーは「昼飯の前に金の回収だ」とニヤニヤと頬《ほお》をゆるませた。

「また賭《か》けか。今日のイベントはなんだった?」

ミッキーは勝負事をお膳立《ぜんだ》てして、言葉巧みに囚人たちを賭けに巻き込む天才だ。勝手に商売をするとギャングたちににらまれるのだが、ミッキーは抜け目のない男だから上がりの何割かを支払っていて、特別に見逃されている。

「バスケの試合。Aブロックチーム対Dブロックチームで、我らがAブロックの勝利だ」

ディックは「まさかだろ」と苦笑した。バスケの試合で黒人チームに勝てるはずがない。

「マジな話さ。今日は珍しくいい勝負してたんだが、途中でチックの奴が捻挫《ねんざ》しちまった。これで負けが確定したなって思ってたら、交代でユウトがコートに出てきたんだ。そしたらあの野郎、面白いほどシュートを決めやがった。あっという間に巻き返して逆転勝ちだ」

「へえ。レニックスがね」

運動神経はよさそうだから、バスケが上手でもおかしくはない。けれど目立つ場所に出るような男ではないので意外だった。

「で、レニックスは?」

「外のベンチで休んでる。試合終了直後のどさくさに紛れて、きつい一発をお見舞いされたみたいだ」

ミッキーの指さすほうを見ると、コート脇のベンチにユウトが仰向けで横たわっていた。

「ちょっと様子見てきてやってくれよ。あとで食堂で会おう」

ディックはミッキーと別れ、グラウンドに足を向けた。珍しく看守部長のガスリーが出口に立っていた。ガスリーはボディチェックをするふりで、ディックの身体に触れながら小声で囁《ささや》いた。

「まだゴーサインは出ないのか? カンパニーはやけに慎重だな」

「モグラの動きが、どうしても気になるらしい」

ガスリーはユウトのほうに一瞬だけ視線を投げてから、納得したように頷《うなず》いた。CIAはユウトをFBIの捜査官ではないかと疑っている。だからユウトの動きを観察して、FBIがコルブスについて、どれだけの情報を摑《つか》んでいるのかを知りたいのだ。

「――いいぞ、バーンフォード。行け」

ガスリーは厳しい看守の顔に戻り、ディックから離れた。ガスリーはCIAの協力者で、ディックが所内で動きやすいように便宜を図っている。ディックとユウトが同室になるよう仕組んだのもこの男だ。

ガスリーがなぜＣＩＡに手を貸しているのかは知らなかった。医師のスペンサーにしても同じだ。彼も医者のくせに、ＣＩＡとの連絡役を担当している。何か弱みを握られ脅されているのか、それとも過去、ＣＩＡに関係する仕事に就いていたのか。興味はあったが、理由を詮索《せんさく》するつもりはなかった。他人の抱える事情など、どうでもいい。ディックにすれば自分の仕事がスムーズにいくよう、ふたりが協力さえしてくれればいいのだ。

囚人たちがボールを奪い合っている傍らで、ユウトは上半身裸でベンチの上に横たわっていた。通りがかった囚人が冷やかすように口笛を吹いても、素知らぬ顔で瞼《まぶた》を閉じている。

服を脱いでいるのは別にユウトだけではない。この陽気だから、グラウンドにいる囚人たちの多くは裸だ。けれど普段はシャツのボタンを全部留めるほど、きちんとしている男なので、開放的な姿に大きなギャップを感じ、見てはいけないものを見てしまったような気分になる。

不意にユウトは背伸びをするように、両腕を頭上に突きだした。しなやかな肢体《したい》を持つ美しい猫が、優雅にくつろいでいるようだ。

こいつは囚人たちを挑発しているのかと腹立たしく思ったが、そう感じるのは自分にやましい気持ちがあるからだと気づき、喉《のど》まで出かかった非難の言葉をどうにか呑《の》み込んだ。

ディックはそばにあったシャツを拾い上げ、さり気なくユウトの胸に落とした。

「ここはヌーディスト・ビーチじゃないぞ」

ユウトは薄目を開け、眩《まぶ》しそうな顔で微笑《ほほえ》みを浮かべた。

「なんだよ。目のやり場に困るのか？」

困るに決まってる。けれどお前は好みじゃないと明言した手前、今さら意識しているような言葉は口にできなかった。

ディックが隣に座ると、ユウトは身体を起こしてシャツに腕を通した。

「ミッキーが喜んでいたぞ。バスケが得意とは知らなかったな」

「学生の頃に選手だった」

「なるほど。けど、よく試合に出る気になったな」

目立つことを嫌うユウトが、なぜその気になったのか不思議だった。ユウトは肩をすくめるだけで、理由を答えようとしない。これは何かあるなと思い、ディックはもう一度質問を重ねた。ユウトはチラッとディックを見たあと、憮然《ぶぜん》とした表情で呟《つぶや》いた。

「……ハリーに脅された」

ハリーは隣の監房の住人だ。小狡《こずる》い部分はあるが悪党ではない。

「あいつに脅されるような材料があったのか？　初耳だな」

「材料なんてあるもんか。あいつは賭けに参加していたから、どうしてもAブロックチームに勝たせたかったんだ。ハリーとは前に一緒にバスケをしたことがある。俺のシュートの腕がいいことを知ってるから、あいつはあんなこと言って、俺を無理やり試合に引っ張り出したんだ」

「あんなこと？　何を言われたんだ？」

ユウトは苦虫を噛《か》み潰《つぶ》したような顔で、ディックに暗い目を向けた。

「ベッドがギシギシ」

「は……？　ベッドがなんだって？」

問い直すとユウトは「クソッ」と吐き捨て、忌々《いまいま》しそうに自分の足を叩《たた》いた。

「ハリーの奴、俺が試合に出ないなら、隣の部屋からベッドがギシギシ軋《きし》む音が毎晩聞こえてくるって、みんなに吹聴するって言いやがったっ」

ディックは呆気《あっけ》に取られて、ほんのり赤くなったユウトの耳を眺めた。

「それだけの理由で？」

「それだけってなんだっ？　お前はみんなに俺と毎晩お楽しみだって、誤解されてもよかったのか？」

「俺は別に構わないが」

さらっと答えると、ユウトは眦《まなじり》をキッと吊《つ》り上げてディックをにらみつけた。

「お前は構わなくても、俺が構うんだよ！」

「噂《うわさ》なんてキャンディと同じだ。舐《な》め回されてるうちに、すぐ溶けてなくなる。いちいち気にしていちゃ身が持たないぞ。――それとも、相手が俺だから嫌なのか？」

思わせぶりに目を細めて尋ねると、ユウトはわずかに狼狽《ろうばい》したように「べ、別にそういうわけじゃ……」と目を泳がせた。

「相手が誰でも同じだ。一度娼婦《しょうふ》になればずっと娼婦っていう諺《ことわざ》と同じで、男とやる人間だと思われたら、ずっとそういう目で見られる。今でも通りすがりに口笛を吹いてくる奴や、粉をかけてくる馬鹿がいるのに、これ以上、屈辱的な目に遭うのは御免だ」

平気なふりをしていても、やはり内心では相当こたえているらしい。ユウトはきれいな顔をしているが、ひ弱な部分は皆無の男だ。外の世界で女扱いされたことなどないだろうし、ましてや貞操の危機に陥ったこともないだろう。なぜ自分が、という憤りはよくわかる。

「気にするな。ＢＢにしても他の連中にしても、お前が本物の女に見えてるわけじゃない。新入りや気の弱そうな奴、孤立している奴、そういう存在をいたぶって力を誇示したいだけなんだ。ビクビクすれば喜ぶし、過剰に反応すればもっと面白がる。苛めと同じだ。今みたいに知らん顔してれば、そのうち別の標的を見つけて離れていくさ」

「そう願いたいよ」

ぼやくように言って、ユウトは左頬を撫《な》でた。頬骨のあたりが赤くなっている。瞼も少し切れているようだ。

「……お前はどうなんだ」

ユウトが言いにくそうに切りだした。

「何がだ」

「お前は、その、ゲイなんだろう？　誰かとつき合ったりしないのか？」

「やめてくれ。ムショの中で恋愛なんてゾッとする」

自分でも嫌気が差すほどの冷たい声が出た。案の定、ユウトの顔が強《こわ》ばる。ディックは心の中で舌打ちをした。ただの雑談なのに、ユウトに当たってどうする。

「恋人ができても、ふたりきりでデートもできないんだぞ。欲求不満で死んじまう」

おどけた口調で言い足すと、ユウトの顔にほっとしたような色合いが浮かんだ。

「……顔、派手に殴られたみたいだな。ちょっと見せてみろ」

ユウトはディックのほうに身体を向けた。目を閉じろと言うと瞼も閉じる。思わず唇がゆるんだ。こういうところは呆《あき》れるほど素直で可愛《かわい》い。

両眼を閉じて顔を上向きにしているユウトを見ていると、まるでキスをねだられているようで落ち着かない気分になった。内心の動揺をきれいに隠して、事務的な手つきでユウトの頬に触れ、傷の具合を確かめる。しかし視線はつい傷口から離れ、ユウトのきれいな鼻筋や唇のあたりをさまよってしまう。

派手さはないが、意志の強さを感じさせる凛《りん》とした顔立ちだ。禁欲的なのに色気がある。思うさま唇を貪《むさぼ》ってやったら、どんな顔をするだろうか。きっと顔を真っ赤にして激怒するに違いない。

毛を逆立てて激しく怒る猫のようなユウトを想像すると、妙に可笑《おか》しくなってきた。込み上げてくる笑いを抑えていたら、そばを通りがかったカークという囚人が「お熱いねぇ」とからかってきた。

「邪魔するなよ。今からいいところなのに」

ジョークで答えたのに、ユウトはやっぱり怒ってディックの手を払いのけた。

「お前は俺の話を聞いていたのか？　そういう誤解を招くようなことは言うなよ」

「お前こそ俺の言ったことを聞いてなかっただろ。他愛もない冗談にいちいち目くじらを立てるな。そんな態度だと、俺のことを意識してると思われるぞ」

ユウトはグッと言葉につまり、勢いよく立ち上がった。

「お前と話してると頭が痛くなる」

ディックを置き去りにして、ユウトはひとり歩いていく。怒りを漂わせたユウトの背中を、最初は笑って眺めていたディックだったが、徐々に笑みが消えて最後には無表情になった。

監視対象のユウトと距離を縮めるのはいいことだが、情を移してはいけない。彼がＦＢＩの手先なら、最悪の場合は何らかの対策が必要になる。幸い今のところ、ユウトは自分のそばにコルブスがいるとは夢にも思っていないようだが、いつ何時気づくかもしれないのだ。

ＦＢＩには絶対にコルブスを渡さない。あの男は俺の獲物《えもの》だ。自分の命と引き替えにしてでも、あいつだけはこの手で仕留めてみせる。

不意にユウトが足を止め、くるりと振り返った。

「メシ、食いに行くんだろう？　早く来いよ」

ユウトはムスッとしながらもディックを誘ってきた。ディックはユウトの黒い瞳を見つめながら、心の底から願った。

――頼むから、俺の邪魔をしないでくれ。もし俺の行く手を阻むなら、俺はお前を敵と見なす。俺の全身全霊をかけた復讐《ふくしゅう》を邪魔する人間は、何人《なんぴと》たりとも許さない。

「ディック？」

なかなか動こうとしないディックに痺《しび》れを切らし、ユウトが再び呼びかけてきた。

「今行くよ。短気な奴だな」

「お前がのんびりしすぎなんだよ」

ディックはつくり笑いを浮かべて腰を上げた。

その時のディックには、知るよしもなかった。

まっすぐな強い心を持ったこの青年が、自分の人生を大きく変えてしまう運命の相手だということを――。

# *Commentary*

## 刑務所〜脱出後

『DEADLOCK』を執筆した2006年頃は、かなりタイトなスケジュールで仕事をしていまして、二冊目以降のプロットをつくっていない状態で一冊目を書き上げました。なので本当に最後まで書き切れるのだろうか、という不安が大きかったことをよく覚えています。三冊目の最後の最後でユウトとディックがやっと結ばれますが、私自身があのシーンだけをひたすら目指して走り抜けたようなシリーズでした。

時間のない中、必死で書いていたという記憶しかないのですが、高階《たかしな》先生のイラストが毎回素晴らしくて、ものすごく励まされました。どの表紙も趣が違っていて本当に素敵ですよね。

ちなみにシェルガー刑務所のモデルは、サンフランシスコにあるサン・クエンティン州立刑務所です。いろんな映画で撮影に使われている歴史のある刑務所で、一番イメージしやすかったこともあり。

ムショ萌えなので一冊目は全編楽しく書けました。二冊目以降はいろんな場所が出てくるので調べるのは大変でしたが、ユウトと一緒にアメリカを横断し、果てはコロンビアの密林にまで飛んでいき、そういう普段は描けない世界に挑戦できたのが面白かったです。

コルブスがヘリでユウトをさらい、摩天楼の中を飛び去っていくシーンなんて、自分で書きながら「映画みたい！」と盛り上がりました（笑）。そしてやっぱり最後の浜辺を歩くふたりの姿も映画のワンシーンのようで、絵面的には本当に楽しいシリーズでした。

# 強き者、汝の名は女

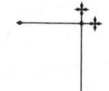

「ネト？　どうしたんだ」

不意に足を止めたネトを見て、側近のアロンソーが訝《いぶか》しそうに言った。大丈夫だと目配せしてから、ネトは人ごみの向こうに立っている、アジア系の若い男に再び視線を戻した。

相手もこちらを見ている。くっきりとした黒い瞳は、どことなく気位の高い猫を髣髴《ほうふつ》とさせるが、高慢な印象は受けなかった。理知的な落ち着いた雰囲気を身に纏《まと》っているせいだろう。

直感した。彼だ。ここ数日、一番親しくつき合っていた相手。ネトは自分の感覚に従い、彼に向かってまっすぐ歩きだした。

「――ユウト？　お前がユウトなんだろう」

目の前まで来て声をかけると、男は肯定するように白い歯を見せて笑った。間違いない。彼がユウト・レニックスだ。

「ああ。そうだ。よくわかったな、ネト」

ずっと壁越しに聞いていた、硬質でありながらも耳に優しく響く声。実際に彼の顔を見ると強い納得を覚えた。あの声に相応《ふさわ》しいのは、この顔しかないと自然に思えてくる。

「わかるさ。ひと目でピンときた。会いたかったぞ」

ユウトの顔を見ていると、解放された喜びがいっそう強くなった。懲罰房暮らしの辛《つら》さは味わった者にしかわからない。

　湧き上がる喜びのまま、ネトは腕を伸ばしてユウトを抱き締めた。

「俺もだよ。……やっと出られたんだな。おめでとう」

「ああ。お前が出てすぐに、俺も一般監房に戻された」

　ユウトを胸に抱えたまま言葉を交わしていると、後ろに立っている男と目が合った。ディック・バーンフォードだ。彼がユウトと同室であることは、トーニャの手紙で知っていた。

　ネトが軽く拳《こぶし》を持ち上げると、ディックも応じて右の拳を軽くぶつけてきた。ディックには以前から敬意を払っている。それは向こうも同じで、今のところ友好的関係は継続していた。

　しかし今日のディックの目つきは、いつもより険しい気がした。理由はわからない。単に機嫌が悪いだけかもしれないが、ネトは気に留めておくことにした。個人的には借りのある相手だし、決して嫌いなタイプではないが、ロコ・エルマノのリーダーという立場から言わせてもらうなら、ディックは少々厄介な相手だった。

　喩《たと》えるならディックは眠れる危険物だ。取り扱いを間違えると、何が起こるかわからないという不気味さがある。好悪の感情は別にして、ブラック・ソルジャーのチョーカーや、白人ギャングを取り仕切るＡＢＬのヘンリー・ゲーレンも、ディックを要注意人物だと思っているはずだ。今のシェルガー刑務所でディックを無意味に刺激する馬鹿は、ＢＢくらいのものだ。

　廊下で長々と話し込むわけにもいかず、ネトは早々にユウトたちと別れ、Ｃブロックへと向かった。監房棟に入ると、居合わせた大勢のチカーノたちが拍手で出迎えてくれた。こんなひどい場所でも住み慣れた場所だ。我が家に帰ってきたような安堵《あんど》感が湧いてくる。

「ネト。トーニャが待ってる」

アロンソーの耳打ちに頷き、ネトは自分の監房に足を向けた。カーテン代わりの垂れ幕をめくると、立ったまま煙草を吸っているトーニャの細い背中が見えた。

「トーニャ」

声をかけるとトーニャはハッとした表情で振り返り、慌てて煙草を揉《も》み消した。煙草を持つ細い指がかすかに震えていることを、ネトは見逃さなかった。

「お帰りなさい、ネト。元気そうで安心したわ」

トーニャは気丈に振る舞い、いったんは明るく微笑んだ。しかし次第に表情が歪み、最後には唇を嚙んでしまった。ネトはトーニャに近づき、優しく抱き寄せてから額にキスをした。

「ただいま。心配をかけたな。もう大丈夫だ」

こらえきれなくなったのか、トーニャの両目に涙が浮かんだ。自分が不在の間、不安な気持ちでいたのだろう。懲罰房に一か月以上も収監されるのは異例だ。ネト自身、他の刑務所に移送される可能性も考えていたが、おそらくトーニャも同じように思っていたに違いない。

「全然大丈夫じゃないわよっ。戻ってきたって、安心なんてできないんだから……っ」

トーニャがもどかしそうにネトの胸を叩く。その手を摑み、安心させるように笑いかけた。

「俺がBBのような間抜けな男に、本気でやられると思っているのか?」

「思わないけど不安なの。最近、ムショ全体の空気がすごくピリピリしてる。BBたち、何をしでかすかわからないわ」

ネトは「落ち着けよ」と宥《なだ》め、トーニャをベッドに座らせた。

「……取り乱してごめんなさい。ネトの顔を見たら、急に気がゆるんじゃったみたい」

反省したように呟くトーニャの頰を軽く叩き、ネトは「気にするな」と慰めた。

「しかし、お前の泣き顔を見たのは久しぶりだな。お前がまだトーニョだった頃は、すぐにピーピー泣くから、いつも困らされたものだが」

「やめてよ。そんな昔の話を持ちだすのは卑怯《ひきょう》よ」

トーニャは本気で嫌そうに顔をしかめ、ネトの脇に強烈な肘鉄《ひじてつ》を食らわせてきた。

「痛い。そんなに怒るなよ。意地悪で言ったんじゃないぞ。俺にとっちゃお前は、今もあの頃の泣き虫トーニョのままなんだから」

トーニャの瞳が悲しげに曇る。ネトは切ない気持ちでトーニャの肩を抱き寄せた。

「そんな顔をするな。別に今のお前を否定しているわけじゃない」

トーニャの本当の名前はアントニオだ。幼い頃はみんなからトーニョという愛称で呼ばれていた。仲のいい兄弟だったがネトが十七歳の時に、両親の離婚でふたりは離ればなれになった。それ以来、一度も会わないまま生きてきたのに、偶然にも囚人同士として再会したのだ。

変わり果てた弟の姿を見て、衝撃を受けなかったと言えば嘘になる。だが予感はあった。トーニャは幼い頃から自分が男であることを嫌がっていた。表面上は男として振る舞っていたが、それはトーニャにとって苦痛以外の何ものでもなかったのだろう。

再会した最初の頃、トーニャは露骨にネトを避けた。十年以上会っていなかったのだから、今さら兄弟面されるのは嫌なのだろうと思っていたが、実際は違っていた。トーニャはロコ・エルマノの偉大なるリーダーとして、チカーノたちの尊敬を集めるネトの立場を思いやり、兄弟であることを隠そうとして必死だったのだ。オカマの弟がいることを知られたら、ネトが困ると思ったのだ。

そんなトーニャの気持ちに気づいてしまえば、ネトのほうが我慢できなくなった。トーニャはたったひとりの弟だ。どんな生き方をしていようが、愛おしく思う気持ちに変わりはない。せっかく再会できたのだから、せめて一緒に暮らしたい。そう思いトーニャと同じ監房になれるよう、看守に手を回そうとした。するとトーニャは周囲には弟ではなく、自分をネトの女だと説明してほしいと頼んできた。それならネトの監房に移っても、変に思われないからと。

ネトは兄弟であることを知られても構わないと言ったが、トーニャは引き下がらなかった。ネトのリーダーとしてのカリスマ性に、傷をつけたくないという一心だったのだろう。トーニャの健気《けなげ》な気持ちに負け、ネトは不本意ながらも彼の望みを受け入れたのだ。

シェルガー刑務所いちの美貌《びぼう》の持ち主。シスターたちのまとめ役。トーニャ姐《ねえ》さん。エルネスト・リベラの女。さまざまな呼ばれ方をするトーニャだが、こうやってふたりきりでいる時だけは、家族としての素顔を見せて愛情を示してくれる。そんなトーニャが愛しかった。

今のトーニャはそこらへんの腑《ふ》抜《ぬ》けた男どもより、ずっと強くてたくましい。おかしな話だ。女として生きる人生を選んだことで、トーニャは強くならざるを得なかったのかもしれない。

「……トーニャ。順調にいけば、俺はもうすぐ仮出所できるかもしれない。お前も来年には出られるだろう？　そしたら、ふたりで一緒に暮らさないか」

「いい年して、兄弟で暮らすの？」

トーニャが呆れたように目を見開いた。兄としての思いやりを拒絶されたようで、ネトはおおいに傷ついた。こういうドライさは、女特有のものだ。

「何もずっとなんて言ってないだろう。お前に恋人ができるまででいい。……ただし、変な男を連れてきたら許さないぞ」

「変な男って何よ。ネトはどういう男なら認めてくれるの？」

そう聞かれると困る。ネトは考え込みながら、「そうだな」と答えを探した。

「たとえば、ユウトみたいな男はどうだ。ああいう真面目で誠実そうな男なら安心だ」

「出てきてから彼に会った？」

「ああ。さっき対面した。お前が言ったとおり、王子さまみたいな男だな」

トーニャは「でしょ？」と悪戯《いたずら》な目つきで微笑んだ。

「彼、いいわよね。性格もよさそうだし。でも顔だけなら、ディックのほうが好みだわ」

「あいつは駄目だ」

きっぱり即答すると、トーニャは不思議そうに「どうして?」と尋ねた。

「あれは難しい男だ」

「そうかしら? 彼、見た目はあんなふうだけど、本当はすごく優しい人よ」

「優しくても駄目なものは駄目だ」

ディックは確かに優しい男だ。親切というより情が深い。それに信用もできる。けれど何かを隠している。そしてその秘密には、きな臭いものが漂っていた。

ネトの厳しい顔を見て、トーニャは肩をすくめた。

「たとえばの話で言い争うのも、馬鹿馬鹿しいわね。ユウトもディックもいい男だけど、恋人にしたいわけじゃないもの。私が思う最高の男は、ネトみたいな人よ」

「やめてくれ。弟にタイプだと言われても、悲しくなるだけだ」

「もう、褒めてるんじゃないの。話の通じない人ね」

トーニャはやれやれというふうに立ち上がり、紅茶を淹れ始めた。

「知ってる? ディックはゲイなのよ」

「そいつは知らなかったが……。もしかして、俺のいない間に口説かれたのか?」

電気ポットの湯をカップに注ぎながら、トーニャは「馬鹿ね」と苦笑した。

「そんなんじゃないわよ。ゲイってことは女に興味がないのよ？　私みたいなのより、彼はちゃんとした男が好きなの。思うんだけど、彼、ユウトに気があるんじゃないかしら」

腑に落ちた。さっきのディックの視線に棘《とげ》があったのは、そういうことか。目の前でユウトを抱き締められ、腹を立てていたのだ。やきもちを焼くなんて、意外と可愛いところもある。

ネトはにやつきながら、トーニャの差しだしたカップを受け取った。いいことを聞いた。次に会ったら、からかってやろう。あのクールな男がどんな顔をするのか見物だ。

「しかし、よくわかったたな。ディックほど感情が表に出ない男はいないだろうに」

「そうかしら？　ちょっと見てれば、すぐにわかることだと思うけど」

こともなげに言ってのけ、トーニャは優雅な仕草で紅茶を飲み始めた。そんなトーニャを眺めながら、ネトは心の底から思った。たとえ偽物でも、女の勘というやつには敵わない。

「トーニャ。お前の予想だと、ディックの恋は成就しそうか？」

「ユウトはゲイじゃないし、難しいんじゃない？　何よりディックにユウトを口説く勇気はないかも。変に格好《かっこう》つけたり意地を張ったりしないで、もっと素直に生きればいいのにね」

シェルガー刑務所いちの美男子も、トーニャにかかれば形無しだ。ネトが「そんなこと、本人には言ってやるなよ」と注意すると、トーニャは「わかってるわよ」とにっこり微笑んだ。

「男ってどれだけえらそうにしていても、無駄に傷つきやすい面倒な生き物ですものね」

そう言われると返す言葉もない。ネトは複雑な気分を味わいながら、紅茶を飲み干した。

# 遠い夜明け

消灯後の暗い監房の中で、他人の気配を感じるのは久しぶりだった。小さな窓から差し込んだ月の光が、ベッドに横たわるユウトの頬を青白く浮かび上がらせている。

ムショ暮らしが長い百戦錬磨の囚人でも、懲罰房暮らしはこたえるものだ。新入りのユウトには、さぞかしきつい体験だったのだろう。一般監房に戻された途端、熱を出して倒れてしまったとしても、情けない奴だと笑う気にはなれなかった。

『俺はここに来る前、司法省の麻薬取締局《DEA》で働いていたんだ』

ディックは硬いマットレスの上に腰かけながら、今しがたユウトの口から告げられた言葉について、ぼんやり考えていた。ユウトの言葉をすんなり信用するわけにはいかなかった。この東洋人の同室者は、明らかに自分の目的を阻害する側の人間だ。

しかしユウトはディックから監視されていることに気づいていない。ただの同室者だと思っている相手に、高熱にうなされた状態で嘘を語るとも思えなかった。

ユウトは本当にＤＥＡにいたのだろうか。事実だとすればＦＢＩの捜査官ではないということになる。どういう理由でＦＢＩに協力することになったのだろう。

「ディック……」

弱々しい声で名前を呼ばれ、ディックはユウトに顔を近づけた。けれどただの寝言だったようで、ユウトの青白い瞼は閉じられたままだった。

黒く長い睫毛《まつげ》の下の目尻が、かすかに濡《ぬ》れている。熱のせいなのか、それともさっきの涙の名残なのか——。

相棒を失った悲しみを思い出し、涙を流したユウト。あれが演技なら、たいしたものだと思った。だがそんな皮肉な見方をする一方で、ユウトがそこまで器用な人間でないということも、ディックにはちゃんとわかっていた。

実際のところ、ユウトが身の上を偽っているか否かは、重要な問題ではない。なぜならディックは最初からすべての物事を疑いの目で見ており、常に最悪の事態を想定しながら生きているからだ。自分を取り巻く環境のすべてを、それこそ行動を共にする仲間でさえも、そして時には自分自身の存在まで、冷たく突き放して見つめている。だからユウトが自分を騙《だま》していようが、彼を責める気などまったくないし、微塵も落胆を感じることはないだろう。

ディックが真に危機感を募らせているのは、ユウトにだけ感情を乱される自分自身に対してだった。涙を流して辛い過去を打ち明けたユウトに、ディックは同情を感じた。ユウトの話が嘘か真実かを見極める必要はなく、無条件にユウトを受け止めたかったのだ。

彼の心に添うことで、人として心地よい感情を得ようと望んだ。もっと赤裸々に告白するなら、泣いている彼を強く抱き締め、慰めでは済まないような熱いキスを与えたいという欲望を持った。

厄介な相手だな、と溜《た》め息《いき》をつき、無防備に眠るユウトを見つめた。駄目だと言い聞かせても彼に触れたがる指先は勝手に動き、柔らかな唇を物欲しげに撫でてしまう。

口移しに水を飲ませたのは、下心からではなかった。少なくとも、唇を重ねる瞬間までそう信じていた。けれどユウトの唇を直接感じた時、突き上げるような熱い欲求が湧き起こり、にわかに自信がなくなった。

自分はずっとユウトにキスしてみたいと、ひそかに願っていたのではないか。監視しているつもりで、彼の姿を不埒《ふらち》な視線で舐め回していたのではないのか——。ついそんな疑念を抱いてしまうほど、ユウトの唇は極上のワインのように甘く感じられた。

ユウトのほうから唇を舐めてきた時は、本気で理性を試されているのかと思った。咄嗟《とっさ》に侮辱されたような怒りを持つことで、ディックは砕け散りそうになる自制心を必死で寄せ集め、どうにか自分を守りきった。

そうやって自分を強くコントロールしなくてはいけないほど、今やユウトは自分にとって危うい存在になりつつある。まったくもって、どうしようもないほど厄介な相手だ。

ユウトと初めて会った時、嫌な予感がしたのだ。最初に見えたのは、ＢＢに後ろから肩を摑まれている端整な横顔だった。ミッキーたちと同じテーブルに座っているのを見て、自分の同室になる男だと直感した。つまりは監視すべき相手だ。ディックは少し離れた場所から、ユウトの姿を観察することにした。

BBが品のない笑いを浮かべ、ユウトの耳もとで何か囁いた。内容は想像がついた。案の定、ユウトは激しい怒りを目に浮かべてBBの手を払いのけた。気高さを感じる毅然《きぜん》とした態度だった。

間近でユウトを見て、もっと気が滅入った。くっきりした輪郭を持つ切れ長の瞳。細く通った繊細な鼻筋。似合わない無精髭を生やしていても、彼が放つ清廉なムードは損なわれるものではなかった。

こんな男と狭い監房で寝起きを共にするなんて拷問だ。そう思ってしまった自分に腹を立てた。ユウトのしなやかな身体からあふれる硬質な色気は、ディックの劣情をかき立てるには十分すぎるものだったのだ。

けれど自信はあった。禁欲生活がどれだけ長くとも、肉体の飢えなど意志の力で抑え込める。ユウトがどれだけ魅力的でも、相手はただの囚人ではないのだ。彼を冷静に観察して、FBIの動きなど封じてやる。そう思っていた。だが、今となっては読みが甘かったと反省している。自分の誤算を認めざるを得なかった。

身体は無理やり抑えつけられても、揺れ動く心までは無理だった。感情は意志で縛れない。美しい景色を見て感嘆するように、可愛い生き物を見て口もとが勝手にゆるむように、愛しさを感じる相手に心が傾いていくのは、止められるものではない。

だが、それでもこの気持ちは認めるわけにはいかなかった。自分には果たさなければならない仕事がある。そのために無様な姿をさらして生きながらえているのだ。

今の自分はディック・バーンフォードという犯罪者の名前を借りた、実体のない亡霊にすぎない。こうやって呼吸をしていることが、すでに一種の裏切り行為なのだ。

ディックは昏々《こんこん》と眠り続けるユウトの頰に、そっと手を伸ばした。けれど触れる直前、指先を強く握り込んだ。もう触れてはいけない。温もりは危険な誘惑だ。

ユウトがやって来てから、やけに夜が長く感じられる。早く朝が来ればいいと願いながら、ディックはベッドの柱に頭を預けて目を閉じた。


「ディック。チョーカーの具合はどうだ？」

医務室からの帰り道、廊下でエルネスト・リベラとすれ違った。ロコ・エルマノの男たちが彼を取り囲んでいるが、守られるべきリベラが一番屈強そうに見える。事実このシェルガー刑務所で、彼に敵う囚人はいないはずだ。ディックもリベラと素手で戦って勝てる自信はなかった。かといって負ける気もしない。おそらく本気でやり合って、五分五分といったところだろう。

相変わらずの状態であることを伝えると、リベラは「見舞いに行っても大丈夫そうか？」と聞いてきた。強いだけではなく、リベラには常に他人のことを思いやる余裕がある。この男の慎み深さは素晴らしい美徳だと、ディックはかねがね感じていた。

「短い時間なら平気だ。彼もあんたが懲罰房から出てきたと知って、会いたがっていた」

「そうか。なら、明日の午後に行かせてもらう」

鷹揚《おうよう》な態度で頷くリベラを見ていると、急に不快な何かが込み上げてきた。なぜなのかわからなかったが、しばらく考えてあの光景のせいだと気づいた。

昨日、この男は公衆の面前でユウトを抱き締めたのだ。まるで十年来の親友のような親しげな顔で、自分の胸の中にユウトをすっぽりと包み込んでしまった。

「なんだ？　何か言いたそうな顔をしているな」

尖《とが》った気持ちが視線に表れていたらしい。ディックの思考を探るようにリベラが目を細めた。警戒を感じさせる態度を示され、ディックは無意識のうちに発散していた殺気を解いた。

「いや、なんでもない。悪かった」

リベラとはこれまで友好な状態を保ってきた。嫉妬《しっと》などという馬鹿げた個人的感情で、関係を悪化させるわけにはいかない。

「チョーカーには伝えておく。じゃあな」

「待てよ」

リベラは悠然と歩み寄ると、ディックの耳もとに顔を寄せて「大丈夫だ」と囁いた。

「なんのことだ？」

冷たくにらみつけると、リベラは訳知り顔でニヤッと笑った。嫌な笑い方だ。

「ユウトには手を出したりしない。心配するな」

「……おい、リベラ。何か誤解してるだろう」

「そうか？　してないと思うが」

「いや、してる。俺はユウトとはなんでもないぞ」

「なんでもないわりには、俺のことがどうにも気に食わないって顔つきだぞ。理由は昨日のことだとしか考えられない。間違っているか？」

鋭すぎる指摘に、ディックは言葉を失った。

「あいつは身持ちが固そうだから、ものにするのは修道女のスカートの中を覗くより難しいだろうな」

リベラは愉快そうに笑い、ディックの肩をポンと叩いた。

「せいぜい頑張って口説け。あっさり振られてみろ。シェルガー刑務所いちの美男子、ディック・バーンフォードの名が泣くぞ」

ディックはむっつりした顔で、その場から立ち去った。腕っ節では負けなくても、口であの男に勝てる気がしない。こういう場合は逃げるが勝ちだ。

自分の監房に戻ると、眠っているユウトの枕もとにネイサンが腰かけていた。

「やあ、ディック。ユウトの具合はどうかと思って、覗きに来たんだ。なかなか熱が下がらないみたいだね」

穏やかな笑みを浮かべるネイサンに、ディックは医務室からもらってきた解熱剤を見せた。ネイサンは「薬がもらえたんだね」と安心したように頷き、ベッドから立ち上がった。

「俺は図書室に戻るよ。また食堂で会おう」

「ああ」

去っていく後ろ姿を見送りながら、ディックはネイサンの背中に見えないナイフを深々と突き立てた。

心の中で何度あの男を殺しただろう。親しげに笑いかけながら、何度あの首を絞めただろう。ディックはあえて熟睡しているユウトの寝顔に目を向けながら、自分に強く言い聞かせた。物言わぬ無惨な肉片と化した、陽気な仲間たちの存在を忘れるな。あの夜、爆発でちぎれ飛んだ誰かの片腕を、お前はどんな思いで拾い上げた。そしてその血だらけの指に自分と揃《そろ》いのリングがはめられているのを見て、何を思った。

怒りと絶望に号泣した、あの凍《い》てつくように寒かった夜を思い出せ。決して憎しみの炎を絶やすんじゃない。

ディック・バーンフォード。自分がなぜ今ここにいるのか、何度でも問い続けろ――。

# Forked road
# ～分かれ道～

ユウトの乗ったエレベーターが下降していく。

ディックは両方の拳を強く固めながら、点滅する表示を見つめ続けた。自分の心の半分を、ユウトがちぎって持ち去ってしまったのではないか。そう思えるほどの耐え難い苦痛に見舞われ、まるで致死量を超える毒を飲んだかのように、今にも呼吸が止まりそうだった。

けれど自分の味わっている苦しみなど、どうでもいい。今、一番辛いのはユウトだ。自分が傷つけた。彼の深い愛情にひととき甘え、そして無情にも踏みにじったのだ。

『……ディック。もし、もし俺がＦＢＩを辞めて、お前の手助けをしたいと言ったらどうする？』

今しがたのユウトの言葉が、まだ耳にはっきりと残っている。ディックが「そうしてほしい」と頷けば、その瞬間にエレベーターから飛び出してきそうなほど、ユウトの黒い瞳は限りなく真剣だった。

ユウトの言葉に震えるほどの喜びを感じた。それほどまでに、自分のことを真剣に想ってくれているのかと。

そして同時に、絶望にも似た激しい怒りを感じた。自分の存在はこれほどまでに、ユウトを強く惑わせているのかと。

あんなまっすぐな心を持った真面目な男に、人殺しの手伝いをしてもいいと言わせた自分が許せなかった。誰よりも幸せになってもらいたいと思う相手を、自分が苦しめている。追い込んでいる。

もし今この手に銃があったなら、自分自身の頭を撃ち抜いてやりたいという衝動を抑えるのに、さぞ苦労したことだろう。

隣のエレベーターが開いた。ディックは深い吐息を落とし、誰もいないエレベーターに乗り込んだ。最上階のボタンを押し、疲れ果てた気分で壁に背中を預ける。

上昇していく箱の中で、ディックはぼんやりと自分の手のひらを眺めた。ほんの少し前まで、この手にユウトを抱いていた。いけないと知りつつ、捨てきれない未練がましい恋情に負けて、彼を求めてしまった。

夢のような時間だった。あまりにも幸せすぎて、悲しくなるほどに。

自分の意志の弱さにはうんざりする。自分ではユウトを幸せにしてやれない。だからこれ以上、かかわってはいけないと思っていたのに――。

冷たく突き放し、ユウトを深く傷つけてやるつもりだった。もう二度と顔も見たくない。あんな最低の男を好きになったのは間違いだった。ユウトにそう感じさせることが、今の自分に示せる精一杯の愛情だと思い、心ないひどい言葉を投げつけたのだ。

でも駄目だった。どれほど傷つけられても、ユウトは逆にディックを気づかい理解を示した。

こんなろくでもない男の幸せを願っていると言ってくれた。

ユウトの寂しげな背中を見た途端、必死で抑え込んでいた激情が弾けた。尽きない愛しさで気持ちが乱れ、腕が勝手に彼を抱き締めていた。

優しく接したら、また振りだしに戻る。シェルガー刑務所で味わった苦しい別れを、また繰り返すことになる。すべてわかっていたのにユウトのひたむきな愛情の前に、ディックの決意は呆気なく砕かれてしまったのだ。


エレベーターは最上階に到着した。バーへと続く廊下で、ディックはふと足を止めた。大きな窓の向こうには、マンハッタンの夜景が広がっている。眩《まばゆ》い光の海を見下ろしながら、ディックは冷たい窓ガラスに手のひらを押し当てた。

もうユウトはホテルを出ただろうか。一体、どんな想いで夜の街に飛びだしていったのだろう。彼の胸の内を想像するだけで、身を切られるような痛みに襲われる。

ベッドの中で意識を飛ばしてしまったユウト。ぐったりした身体を抱き締め、ディックはこらえきれず涙を流した。

復讐など終わりにして、ユウトとふたりで静かに暮らしていけたなら——。

自分さえ気持ちを変えることができるなら、それは容易《たやす》い話だった。そうすれば、もうユウトを悲しませずに済む。ふたりで幸せな生活を送ることができる。

しかし甘い夢想でしかなかった。今の生き方を変えられないことなど、自分自身が一番よくわかっている。仲間たちがコルブスに惨殺されたあの夜から、ディックの心の時計は止まったままだ。今もまだ魂の一部が、あの寒い夜をさまよっている。

コルブスの仕掛けた爆弾で、バラバラになった仲間たちの身体。この腕はノエル。この足はフランク。ジョナサンの下肢はどこに。この指は誰のものだ。

ひどい。ひどすぎる。こんな状態では家族のもとに帰してやれない。誰か、お願いだ。頼むから、彼らをもとの姿に戻してやってくれ——。

フランク。ジョナサン。ノエル。陽気な仲間たちだった。彼らは一番年下だったディックを、どんな場面でも明るく励まし、時に厳しく叱《しか》り飛ばし、惜しみない愛情を注いでくれた。孤児だったディックが、初めて手に入れた家族同然の仲間たち。何よりも孤独だった自分に愛を教えてくれた年上の恋人、ノエルの存在は大きかった。

最初の頃はチームに馴染《なじ》めず孤立していたディックに対し、三人とも態度が冷たかった。嫌われることには慣れているので、ディックは平然としていたが、ある任務がきっかけで大きな変化が起きた。

その時、ディックたちのチームは中東の砂漠地帯で、武器輸送の中継基地となっている小さな村を襲撃することになっていた。十数人の村民はすべて原理主義の過激派だった。デルタフォース特有の秘密裡な作戦で、もちろん非合法な任務だ。

基地を壊滅させて作戦は成功したが、ディックは足を撃たれて重傷を負った。任務終了後はヘリが迎えにやってくる地点まで、すみやかに移動しなくてはならなかったが、歩けないディックを連れて移動を開始したせいで、予定時刻に間に合わなくなる可能性が出てきた。

ヘリは空域を侵犯してやってくるため、もし定刻になっても予定場所にチームがいなければ、ただちに旋回して近海で待機している空母へ戻ることになっていた。

ディックは三人に自分を置いていけと訴えたが、誰も頷かなかった。結果的にはギリギリのところで間に合ったが、一歩間違えば四人ともが取り残され、国軍か過激派たちに捕まっているところだった。

ディックは三人に心から感謝した。生死を共にする仲間たちに対し、初めて心を開くことができたのだ。ディックの態度が変わったことで、彼らの態度も変わった。ディックはそこで初めて気づいた。三人はディックを拒絶していたのではない。むしろ待っていたのだ。ディックがチームの一員としての自覚を持ち、自分から歩み寄ってくることを。

それ以来、チームはひとつになった。ディックが仲間の命を救ったこともあれば、誰かがディックをかばって負傷したこともあった。四人でひとつの命。誰ひとりとして欠けてはいけない。常に四人揃って帰ってくる。そこで初めて自分たちの任務が終了するのだ。

彼らこそがディックのすべてだった。友情。愛情。絆。献身。恋。この世に存在する尊いものは、すべて彼らが教えてくれた。

だからこそ、面白半分で三人の命を弄《もてあそ》んだコルブスが許せない。彼らの無念を知っているのは自分だけなのだ。自分以外に彼らの無念を晴らせる人間はいない。そう信じて、自分の人生を復讐に捧げようと決意した。

彼らの無惨な死に様を思い出すことで、ディックはコルブスへの憎悪を駆り立ててきた。どれほど時間が過ぎようが、自分だけは忘れてはならないと言い聞かせてきたのだ。


誰に非難されようと愚かだと嘲笑《あざわら》われようと、諦《あきら》めるわけにはいかない。

何があろうがこの歩みを止めはしない。行き着く果てに破滅が待っているとしても、地の果てまでコルブスを追いかけていくつもりだった。けれどその決意を、ユウトだけがぐらつかせる。彼への愛情だけが、この歩みの邪魔をする。

ディックの暗澹《あんたん》たる胸の中で、様々な感情が複雑に絡み合っていた。出口のない真っ暗な迷路をさまよっているようで、時々、気が狂いそうになる。いや、もしかしたら自分はもう狂っているのかもしれない。

いっそのこと、そのほうが相応しいだろう。コルブスという狂人を追うために、自らも狂人となる。同じ暗闇の中で、ふたりしてもっと堕ちていけばいいのだ。

憎しみに囚われたまま生きることが、正しいとは思っていない。しかし間違いだとも思わない。もし唯一の間違いがあるとすれば、それはユウトを愛したことだった。

自分のためではなく、ユウトのためにそう思う。彼のような人間にかかわってはいけなかった。最初からそんな資格などなかったのだから。

コルブスが憎い。だがそれ以上に自分が憎い。これほどユウトを愛しているのに、仲間の復讐を選んでしまう自分が憎くてならなかった。

ディックは祈るような気持ちで思った。早く終わりにしたい。コルブスを葬り去り、何もかもを終わらせたい。

この手でコルブスを殺した時、自分の心にもようやく平穏が訪れるはずだ。誰にも邪魔することのできない、真の安らぎが。その瞬間、自分は何を思うのだろう？　誰のことを考えるのだろう？

ディックは惑う心を切り捨てるように、美しい摩天楼から目を背けて歩きだした。

この道は地獄へと続く一本道。

道連れはコルブスだけでいい――。

# Our footprint on the beach
## ～ふたりの足跡～

ふたりでシャワーを浴びてから、またベッドに戻った。散々、愛し合ったあとなので、さすがにもう欲望は湧いてこなかったが、それでもユウトがすぐ隣にいるのだと思ったら、尽きない愛情が押し寄せてきて、触れることを片時もやめられなかった。

午後の明るい光が差し込む寝室で、ユウトを抱き締める。囁いてはキスをする。指を絡め、頬を撫で、目が合うたびまた唇を重ねる。

まだ夢を見ているようだ。ユウトが腕の中にいる。二度と触れられないと思っていた相手が、自分のベッドに横たわっている。

「ディック。いつまでこうしているんだ?」

枕に頬を押し当ててディックを見上げるユウトは、気怠《けだる》げな微笑みを浮かべていた。ユウトのなめらかな背中を指先で撫でながら、ディックは「まだ当分は」と微笑みを返した。

「お前は嫌か? 退屈?」

「いいや。でもちょっと眠くなってきた。昨日はまったく眠れなかったから」

それはディックも同じだった。ユウトがひとつ屋根の下にいるのだと思ったら、心が乱れてとてもではないが、眠ることなどできなかったのだ。

最愛の人がすぐそばにいるというのに触れられない。更けていく夜の中で、自分にもうその資格はないのだと、必死で言い聞かせ続けた。耐え難いほどに辛く、そして気が遠くなるほど長い夜だった。

「じゃあ、少し眠るといい。俺もそうするから」

ディックが枕に顔を並べると、ユウトは小さく頷き目を閉じた。しばらくすると穏やかな寝息が聞こえてきた。

ディックはユウトの安らかな寝顔を、飽きることなく見つめ続けた。ユウトにはああ言ったが、眠るつもりなどなかった。幸せすぎて、眠気などまったく襲ってこない。

昨日の光景が、まだ瞼に焼きついている。いつものように散歩を終えて帰ってきたら、家の前で誰かがユウティを撫でていた。それがユウトだとわかった時、ディックの胸は狂おしいほどに高鳴った。だが同時に恐ろしくなった。

コロンビアで別れてから、半年以上が過ぎていた。ディックはなんの言葉も残さず、ボゴダの病院にユウトを置き去りにした。あの時は立場上、仕方がなかったのだ。

しかしアメリカに戻ってCIAと縁が切れたあとは、いくらでもユウトにコンタクトを取ることができたのに、ディックはそうしなかった。その一番の理由は、気持ちの整理がつかなかったからだ。

コルブスが不遇の死を遂げたせいで、ディックの復讐心は行き場をなくした。憎む気持ちが消え去ったわけではないが、振り上げた鉄槌《てっつい》をどこにも打ち下ろせなくなり途方に暮れた。胸に燻《くすぶ》る恨みを消化できないまま、ディックは敗北感に包まれ、生きる意味さえも見失い、このビーチハウスに戻ってきた。

コルブスに殺された仲間たちと購入した、思い出のビーチハウス。辛くなるだけだから、もう二度と訪れることはないと思っていたのに、実際に来てみると懐かしさばかりが湧いてきた。四人で過ごしていた頃の記憶が鮮やかに蘇《よみがえ》り、やりきれないほどの切なさは感じたが、不思議とそこにコルブスへの怒りは存在していなかった。

必死であの男を追い続けていた時は、仲間たちの悲惨な死に様を思い出すことで、恨み骨髄に徹することができたのに、憎むべき対象を失ったことで、もうすべてが終わったのだという虚脱感だけが残った。

海を眺めて無為に日々を過ごしていた時、行きつけのバーの店主から、うちの犬が子供を産んだので、一匹もらってくれないかと声をかけられた。あまり乗り気ではなかったが、実際に見せてもらって、それが黒い犬だとわかると気が変わった。

ディックが育った施設にも黒い犬がいた。あまり人に懐かない可愛げのない犬だったが、ディックはそいつを気に入っていた。子犬を見て、あの犬のことを思いだしたのだ。

譲り受けた犬には、ユウティと名づけた。好きな相手の名前をもじってペットに命名するなんて、女々しいにもほどがあると思ったが、刑務所にいた頃、ユウトを見ていて施設の犬に似てると感じていたので、どうしてもその名前以外は思いつかなかった。

孤独な暮らしの中で、ユウティだけがディックの心を慰めてくれた。その名を呼びながら、幾度となくユウトの面影を思い浮かべた。コルブスの存在が遠くなるのとは逆に、ユウトへの恋しさは募る一方だった。

何度も会いたいと思った。頭がどうにかなりそうなくらい、この腕にユウトを抱き締めたいと願った。しかし時間が流れるほどユウトを傷つけた自分の愚かさが、強い後悔となってディックを苦しめた。

あんなにも自分を愛してくれた男を、どれだけ悲しませたのか。彼が味わった辛さを想像すると、恥じ入る気持ちと自分を責める気持ちが際限なく膨れあがり、今さらのこのことユウトに会いにいく勇気は、どうしても生まれてこなかった。

あんな素晴らしい男に、自分は似つかわしくない。自分なんかより、もっと相応しいパートナーを見つけて幸せになってもらいたい。心から愛しているからこそ、ユウトのこれからの幸せを遠くで願うしかなかった。

だが半年が過ぎても未練は断ち切れず、ディックはとうとう一枚のポストカードに想いを託した。ネトに宛てたカードに、ユウトへのメッセージを綴《つづ》ったのだ。

あえて曖昧《あいまい》な書き方をしたのは、ディックなりの気づかいだった。はっきり会いたいと書けば、もし彼にその気がなければ精神的な負担になる。だが今でもまだディックを想っていてくれるなら、ユウトのほうから訪ねてきてくれるのではないか——。

結果は後者だった。だが実際に会ってみたら、別の不安が芽生えた。ユウトほど責任感の強い男を、ディックは他に知らない。彼の信念の強さは並のものではなく、それこそ命懸けでディックの復讐を食い止めようとしたのだ。

だからこのビーチハウスに来てくれたのも、もしかしたら恋愛感情よりも自分がかかわった男のその後を見届けなくてはという、彼なりの責任感と誠実さの表れではないかという、馬鹿げた疑念を持ってしまったのだ。

相手の出方を探り合うような再会にもどかしさを覚えながら、ディックはユウトの本心をいつ聞きだそうかとやきもきしていた。そんな時、「この辺にモーテルかホテルはあるか？」と聞かれ、目の前が真っ暗になった。お前とはもう友人でしかないと宣言された気がしたのだ。

実際はなんてことはない。ユウトもディックの態度がよそよそしかったせいで、もう自分は愛されていないと勘違いしてしまったのだ。

あまりにも憶病すぎる自分たちに、笑いが漏れる。だがディックもユウトも、それだけ怖かったのだ。愛しているから拒絶されたくない。相手にとって、自分はもう必要のない人間だという恐ろしい現実を知りたくない。だから言いたいことも言えず、相手の気持ちを聞くことさえできなかった。

けれど不安は消え去った。思いのままに激しく抱き合って、互いの愛情を肌で確認した。もう隠しごとはいっさいなく、確かな信頼と大きな愛情だけがふたりを優しく包み込んでいる。

ディックはよく眠っているユウトの額にそっとキスをして、満ち足りた気持ちで窓の外に目を向けた。流れ込んでくる涼しい風が、白いカーテンを揺らしている。

眩しい日差しが目に染みた。澄み渡った空を見て、長い夜はもう明けたのだと思った。孤独な暗い闇の中にいたディックを、ユウトが救ってくれた。日の当たる場所へと導いてくれた。

今という至福の中で、ディックは過ぎ去っていった辛い時間を振り返るように、ひとり青い空を見つめ続けた。

ユウトが目を覚ましてから、ふたりで砂浜を散歩した。途中で通りがかったジョーイがユウティを呼んだので、隠していた犬の名前を知られてしまい、ディックはたいそう決まりが悪かった。

ふたりで歩く浜辺はいつもと違って見えた。潮風さえが優しく感じられる。短い散歩の中でディックは思いきって、一緒に暮らしたいとユウトに申し出た。ユウトは頷いてくれたが、その前に本当の名前を教えてくれと笑った。

ユウトの耳もとで本名を名乗りながら、ディックは泣きたいような気持ちを味わっていた。本当の名前さえ知らない男を、ユウトは一心に愛し続けてきたのだ。自分の目的だけに生きる身勝手な男の幸せを、ひたすら願いながら——。

これから先、何があってもユウトを守っていこうと思った。いつも隣で笑っていてほしい。だから惜しみなく愛を注いでいく。二度と彼を悲しませたりしない。

「夕食、どうする？」

デッキに続く階段の前で、ユウトが尋ねてきた。

「ジョーイが持ってきてくれた魚がある。俺が何かつくるよ」

「ディックの手料理？　それは楽しみだな」

ユウトが先に階段を上り始める。ディックは足を止め、まだ浜辺をうろうろしているユウティを呼んだ。

慌てて駆けてくるユウティの後ろには、ふたり分の足跡が残っていた。ディックとユウトが寄り添って歩いてきたことを示す足跡だ。

砂の上に残った幸せの軌跡。やがて波が消し去ってしまうのだろうが、残念だとは思わなかった。

なぜなら自分たちはこれから先ずっと、同じ歩幅で同じ景色を眺めながら歩いていけるのだ。二度と離れることなく、長い人生をどこまでも一緒に——。

# Commentary

## ディックとユウトの新生活

『DEADSHOT』以降のディックとユウトは、外伝の『SIMPLEX』と『HARD TIME』にも脇役として登場しますが、主には雑誌掲載作、配布小冊子、全サ小冊子等などで書いてきました。それらがまとまったのが、今回の再録集なわけです。

ふたりの新生活をどうするのか、いろいろ考えた覚えがあります。ユウトをウィルミントンに引っ越させるか、あるいは東海岸がいいか、やはりLAにディックを呼ぶべきか。

あとはふたりの仕事。ユウトの再就職先はすんなり決められたのですが、ディックの職業は悩みました。『Love begets love』を書いた時は、番外編は一回きりだろうと思っていたので、もうボディガードとかでいいんじゃないの―と軽い気持ちで決めてしまいましたが。まさかそこからヨシュア登場まで繋《つな》がっていくとは。

ふたりとも頑固なところがあるので、一緒に暮らしたら喧嘩《けんか》もよくしそうだな、という気持ちもあって、なんだかんだ喧嘩の話が多いですね。もちろん最後はディックが折れるわけですが。本当にもうピザくらい好きなのを頼めばいいのに(笑)。

番外編のディックはユウトが好きすぎるせいで、ヘタレっぽくてちょっと可哀想ですが、本人は幸せみたいなのでよしとします。

またいつか大きな事件に巻き込まれて……みたいな話を執筆できる機会があれば、最高に格好いいディックを書いてみたいものです。ディックは非常時にこそ真価を発揮できる男。のはず。

Love begets love

「なに、このテリーヌ！　めちゃくちゃ美味《おい》しいじゃないっ」

マーブの絶賛につられるように、トーニャも皿の上に盛られたテリーヌに手を伸ばした。

「本当。これは絶品だわ。ワインにとてもよく合うわね」

「でしょう？　クラッカーに載せて食べると止まらなくなるわよ。ねえ、ロブ。このテリーヌのレシピを教えてよ」

マーブが目を輝かせてロブを見た。ロブの友人のマーブはヘアメイクアーチストで、女装こそしていないが喋《しゃべ》り方や仕草が女性っぽく、誰が見てもひと目でゲイだとわかる雰囲気を持っている。

「いいよ。あとでメモに書いてあげる。手が込んでいそうに見えるけど、キャンベルのクリームマッシュルームスープ缶とクリームチーズさえあれば、すぐできる簡単な料理なんだ。見た目もいいから、ホームパーティーにはもってこいの一品だろう？」

ネトのグラスにワインを注いでいたロブが、にっこり笑って答えた。

「これだけの料理をひとりで準備するのは、大変じゃなかったか？」

ネトはさり気なくワインのボトルを奪うと、ロブのグラスに注ぎ返した。

「いいや。料理は好きだから、全然苦にならないよ」

マーブは隣にいるユウトの腕を指でつつき、「ねえ、ユウト」と眉をひそめた。

「ロブってちょっと嫌みよね。大学教授でハンサムで若くて独身で、家も車も持っていて、そのうえ料理までプロ並みなんて。おまけにセックスまですごく上手なのよ」

マーブに容赦なくからかわれ、ロブは憐れにも飲みかけのワインで激しく咽《む》せた。

「マーブっ、君とはやってないだろう？　そういう誤解を招くような言い方はやめてくれよ」

「この中でロブとやった果報者っているのかしら。ねえ、みんな。今夜のホストと寝た人はいる？」

マーブが声を張り上げると、リビングのあちらこちらでくつろいでいた十数名のゲストたちはいっせいに首を振った。

「ロブさえいいなら、今度ぜひお願いしたいわね」

ロブの同僚のキャシーという女性が、少し離れたソファから声を上げた。もちろん、ロブをゲイだと知ったうえでのジョークだ。

「俺は絶対に遠慮するぞっ」

キャシーの前に座っていたロス市警の黒人刑事、マイク・ハワードがグラスを片手に叫んだ。

「男とやったらお前の息子を切り落としてやるって、お袋からきつく言われてるんだ」

「息子思いの優しいママだな」

マイクと同じくロス市警の刑事で、ユウトの兄でもあるパコが隣で苦笑する。

「あーら、それもいいじゃない。ママにお仕置きされて、あんたもオカマになれば？　今度、一緒にゲイパレードに参加しましょうよ。楽しいわよぉ」

マーブがウインクすると、マイクは「ワオ」と股間《こかん》を押さえてパコに顔を向けた。

「なあ、パコ。玉なしでもデカって務まると思うか？」

「大丈夫さ。お前が胸にシリコンを入れたいと言っても、俺は反対しないぞ」

くだらないやり取りに、周囲から笑いが漏れる。ユウトも同じように笑っていたが、実際は心の中に憂鬱《ゆううつ》の種を抱えていた。原因はパコのせいだ。

「ユウト。ワインを注ごうか？　それともビールのほうがいい？」

「ありがとう。ワインでいいよ」

ロブはユウトのグラスにワインを注ぎながら、「楽しんでる？」と微笑《ほほえ》んだ。

「もちろん。こんな楽しいホームパーティーは久しぶりだよ。誘ってくれてありがとう」

一週間ほど前、ロブから「うちでパーティーをするから、ディックと一緒に来ないか？」と誘われた。ロブは大勢呼んで楽しくやりたいと言って、ネトとトーニャの兄弟だけではなく、パコとマイクまで招待した。

他にもロブの友人知人も加わって、パーティーはロブの希望どおりにぎやかなものになった。大学教授、刑事、元ギャングスタと美貌《びぼう》のトランスジェンダーの兄弟、その兄弟とかつて囚人仲間だった元ＦＢＩ捜査官ｅｔｃ――。ある意味、めちゃくちゃな顔ぶれではあるが、みんなリラックスした態度で楽しそうに過ごしている。

「ディックの奴、遅いな」

ネトが壁掛け時計に目をやった。ディックは急遽《きゅうきょ》、人と会う用事が入ってしまったので、あとから遅れてやってくることになっていた。八時くらいには来られると言っていたが、もうすぐ九時になる。きっと話が長引いているのだろう。

「ところでユウト。同居生活はどうだい。ディックとは上手くいってる？」

ロブは冷やかすような口調で尋ねてきた。

「一緒に暮らし始めてから、まだ大きな喧嘩《けんか》はしてないよ」

「ということは、小さい喧嘩は毎日か？」

ネトがニヤッと笑った。ユウトは「率直な意見交換は大事なことだ」と肩をすくめた。ロブがすかさず「昨日も意見交換をした？」と突っこみを入れてきた。

「したよ。俺がトイレの電気をつけっぱなしにするなって注意したら、ディックはお前こそピザに勝手にタバスコソースをかけるなって言い返してきた」

ロブとネトは顔を見合わせ大笑いした。

「ユウトはピザにタバスコソースをかけるのかい？」

「日本人には普通のことだ。でもディックには、アメリカ生まれのアメリカ育ちのくせに、それはおかしいって反論された。あいつは頭が固いんだよ」

多少の喧嘩などコミュニケーションのひとつだ。誓って言うが、決して不仲のせいではない。それにくだらない言い争いをしても、最後にはディックが謝る羽目になるので、何も問題はなかった。

ウィルミントンでディックと気持ちを確かめ合ったユウトは、LAに戻ってきてからふたりで住むための新しい家を探した。条件はペット可の物件で、運よくダウンタウンの外れに、いいアパートメントを見つけることができた。

一方、ディックは所有していたビーチハウスを売り、転居のための諸々の手続きを済ませてから、ユウトが待つ新居へとやって来た。それが十日ほど前のことだ。

「今日は仕事の面接なんでしょう？　ディックはなんの仕事に就くのかしら」

トーニャに聞かれ、ユウトは「俺もよく知らないんだ」と首を振った。

「ディックの知人が、自分の勤めている警備会社で一緒に働いてみる気はないかって誘ってくれたらしい」

ディックは早く定職に就きたがっていたが、ユウトは焦って仕事を決めることはないと思っていた。人生はまだまだ長いのだ。時間はかかってもいいからじっくり考えて、本当にやりたいことを見つけてほしいと願っている。

「もしディックの仕事が決まったら、ふたり揃《そろ》って新しい人生のスタートね」

トーニャが優しく微笑んだ。ユウトも来週からはロス市警の刑事として、多忙な日々を送ることになっている。どこに配属されるのかはわからないが、パコはおそらく経験を生かせる薬物関係の部署ではないかと言っていた。

「パコも来ていることを、ディックは知っているのかい？」

声をひそめてロブが質問してきた。ユウトも小さな声で「知ってるよ」と答える。

「ディックはきちんと挨拶《あいさつ》したいと言ってくれてるんだけど、パコのほうがどういう態度を取るのか心配で……」

ユウトが表情を曇らせると、ロブは「大丈夫さ」と肩を叩《たた》いた。

「パコはいい男だ。すぐには無理でも、ちゃんと理解してくれるさ」

「だといいんだけど」

ディックと一緒に住むことを伝えた時、パコはユウトが友人とルームシェアするのだと勘違いしていた。そう思わせておいたほうが波風は立たないとわかっていたが、パコにはどうしても本当のことを打ち明けたかった。

嘘も嫌だが、何よりディックが単なる友人ではなく、これからの長い人生を共にする、自分にとってかけがえのない大事なパートナーであることを、ちゃんと認識してもらいたかったのだ。

ユウトは悩んだ末、昨夜、思いきってパコの部屋を訪ね、すべてを打ち明けた。

見たこともないディックという男がユウトの恋人だと知って、パコは最初黙りこみ、次に激しく怒り、最後には「死んだ親父に顔向けできない」と大袈裟《おおげさ》に嘆いた。

大事な弟が刑務所で知り合った悪い男に騙され、ゲイになってしまった。パコがそんなふうに誤解しているのは、説明されなくても手に取るようにわかった。

決していい加減な気持ちでつき合っているのではないと訴えたが、頑固なところのあるパコは聞く耳を持たず、ユウトは困り果ててしまった。仕方なく、ディックも明日のパーティーに来るから、直接会って彼がどういう人間か自分の目で確かめてくれと頼み、パコの部屋をあとにしたのだ。

ディックにはパコが失礼な態度を取るかもしれないが、我慢してやってほしいと頼んでおいた。ディックは「殴られても文句は言わない」と笑っていたが、もしそんな事態にでもなったら、ユウトがパコを殴り返してしまいそうだ。

「あら、家の前に車が停まったわよ」

マーブが立ち上がって窓から通りを眺めた。ディックが来たらしい。ユウトはロブに「俺が見てくる」と告げて玄関に向かった。

外に出ると、ディックが助手席のドアを閉めているところだった。ディックが片手を上げると友人の運転する黒いセダンは、軽くクラクションを鳴らして走り去っていった。

ポーチに立つユウトに気づいたディックが、微笑みながら足早に歩いてくる。ユウトはそんなディックを誇らしい気分で眺めた。

面接先の会社の社長に招かれた場所が、有名な高級チャイニーズレストランだったので、今夜のディックはネクタイこそしていないが珍しくスーツを着て、髪も堅苦しくならない程度にきちんと整えている。

着飾らなくても十分に魅力的な男だが、お洒落《しゃれ》をしたディックは、いつにも増して一段と格好がよかった。

「遅くなってすまない」

ユウトに軽くキスしたあと、ディックは申し訳なさそうに謝った。

「大丈夫。まだ当分お開きになりそうにないから。それより面接はどうだった?」

「難しい質問だな」

上手くいかなかったのかと心配したが、その逆だった。ディックはユウトの肩を抱いて、困り顔で答えた。

「社長に気に入られて、明日から来ないかって言われたよ」

「じゃあ、上手くいったんだ。それなのに浮かない表情なのはどうして?」

「仕事の内容がちょっとな。——ともかく中に入ろう。早くロブに挨拶しないと」

ディックはLAに来てから、ロブとすでに一度会っている。その時、ロブは「もしかしてディックには双子の兄弟がいないか? 君は俺の知人のスティーブ・ミュラーって男と、たまげるほどよく似てるぞ」とからかった。

ディックも笑いをこらえながら「そいつはきっと、生き別れになった俺の兄貴だな」と調子を合わせた。そんな短い会話だけで、ふたりは笑えない過去を笑い話に変えてしまった。ユウトは打ち解けた態度で言葉を交わすふたりを見て、おおいに安堵《あんど》した。

「お、やっとディックのお出ましだ」

リビングに入るとロブが近寄ってきた。ディックはロブと握手を交わして、遅れたことを謝罪してから、お土産として持参したシャンパンを手渡した。

「みんな、紹介するよ。ディック――じゃなくて、リックだ。リック・エヴァーソン。ユウトのルームメイトで、最近ＬＡに越してきたばかりなんだ」

ロブはひとりひとりの名前を呼んで、ディックに紹介した。パコの番が回ってきた時、ユウトの胃はキリリと痛くなった。

「彼はフランシスコ・レニックス。ユウトのお兄さんだ」

「よろしく。パコと呼んでくれ」

微笑みを浮かべているが、パコの眼差しは厳しかった。紹介が終わってディックがテーブルに着くやいなや、マーブが興奮したように目を輝かせた。

「ハリウッドスター以外でこんなハンサムな人、見たことがないわ」

「マーブ。口説いちゃ駄目だよ。ディックには恋人がいるんだから」

「いやね、ロブ。口説いたりしないわよ。目の保養をしてるだけ。……でもなんでディックなの？　リックなんでしょう？」

「リチャードが本名なんだ。だからディックでもリックでも、好きなほうで呼んでくれ」

ディックが答えると、マーブは「ああ、そうなの」と素直に納得した。リチャードの愛称はリックやリッキーが一般的だが、ディックでも特別おかしくはない。

本名を教えてもらった時はユウトも驚いたが、名前の類似は偶然ではなかったらしい。囚人として刑務所に潜入する時、ディックは完全に他人になりきるため、何人かの候補者からあえて似た名前の男を選んでいたのだ。

似たような響きだから、そのままでいいとディックが言ってくれたので、ユウトもあえて以前と同じ名前で呼ぶことにしていた。

「面接はどうだったの？　警備会社ですって？」

トーニャがディックのグラスにワインを注ぎながら尋ねた。

「ああ。面接自体は上手くいったんだが、ちょっと面倒そうな感じで悩んでる」

「面倒？　一体どんな仕事なんだ？」

ネトも興味を示して質問した。

「ボディガードだ。ただし警護する相手は金持ちの女性がメインらしい」

「あら。それってもしかして、ビーエムズ・セキュリティ？」

マーブが指摘すると、ディックは驚きを隠さずに「よくわかったね」と感心した。

「あそこのボディガードは腕だけじゃなくて、外見も一流だって評判なのよ。だからセレブなマダムやハリウッド女優から引っ張りだこ。そりゃ誰だって不細工な男より、若くてハンサムな男に守られたいわよねぇ。アタシの知り合いの女優も、あそこのボディガードを雇いたいって言ってたけど、今は空きがなくて順番待ちらしいわよ」

「へえ。美男子揃いの警備会社か。ディックが入社したら、きっとマダムたちはこぞって雇いたがるだろうね」

ロブがそう言うと、トーニャも大真面目に「でしょうね」と頷《うなず》いた。

「俺ならごめんだな。毎日、女の買い物やらパーティーやらにつき合わされるなんてうんざりだ。それにハエみたいにたかってくるパパラッチを追い払う役目なんて、想像するだけで苦痛だ」

顔をしかめるネトを見て、ロブは「君には絶対に無理な仕事だな」と笑った。

「俺も向いていないと思ったから、少し考えさせてくれと答えておいた」

「――ディック。少しいいか？」

後ろを振り向くと、パコが立っていた。

「ユウトが世話になっているようだな」

「いいえ、俺のほうこそユウトにはいつも助けられています。あなたの話はユウトからよく伺ってました。お会いできて嬉《うれ》しいです」

ディックは椅子から立ち上がり、礼儀正しくパコに右手を差し出した。しかしパコは握手をせず、少し話をしないかとディックを庭に誘った。

「パコ。俺も一緒に――」

「俺はディックとふたりきりで話がしたいんだ。お前は来るな」

逆らえない口調で断られ、ユウトは庭に出ていくふたりの背中を黙って見送るしかなかった。

「もう一時間になるね」

ロブが人数分の小皿にアイスクリームを盛りつけながら、心配そうな口調で言った。隣に立ってミントの葉を飾りつけていたユウトは、大きな溜《た》め息《いき》をついた。キッチンにはふたりしかいない。

「ディックに悪いよ。パコはいつまで文句を言ったら気が済むんだろう」

庭のベンチに腰かけて、パコとディックはずっとふたりきりで話をしていた。中からチラチラと覗《のぞ》く限り、それほど険悪な雰囲気には見えないが、ディックが何を言われているのか気になって仕方がない。

「デザートを餌《えさ》に、中に戻るよう声をかけてみようかな」

「それがいいね」

アイスクリームをトレイに載せてリビングに戻ろうとしたロブに、ユウトは「ありがとう」と声をかけた。ロブはユウトを振り返り、「何がだい?」ときょとんとした表情を浮かべた。

「今夜のパーティー、ディックのために開いてくれたんだろう」

このパーティーにディックを歓迎しようという趣旨があることは、ユウトだけではなくディック自身が気づいている。わざわざそのことを言わないのは、ロブのさり気ない気づかいだろう。

「礼なんて必要ない。俺は自分が楽しみたくて、みんなを招いただけさ」

ロブらしい答え方だ。ユウトはせめて後片づけだけでも手伝いたいと考え、みんなが帰ったあと、自分とディックだけは残ると申し出た。

「ひとりじゃ、大変だろう?」

ロブは笑って首を振った。

「ひとりじゃないよ。今夜はネトがうちに泊まるから、片づけは彼に手伝ってもらうことになってるんだ」

それを聞いて、ユウトはずっと気になっていたことを質問した。

「もしかして、ネトとつき合っているの?」

ロブがネトにアプローチしている雰囲気は前から感じていたのだが、あくまでも友達としてなのか、それ以上の感情があってのことなのかは、ユウトにも判断がつかなかった。

「考えすぎだよ、ユウト。ネトはゲイじゃないんだから」

ロブは苦笑しながらトレイを置いた。

「でも、ロブはネトに興味を持ってるんだろう?」

「人間的にね。彼は面白い男だから、一緒にいて飽きないよ。でも恋人にしたいわけじゃない。俺の手に負える相手じゃないな。——ぶっちゃけた話、セックスは楽しめたとしても、彼とは真面目な恋愛はできないね」

「そうかな?」

「ああ。ネトは優しいけど、誰かひとりのものにはならない。彼は自由な風みたいな男だ。気まぐれな風を自分のものにしようとしたら、泣きを見るのは目に見えている」

なんとなくわかる気がした。刑務所にいた時も、ネトはチカーノのカリスマ的リーダーとしてたくさんのしがらみを背負っていたはずなのに、いつも自由で飄々《ひょうひょう》としていた。

彼の心は何にも縛られないのだ。気まぐれを起こせば恋人が泣いて頼んだとしても、思いのままに放浪の旅に出てしまいそうなところがある。

「心配してくれなくても大丈夫。俺にもそのうち素敵な恋人ができるよ。今は来たるべき時に備え、インターバル期間中さ。さあ、ユウトはパコとディックのところに行っておいで」

ロブに送り出され、ユウトはリビングに戻ってテラスの窓を開けた。ウッドデッキのベンチに腰を下ろしているふたりに、デザートを食べないかと声をかけた。

った。

「ディック。先に部屋に戻ってくれ。俺はユウトと少し話がしたい」

ディックは立ち上がると、安心させるようにユウトの肩を軽く叩いてから、部屋に入っていった。

ユウトはパコの隣に座り、ためらいがちに「どうだった？」と尋ねた。

「ディックがどういう男かわかった？」

「ああ。融通の利かない頭の固い男だってことはよくわかった。もっと軽薄で調子がいい顔だけが取り柄みたいな、くだらない男だとよかったのにな」

褒めてるのか貶《けな》しているのかわからない口ぶりだ。パコはまだ不機嫌そうだった。

「じゃあディックが俺と真剣な気持ちでつき合っているってことも、理解できただろう？」

「できたさ。まったく最悪だな」

ぼそっと呟《つぶや》いたパコの横顔を、ユウトは眉根を寄せて眺めた。

「どうして？」

「ディックが適当な気持ちでお前とつき合っているなら、頭ごなしに別れろって反対できたからだ。……あいつもお前も真面目すぎて最悪だ。俺に言わせれば恋愛なんて、駄目になったら次の相手を探せばいいってくらいの、気楽さがあったほうが楽しめる」

「パコ。俺もディックも恋愛を楽しみたいから、一緒にいるんじゃないんだ。一緒にいないと人生を楽しめない。相手がいないと幸せになれない。それがわかっているから、ふたりで暮らそうって決めたんだよ」

　パコはユウトに顔を向け、苦笑を浮かべた。

「初めて恋を知ったティーンエージャーみたいなことを言うな」

「俺の初恋はパコのガールフレンドのマリアだ。もう忘れたのか？」

　ユウトがまだ十四歳の時の話だ。当時、パコのつき合っていた美人のチカーノ（メキシコ系アメリカ人）に、ユウトはひそかに恋心を抱いていた。

「ああ、そうだったな。俺が他の女の子と浮気をしたら、お前は怒って俺からマリアを奪ったんだ。あの時はお前と殴り合いの大喧嘩になった」

　昔の出来事を思い出して、ふたりは目を合わせながら笑った。

「ユウト。今度、お前たちの部屋に遊びに行くよ。三人で酒でも飲もう」

「パコ……」

「おっと、誤解するなよ。お前たちの関係を頭から認めたわけじゃない。しばらくは様子を見守ると言ってるだけだ」

　その言葉だけで十分だった。家族に恋人の存在を否定されるのは、何よりも辛《つら》い。祝福されたいとまでの我が儘《わまま》は言わないが、パコにだけはディックとの関係を拒絶されたくなかった。

　親の再婚で偶然兄弟になったふたりは、当然だが血の繋《つな》がりもないし肌の色も違う。けれど心の絆《きずな》だけは昔から強固だった。

ディックとのことで、亀裂が生じたらどうしようと不安に思っていたが、杞憂に終わった。

ユウトは心から安堵し、パコの肩に両腕を回して抱きついた。

「……ありがとう、パコ。大好きだよ。パコは昔から俺の自慢の兄貴だ。心からそう思っている」

パコはユウトの頭を優しく撫《な》で、「わかってる」と囁《ささや》いた。

「何があっても、お前は俺の大事な弟だ。俺はいつだって、お前の幸せを願ってるぞ」


シャワーを浴びて寝室に入ると、先に入浴を済ませたディックは下だけパジャマを着て、ベッドに横たわっていた。手には求人情報誌が握られている。

ディックの愛犬のユウティは、ベッドの下で丸くなって眠っていた。

ユウトはバスローブ姿でベッドの端に腰を下ろした。一応、2ベッドルームのアパートメントを選んだので、ディックの部屋にもベッドはあるのだが、今のところ未使用のままだ。

「ボディガードの仕事、断るのか？　ディックの経歴には最適な仕事だと思うけど」

陸軍の特殊部隊出身のディックなら、どんな悪漢に襲われても、きっと完璧《かんぺき》に護衛対象者を守りきるだろう。

「普通のＶＩＰの警護なら、俺も迷わないんだがな」

「俺は女性客のほうがいい。そのほうが安心だから」

ユウトの冗談にディックは微笑みを浮かべ、ナイトテーブルの上に求人情報誌を置いた。ユウトは自分から身体を倒し、ディックに覆い被さって軽いキスを交わした。

「……ところで、一時間もパコと何を話していたんだ?」

「いろいろ聞かれたよ。生い立ちから始まって、それこそ恋愛遍歴まで。警備会社の社長との面接より緊張した」

ディックの目は笑っているが、ユウトはひたすら申し訳ない気分だった。

「ごめん。悪気はないんだ」

「わかってる。お前を心配してのことだろう。ちなみにパコの話の半分くらいは、自分がどれだけユウトを大事に思っているかっていう自慢話だったぞ」

「俺もパコの自慢話なら、一時間くらいは軽いな」

「まったく嫌な兄弟だ」

笑い合って、また唇を重ねる。

「パコは家族思いのいい男だ。お前が自慢したくなるのもよくわかる」

「ああ。パコは俺の最初のヒーローだからな。スポーツが万能で頭も切れて、そのうえ女の子にもすごくもてた。あんな格好いい男は、他にはいないと思ってたよ」

「兄貴とはいえ、俺の前であんまり他の男を褒めるな。いつものやきもちの虫が騒ぎだす」

ディックはユウトの濡《ぬ》れた髪に指を滑らせ、耳もとで甘い吐息を漏らした。ユウトはくすぐったさに身をよじり、ディックの横に身体を横たえた。

「ネトにも妬いて、ロブにも妬いて、今度はパコ？　そばにいる男すべてに嫉妬《しっと》していたら、身が持たないぞ」

「仕方ないだろう。お前は誰からも愛される男だから、心配でしょうがないんだ」

ディックが身体を入れ替え、ユウトの上に覆い被さってきた。バスローブの胸もとから手を差し入れ、風呂上がりのユウトのしっとりした肌を優しく撫であげる。

「……お前だけだって、知ってるくせに」

ユウトはディックの首筋に唇を押しあて、小さな声で呟いた。

「何をだ？」

「俺が抱き合いたいと思うのは、お前だけだって言ってるんだ。そんなこと、いちいち言わなくてもわかるだろう？」

ディックはバスローブの帯を解くと、あらわになったユウトの肢体《したい》を、熱い眼差しで見下ろした。

「わかっていても、何度でも聞きたいんだ。俺だけが特別だと、何度でも言ってほしい」

ユウトの胸に唇を落とし、ディックは小さな突起を優しく口に含んだ。柔らかな舌先でねっとりと粒を転がされると、腰の奥から甘い疼《うず》きが立ち上がってきて、ユウトの息も自然と乱れてしまう。

「言ってやるよ……。お前が望むなら、何度でも……」

ディックの頭を胸に抱いて、ユウトは艶やかな吐息を漏らした。

「俺にはお前しかいない。ディック……好きだ。いつだって、お前だけを求めている……」

「俺もだ、ユウト。お前と出会って、俺はまた新しい人生を得ることができた。お前なしの人生なんて、もう考えられない」

ディックの唇がどんどん下がっていく。茂みの中で自己主張を始めたペニスは、すぐにディックの口腔の中に収まり、丹念な愛撫《あいぶ》を受けて最高潮に昂ぶった。

巧みな愛撫に翻弄《ほんろう》され、ユウトの上体がしなやかに反り返る。大きく開いた両足を、ディックが両手でさらに押し広げた。恥ずかしいと思っていたのに、ユウトはいつしか自ら腿《もも》を抱え、ディックの前にすべてをさらけだしていた。

ディックはそんなユウトを愛しげに眺め、わざといやらしい言葉を口にして淫靡《いんび》なムードを盛り上げた。煽《あお》られたユウトは理性を飛ばし、自分もディックのものを愛したいと口走っていた。

ディックが身体の上下を入れ替える。ふたりはシックスナインの体勢で、互いのものを舐《な》め合った。どうしようもないほど昂ぶってしまい、このまま達《い》きたいと訴えたが、ディックはそれを許さず、ユウトを俯《うつぶ》せにして後ろからのインサートを開始した。

腰を掴《つか》まれ、ディックのもので奥まで貫かれる。ユウトの身体を知り尽くしたディックは、一番感じるポイントを容赦なく責め立ててきた。我慢できず、ユウトは繋がっていくらも経たないうちに、ひとりだけ射精してしまった。

ディックはユウトを達かせたことに満足したのか、今度は自分が楽しむように、いろんな角度や体位で行為を楽しみ始めた。

ゆっくりとした動きでディックに抱かれていると、波間を漂うような優しい快感に包まれる。合間にキスをしては、上になったり下になったり、足を開いたり閉じたりして、いろんな体勢で愛し合った。

次第にまた大きな快感の大波に襲われ、ユウトは二度目の絶頂を迎えそうになった。今度はディックも一緒に達こうとして、動きを一段と速めてくる。

激しくベッドを軋《きし》ませ、甘い言葉を交わしながらふたりが行為に没頭していると、ユウティはうるさくて敵《かな》わないというふうに、とぼとぼと寝室から立ち去っていった。

たっぷり愛し合ったあと、ふたりは身体を寄せ合って、そのまま眠りについた。しかし明け方前、ディックのうなされる声でユウトは目を覚ました。

ディックは見えない何かと戦うように、顔を歪《ゆが》めて苦しげな声を漏らしている。悪い夢を見ているのだ。ユウトは憐れみを感じ、ディックの額にキスをした。

時々、ディックはこんなふうに、ひどくうなされることがあった。辛い過去が夢の中にまで忍びこんできて、彼を今でも苦しめているのだろう。

そっと髪を撫でていると、薄闇の中でディックの瞼《まぶた》が開いた。自分を見つめているユウトに気づき、ディックは「すまない」とかすれた声で謝った。

「俺が起こしたんだな」

「気にしないでいい。嫌な夢を見ていたんだろう？　すごく苦しそうだった」

ディックは細い吐息を絞り出すと、ユウトの胸に頭を乗せた。

「……夢の中で、仲間が死んだ時の光景が繰り返されるんだ。俺は今度こそ彼らを助けてやると思って、あの山荘に飛び込んでいく。だけど結果はいつも同じだ。気がつくと、なぜか俺は山荘の外にいて、爆発を眺めている」

ディックのせいではないのに、自分だけが生き残ったという罪悪感が強すぎて、そんな夢を見てしまうに違いない。

ロブのような頭のいい男なら、こんな時はきっと気の利いた言葉で慰めてやれるはずだ。けれどユウトはただディックのそばにいて、温もりを与えてやることしかできない。

「あの時、俺は仲間たちを必死で探した。瓦礫《がれき》の下から、誰かの腕が見えていたんだ。夢中で引っ張ったら、腕だけしかなかった。その薬指には、俺のはめているのと同じ指輪があった。

恋人のノエルの腕だとわかった」

　ぼんやりした瞳で、ディックは言葉を続けた。肉体はここにあるのに、彼の魂だけがまだ夢の中を彷徨《さまよ》っているようだ。

「すまない、ユウト。こんな話なんて、聞きたくないよな」

「なんでも話してくれ。お前の悲しみは俺の悲しみだ。お前の心にあるものは、全部俺に預けてほしい」

　何もかもを受け止める覚悟は、とっくの昔にできている。だから遠慮などせずに、すべてさらけ出してほしかった。ディックの重荷を半分背負うため、自分は彼の隣にいるのだから。

「――時々、怖くなるんだ。俺だけがこんなにも幸せでいいんだろうかって」

　仲間と恋人を一度に失い、その復讐《ふくしゅう》に自分の命さえ捧げようとしたディックだからこそ、平穏な今の暮らしに不安を感じてしまうのかもしれない。

「ディック。幸せになることに、罪悪感なんて持つ必要はないんだ。もし、お前が俺より先に死んでしまったとしても、残された俺が不幸になればいいなんて思わないだろう?」

「当たり前だ」

「だったらノエルや仲間たちも同じはずだ。彼らがお前の不幸を願うはずがない。きっとお前が幸せになることを、心から望んでいるはずだ。だから彼らのためにも、もっと幸せにならなきゃ」

ディックはしばらく黙っていたが、ユウトの手を握りしめると「そうだな」と呟いた。

「あいつらの分まで、俺は頑張って生きていくしかないんだ」

「そうさ。楽しいことがあった時こそ、彼らに話しかけてあげるといい。きっとディックになら、みんなの笑顔が見えるはずだ」

心に刻み込まれた悲しみは消えることはない。だからこそ、その悲しみを包み込めるほどの、たくさんの喜びが必要なのだ。

ディックには喜びをたくさん味わってほしい。いつも笑っていてほしい。苦しんだ分、誰よりも幸せになってほしいのだ。

そのためにも、ディックをもっと愛してやりたい。いつでもそばにいて、笑顔を向けてやりたい。

ユウトはディックの頭を優しく抱き締め、優しい声で囁いた。

「……ディック。もう少し眠るといい。朝が来るまで、まだ時間があるから」

ディックは小さく頷いて目を閉じた。やがてディックの身体から力が抜け、静かな寝息が聞こえ始めた。

穏やかなディックの寝顔に安心して、ユウトは満ち足りた気持ちで目を閉じた。

You mean a lot to me

「見損なった。失望したよ」

湧き上がる怒りのままに、ユウト・レニックスは正直な気持ちを口に出した。

ソファに腰かけたパコことフランシスコ・レニックスは、一瞬、苦いものを舐《な》めたような表情を浮かべ、自分をにらみつけている弟から気まずそうに目をそらした。

いつも自信に満ちあふれ、堂々としているパコのらしくない態度に、ユウトの苛立《いらだ》ちはいっそう強くなった。

「パコがそんな卑怯《ひきょう》な男だとは思わなかった」

「やめないか、ユウト。言いすぎだ」

追い打ちをかけるようにパコを責めると、それまでふたりのやり取りを黙って見守っていたディックが口を開いた。ユウトは隣に座るディックに、不満の眼差しを投げつけた。

「ディックはパコの味方なのか？」

我ながら子供っぽい発言だと思ったが、あまりにもクールな口調で諌められて、ついムッとなった。

「味方も何もない。これはパコ自身の問題だろう。お前が一方的に責めるのは間違ってる」

確かにディックの言うとおりだ。頭ではわかってる。しかしユウトにはパコの男らしくない態度が、どうしても許せなかった。

「パコだけの問題じゃない。トーニャも絡んでる」

「確かにそうだが――」

「俺は何も無理してトーニャとつき合えと言ってるんじゃない。曖昧《あいまい》な態度で、物事をうやむやにしようとしているのが許せないんだよ。それって男として最低じゃないか？」

ユウトの曲がったことが大嫌いな性格を知り尽くしているディックは、お手上げだという表情で口を閉ざした。


事の起こりは十五分ほど前に遡《さかのぼ》る。ユウトが仕事を終えて自分のアパートメントに帰ってくると、恋人であり同居人でもあるディックはすでに帰宅していた。

ディックはボディガードを派遣する警備会社に勤務しているが、しばらく前から裏方の仕事に回るようになった。仕事の内容は言わば教官で、特殊部隊に所属していた軍人時代の経験を生かし、若手のボディガードたちを指導しているのだ。

現場から遠ざかったおかげで早く帰宅できる日が多くなり、最近では毎日のように仕事帰りのユウトを、優しい笑顔と甘いキスで出迎えている。

しかし今夜は、お帰りのキスがなかった。なぜならパコが来ていたせいだ。パコはネクタイをゆるめたワイシャツ姿で、リビングのソファに背中を丸めて座っていた。傍らに蹲《うずくま》るユウティの黒い毛並みを撫《な》でる姿に覇気はなく、どことなく人生に疲れた老人を髣髴《ほうふつ》とさせた。

パコはユウトと同じくロス市警の刑事だ。強盗殺人課で精力的に仕事をこなす有能な男で、周囲からの信頼も厚い。日々、凶悪犯罪に立ち向かう精悍《せいかん》な姿は、テレビドラマに出てくるタフな刑事さながらだ。

ユウトは麻薬捜査課に所属しているので、署内でたまに顔を合わせる。昨日も廊下ですれ違い、軽く立ち話をした。ハンサムな顔に魅力的な笑みを浮かべ、「調子はどうだ？」と明るく話しかけてくるパコは、まったく普段どおりだった。

「急に来て悪かったな」

「いいけど。何かあったのか？」

元気のないパコを心配しつつ、ユウトは隣に腰を下ろした。パコの前には空になったコーヒーカップが置かれていた。ユウトはお代わりを勧めたが、パコは必要ないと答えてから、おもむろに来週の予定をキャンセルしたいと言いだした。

「どうして？　パコだって楽しみにしていたのに」

「行きたくなくなったんだ。悪いがロブに謝っておいてくれ」

ユウトとディックは友人の犯罪学者ロブ・コナーズから、サウスベイのレドンドビーチに遊びに行こうと誘いを受けていた。それにパコも参加するはずだったのだ。

『海辺にある友人のビーチハウスを借りて一泊しないか？　ビーチでバレーをして桟橋で釣りをして、ああ、それからもちろんバーベキューも。俺の快気祝いをかねて、みんなで楽しくやろうよ』

陽気な声で電話がかかってきたのは先週のことだ。ネトとトーニャにはもう連絡済みで、他にはディックの同僚であるヨシュアも参加するらしかった。ロブは一か月ほど前、ある犯罪事件に巻き込まれ、肋骨《ろっこつ》にひびが入った。やっと傷も癒《い》えたので、遊び好きの虫がうるさく騒いでいるようだった。

ロブからパコにも声をかけてくれと言われたので、すぐに電話で確認した。その時は二つ返事で、「もちろん行くよ」という言葉が返ってきた。昨日、立ち話した時も、来週が楽しみだと言っていた。なのに今日になって、突然、行きたくなくなったと言う。

当然のことだが、ユウトは理由を尋ねた。パコはしばらく黙り込んだあと、気まずそうな顔でこう答えた。

「今はトーニャと顔を合わせたくないんだ」

ますますわけがわからなくなった。トーニャはもともとユウトの友人だが、最近ではもっぱらパコのほうが彼女とよく会っている。なぜならパコはかなり前から、トーニャが店長をしているメキシカンバーに足繁く通っているからだ。

「トーニャと喧嘩《けんか》でもしたのか？」

「いや。その反対だ。……実はトーニャに告白しちまったんだ。昨日の夜」

パコの絶望的に暗い顔を見て、ユウトはなるほどと早合点した。パコがトーニャに気があるのは、薄々察していたからだ。

「トーニャに振られたのか。それで一緒になるのが嫌なんだ」

パコはなぜか困った表情を浮かべ、救いを求めるようにディックへと視線を投げた。部屋に奇妙な沈黙が垂れ込める。ディックは軽く咳払いをしてから、「そうじゃないんだ」と口を開いた。ユウトがいない間に、話を聞いていたらしい。

「パコが気持ちを伝えると、トーニャはこう答えたそうだ。……こう見えて私は男だけど、それでもいいなら、つき合いましょうって」

「……それだとオーケーの返事にならないか？」

驚いてパコの顔を見ると、彼はなぜか恨めしげな目でユウトを見返した。

「ユウト。パコはトーニャが男だって知らなかったんだ」

ディックが同情めいた口調で言った。

「え……？」

ユウトはパコの顔をまじまじと眺めた。パコは不意に右手で額を押さえ、「恨むぞ、ユウト」と苦々しく呟《つぶや》いた。

「トーニャが男だってこと、どうして最初に教えてくれなかったんだ」

やっとパコの憂鬱《ゆううつ》な顔の理由がわかった。パコはトーニャを女性だと誤解していたのだ。

「いや……だって。俺はトーニャを女性だと思って接しているし。それにパコはとっくに知っていると思い込んでいたから」

「教えられなきゃ、わかるかよ。あれだけの美人が男だなんて、普通は思わないだろう?」

トーニャは肉体的には男性でも、外見は目が覚めるほどの美女というトランスジェンダーだ。声は少し低めだが優しい物言いをするので、落ち着きのある大人の女といった印象を受ける。身体つきもほっそりしているし、女性らしい優雅な動作もわざとらしくはなく、ごく自然だ。もちろん髭剃《ひげそ》りの跡などまったく見つけられない。パコが誤解するのも無理はなかった。

「最初に言っておかなかったのは俺のミスだ。悪かったよ」

パコの失恋の一端は自分にもあると思い、ユウトは素直に謝った。

「トーニャにはきちんと説明したんだろ?」

「いや。まだだ」

パコは気まずそうな顔で、トーニャが男だったという事実にショックを受け、何も言えずにその場から立ち去ってしまったと続けた。

女性だと思って好きになった相手が実は男だった。そのせいで恋心が冷める。もしくは諦《あきら》めざるを得なくなる。それは仕方がないだろう。ヘテロセクシャルの男なら当然の反応だ。いくらトーニャが美しくても、性別が男である以上、パコにそれを乗り越えろというのは酷な話だ。

だからユウトも、パコが告白は間違いだったと正直に打ち明けていたなら、余計な口など挟むつもりはなかった。だがパコは何も言わずに立ち去った。逃げたのも同然だ。

「いつトーニャに謝るんだ」

パコは「そのうち」と曖昧に答えた。正直、腹が立った。色よい返事をもらっているなら、一刻でも早く本当のことを告げるのが、相手に対する誠意というものではないか。

来週の予定をキャンセルする前に、パコはトーニャに謝罪すべきだと思った。パコが告白を撤回することなど、きっとトーニャはお見通しだろう。トーニャは頭も切れるし察しもいい。女だと勘違いされていたことなど、とっくに承知していたはずだ。

ユウトがそのことを指摘すると、パコは「わかってる」と答えた。

「つき合いましょうと言われた時、トーニャの目はからかうように笑っていた。馬鹿な男だと思って、可笑《おか》しかったんだろう。……だから俺がいちから説明しなくても、トーニャはきっとわかってくれるさ」

その言葉にユウトの怒りは本格的なものへと変化した。

「トーニャが理解してくれていたとしても、パコが黙ったままでいいわけない。告白したのなら、その言葉に対する責任は持つべきだ」

ユウトが責めても、パコはのらりくらりと「わかってる」だの「そうだな」だの、要領を得ない返事をするばかりだった。ユウトは憤然となった。パコがトーニャの理解に甘えて、自分の告白をなかったことにしたがっているとしか思えなかったのだ。

　パコのことは大好きだし、男として尊敬もしている。だがユウトにとってトーニャは大切な友人だ。自分の友人への誠意と敬意を欠く態度だけは、どうしても許せなかった。

「見損なった。失望したよ」

　かくして、ユウトの口からパコを詰《なじ》る言葉が飛び出したのだ。


「ユウト。俺だってショックを受けているんだ。まだ気持ちの整理もついていない。トーニャに会うには、少し時間が必要だ」

「時間が経ったところで、結局はトーニャを振るんだろう？」

　棘《とげ》のあるユウトの言い方が気に障ったのか、彫りの深い男らしい顔が少し険しくなった。

「仕方ないだろう。常識的に考えてくれ。俺は恋愛をおおいに楽しむ男だが、お前みたいに、恋愛のために人生を変える気はない。好きになった相手が男だったからって、すんなりゲイになれるかよ」

　パコの言い訳が自分への嫌みに聞こえた。もちろんパコにそんなつもりはないのだろうが、自分とディックの関係を引き合いに出されたことで、ユウトの怒りは別の部分にまで飛び火した。

「そうだな。パコの言うとおり、俺は常識のない人間だ。ゲイでもないのに節操もなく男に惚れて、あげくの果て、そいつと一緒に暮らしているんだから」

自虐的な言葉を吐き捨てたユウトを見て、パコは盛大な溜め息《たいき》をついた。

「曲解するなよ。お前とディックの関係を皮肉ったんじゃない。今はお前たちの関係をちゃんと認めているだろう？　俺はただ自分がお前みたいに、好きだからっていう純粋な気持ちだけで、闇雲に突っ走れる男じゃないと言いたかっただけだ」

「俺は恋愛馬鹿だって言いたいのか」

不機嫌な表情を崩さないユウトに、パコは頭を振って立ち上がった。今はどんな言葉も、ユウトの怒りを刺激する材料になるだけだと気づいたのだろう。

「帰るのか？　まだ話は済んでないのに」

「お前といくら話し合っても、無理なものは無理なんだよ」

「だからそれはわかってるって。俺が言いたいのは、トーニャにきちんとした態度を取ってくれってことだ」

玄関へと向かうパコを追いかけ、ユウトは広い背中に言い募った。パコは面倒そうに「わかってる」とだけ答え、帰っていった。

閉じたドアをにらんでいたら、背後からディックにそっと抱き締められた。

「ちょっとむきになりすぎだ。最愛の弟に見損なったなんて言われて、パコは相当落ち込んでいたぞ」

ユウトの苛立ちを吸い取るように、こめかみに優しいキスが落ちてくる。ユウトは腰に回されたディックの腕に手を重ね、吐息をついた。

「確かに言いすぎたかもしれない。でも俺はパコのことを男の中の男だと思ってる。だからこそ、トーニャを傷つけるような真似はしてほしくないんだ」

「お前はパコを少し理想化しすぎだな。惚れた相手が実は同性だったと知れば、どんな男でも尻込みする。お前だって俺を好きになった時、相当葛藤しただろう？」

首を曲げると、からかうような青い瞳がそこにあった。ユウトは腕を伸ばし、ディックの金髪を軽く引っ張った。

「葛藤はあったけど、尻込みなんてしなかった」

「参った。お前は誰よりも男らしいよ」

ディックは優しい微笑を浮かべ、ユウトの唇に軽くキスをした。

「……でも何度も不安にはなったよ。ロブにその恋は勘違いじゃないのかって言われた時なんて、お前を絶対に捜しだすと決心してＦＢＩに入ったはずなのに、自分の気持ちに自信がなくなったほどだ」

ディックの顔から笑顔が消えた。

「ロブがそんなことを言ったのか？　いつ？」

「知り合った頃だよ。特殊な状況下で芽生えた恋は、得てして勘違いのケースが多いんだってさ。だから俺がゲイでないなら、早く自分の本心を見極めたほうがいいとかなんとか。……ディック。どうしたんだ？　怖い顔して」

「ロブに嫉妬していた頃の、憎々しい気持ちが再燃しそうだ」

ディックは眉間《みけん》にしわを刻み、真面目な顔で呟いた。

「もう昔の話だろう」

ユウトは笑いながらディックの頬を指で弾《はじ》いた。その時にロブにキスされたことは、内緒にしておこうと思った。ディックまで来週の予定をキャンセルしかねない。

「お前と離ればなれになっていた時は、何度も不安になったし迷いもした。でも、どうしても諦められなかった。だって自分の本心には嘘をつけなかった」

「ユウト……」

ディックは自分の胸の中にユウトを包み込むと、切なげに吐息をこぼした。

「お前はいくらでも他に選べる生き方があったのに、男の俺を人生のパートナーに選んでくれた。いくら感謝しても足りないと思っている」

それを聞いて、さっきパコに投げつけた感情的な言葉が思い出された。ついむきになって、ゲイでもないのに男の恋人を持った自分を痛烈に揶揄《やゆ》した。パコに対する当て擦りだったが、ディックの立場を考えれば、あまりにも不用意な発言だ。

「……ごめん。お前の気持ちを考えずに、馬鹿なことを言った」

「何がだ」

「パコに言っただろう？　男と一緒に暮らしている自分は常識がないって」

ディックはユウトの生真面目さを愛おしむように、目を細めた。

「謝ることはない。本心じゃないことはわかってる。俺はただ感謝しているだけだ。こうしてお前と一緒に暮らせていることは、俺にとって奇蹟も同然だからな」

確かにあの頃の状況を考えれば、今の穏やかな暮らしは夢のようだ。けれど奇蹟なんかじゃない。ふたりに互いを求め合う強い気持ちがあったから、今があるのだ。

「感謝なんてしないでくれ。お前を愛してるから一緒にいるんだ。それが俺の幸せだから」

ディックの肩に腕を回し、ユウトは誘うように顔を上げた。

望みどおり唇が落ちてきた。愛情を確認し合うような優しいキスが、徐々に欲望を孕《はら》んだ情熱的なキスへと変化していく。ふたりは高まる思いのまま、激しく舌を絡め合った。身体が熱くなり、息まで乱れてくる。

「……食事がまだだが、お前をベッドに連れていってもいいか」

欲情をたたえた青い瞳がそこにあった。何度抱き合っても、ディックから求められると喜びが湧き上がる。彼の目に自分だけが映っている。それっぽっちのことが、たまらなく嬉《うれ》しいのだ。

「いいよ。俺もお前が欲しい……」

吐息で綴《つづ》った囁《ささや》きを返し、ディックの肩に頭を乗せた。

一緒に暮らし始めて七か月が過ぎた。ふたりと一匹の暮らしは、今のところなんの問題もなく平穏に続いている。

お互い頑固な部分があるから、意見の食い違いでたまに喧嘩もするが、どんなに言い争っても険悪なムードが三日と続いたことはない。どちらに非があろうと、ディックがすぐに仲直りを申し入れてくるからだ。

――お前に冷たくされると絶望的な気分になる。頼むから、今夜はお前のベッドで寝かせてくれ。

喧嘩をした時だけユウトはディックに対し、自分のベッドで寝ろと言う。ディックにはそれがひどくこたえるらしかった。

非の打ち所のないハンサムな顔を曇らせて、気の毒なほどしょげ返るディックを見ると、どんなに怒っていても許せてしまう。本気で冷たくできるはずがなかった。ディックはこの世界で誰よりも、幸せになってほしいと願う相手なのだ。

ディックを好きだと思う気持ちに終わりはなかった。時に穏やかに時に激しく、ユウトの心を絶え間なく突き動かし続ける。ディックを愛してわかったことがあった。本当の愛情は井戸の水に似ている。汲《く》んでも汲んでも水は湧いてくる。決して涸れることがない。それと同じでどれだけ愛しても、愛情は尽きたりしない。だから出し惜しみをする必要はなかった。

ディックと手を繋《つな》いで寝室へと歩きだす。幸せな気持ちの中に、ふとパコの言葉が浮かんだ。

――お前みたいに、恋愛のために人生を変える恋愛などそうそうないと思っていた。ましてや自分がそんな恋愛をするとは、予想したこともない。けれどディックと出会ってしまったのだ。

ユウト自身、人生を変える恋愛などそうそうないと思っていた。ましてや自分がそんな恋愛をするとは、予想したこともない。けれどディックと出会ってしまったのだ。

恋愛がすべてとは思わないが、ディックを得てユウトの人生は確実に豊かなものになった。愛している相手から愛される。最愛の人と共に人生を歩いていける。ユウトにとって、これ以上の幸せは存在しない。

パコには嫌みのつもりで自分のことを恋愛馬鹿と言ったが、あながち間違いではないなと思い、心の中で苦笑した。


ロブから電話がかかってきたのは、翌日の夜のことだった。明日、トーニャの店で一緒に飲まないかと誘われ、ユウトは迷わず行くと答えた。パコとトーニャのことは、ロブにも話しておいたほうがいいと思ったからだ。それにトーニャに会って、パコの無礼を謝りたかった。

他人が口を挟む問題ではないとわかっているのだが、ふたりを出会わせたのは自分だし、事情を承知しているのに知らん顔はできない。

ユウトは仕事が終わってからディックが運転する車で、ウエストダウンタウンにあるトーニャの店へと出向いた。トーニャはカウンターの中から、普段どおりの笑顔でふたりを出迎えてくれた。

気まずさを押し隠して挨拶《あいさつ》を交わし、ユウトはそこそこ混んでいる店内を見渡した。大半はチカーノだが、白人の客も何人かいる。

一番奥のテーブル席に、ハンサムな白人を見つけた。ロブ・コナーズだ。傍らにはトーニャの兄である、ネトことエルネスト・リベラが立っている。大学教授と元ギャングスタのボスは何か言い合っていた。

「このミチェラーダ、何が入ってるんだ？　すごい味がするぞ」

顔をしかめて文句を言うロブに、ネトは真面目な顔で「トマトソースとタバスコソースとタコス」と答えた。ロブは手に持ったグラスを、心底嫌そうに眺めた。

ミチェラーダはメキシコ人が好んで飲むビールのカクテルだ。氷入りのグラスの縁に塩をつけて、スノースタイルにする。そこにレモンやライムのリキッドとビールを注ぐのが基本的だが、他にもタバスコソース、ウスターソース、サルサなどで割ったり、さらにはコショウを振ったりと、様々な飲まれ方がある。

「いくらなんでも、そりゃないよ。タコスなんて入れないでくれ」

「俺の好きな味にしていいと、プロフェソルが言ったんだ」

どうやらネト特製のミチェラーダは、ロブの口に合わなかったらしい。

「そうだけど——あ、来た来た」

ユウトとディックに気づいたロブが相好《そうごう》を崩した。テーブルにつくと、ネトがオーダーを聞いてくれた。ディックは運転するからコークでいいと言い、ユウトはテキーラを注文した。

「それにライムと塩も」

ユウトの追加を聞いて、ネトは白い歯を見せた。

「本格的に飲むつもりだな。俺もつき合おう。プロフェソルはどうする？」

「悪いけど、このミチェラーダは駄目だ。普通のビールをくれ。ネグラモデロがいい」

ネトは気を悪くした様子もなく、ニヤッと笑ってからカウンターへと向かった。おおかたロブの嫌がる反応を見越して、わざとタコス入りのミチェラーダをつくったのだろう。強面《こわもて》に見えて、実際は冗談が好きな男なのだ。

ロブとネトはまったくタイプが違うのに不思議なほど気が合うようで、よく釣りに出かけたり、一緒に飲んだりしている。

「ヨシュアは誘わなかったのか？」

「誘ったさ」

ユウトの質問に、ロブは当然の如く答えた。

「けど振られた。彼、あんまり酒が飲めないからな」

急接近した。
ボディガードだ。ある事件に巻き込まれたロブの警護を買って出たことから、ふたりの関係は
ディックの同僚であるヨシュア・ブラッドは怜悧《れいり》な風貌《ふうぼう》を持つ美形で、まだ若いが腕のいい
「ああ、すごく弱いんだっけ」

ヨシュアは口数が少なく、驚くほどに愛想がない。取りつく島のない態度を見せるヨシュアに、最初の頃はひそかに苦手意識を持っていたユウトだが、実は他人とコミュニケーションを取るのが下手な、頭に超がつくほど生真面目で不器用な男なのだとわかり見る目が変わった。

「そう。ワイン一杯で顔が赤くなる」

「じゃあ、きっとあれだな。ロブに無理やり飲まされるのを警戒して、来なかったんだ。隙を見せると、たちまちロブにお持ち帰りされるから」

ユウトが冷やかし半分で言うと、ロブは「ひどいな」と首を振った。

「俺は君とディックの恋を応援したのに、君はそんなことを言うのか?」

「……応援したが邪魔もした」

ディックがぼそっと呟いた。

「え? なんだって?」

店の喧噪《けんそう》に邪魔され、ディックの嫌みはロブに届かずに済んだ。ユウトは「なんでもない」と笑い、テーブルの下でディックの腿《もも》をつねった。

「俺だって君の恋を応援してる。心からね」

ロブとヨシュアの関係は、まだあまり進展していないらしい。ヨシュアはロブに強い好意を持っているがゲイではない。ロブはヨシュアがその気になるのを、我慢強く待っている状況だ。ヨシュアもロブの気持ちに応えたいと思っているようなので、前途多難ながらもふたりの恋はきっと上手くいくと、ユウトは信じていた。

ネトが飲み物を運んできてくれたので、ひとまず四人で乾杯をした。

「ところで来週のことだけど。バーベキューの材料は俺がすべて用意するよ。食べ物について、何かリクエストがあったら言ってくれ」

ロブが張り切った顔で言った。ビーチでの休暇を楽しみにしているロブの気持ちに、水を差すようで悪いと思ったが、ユウトはパコの話を切り出すことにした。嫌な用件は早めに伝えておくに限る。

「ロブ。実はパコが参加できなくなったんだ」

「え？　仕事？　だったら日帰りで参加してもいいのに。レドンドビーチなら、ロス市警から車で一時間とかからない」

「いや、仕事じゃないんだけど……」

理由を告げるのがためらわれた。ここにはネトがいる。

ユウトの気鬱を見抜いたディックが、テーブルの下で手を握ってきた。思わず顔を見ると、その目は「俺が話そうか？」と尋ねていた。ディックの優しさに甘えたくなったが、ユウトは小さく首を振った。

しかしユウトが言葉を発する前に、ネトが先に口を開いた。

「パコが行けなくなったのは、トーニャのせいだ」

「どういうこと？」

ロブが不思議そうな顔で、隣に座るネトを見た。

「あいつはパコに告白された。その時に男でもいいならつき合うと答えたらしい。パコを困らせるような馬鹿なことを言ったと、反省していた」

「トーニャは悪くない。オーケーの返事がたとえ冗談だったとしても、悪いのはパコだ。トーニャとつき合えないとわかってるくせに、いまだになんの返事もしていない」

ユウトが一昨日の一件を話すと、ロブから意外な言葉が返ってきた。

「俺はパコの気持ち、わかる気がするな」

「へぇ。わかるんだ。ロブもパコと同じで恋多き男だから、感覚が似てるのかな。俺とは意見が合わなくて残念だよ」

ユウトが冷ややかに嫌みを言うと、ロブは傷ついたような表情でディックを見た。

「むちゃくちゃ機嫌が悪いな。ユウト、どうしちゃったの？」

「パコにご立腹でね。一昨日から、ずっとこんな調子だ」

ディックは軽く肩をすくめ、コークのグラスに口をつけた。ユウトもつられるように、ライムを舐めてテキーラをグイッと呷《あお》った。強いアルコールに胸の奥がカッと熱くなる。ディックから今夜は好きなだけ飲んでいいと言われているので、遠慮はしない。

「うやむやにしたままトーニャを避けるなんて、男らしくないよ」

「そうかな。俺が思うに、パコは自分の気持ちは間違いだったとはっきり告げるのが、怖いんじゃないだろうか」

「怖い？」

ロブに意外な見解を示され、ユウトは驚いた。

「うん。パコは本気でトーニャが好きだったんだよ。だから男だと知っても、まだ心のどこかで諦められないでいる。彼も迷っているんじゃないかな」

「迷ってなんかない。パコははっきり言ったんだ。恋愛のために人生を変える気はないって」

「パコはゲイフォビアでもトランスフォビアでもないけど、完全なるヘテロだ。男と恋愛できないと思うのは当然だろう。それなのに、トーニャには何も言えないでいる。おかしくないか？　パコの性格を考えれば、気持ちが冷めているのなら、すぐに自分の非を認めて謝っているはずだ。それができないのは、トーニャに間違いだったと謝ってしまったら、恋が終わってしまうとわかっているからだよ」

ロブの言い分もわからないではないが、割り切れないものが残った。トーニャを恋人にするつもりもないのに、まだ恋を終わらせたくないなんて矛盾している。

「結論はわかっているのに悩んだってしょうがないだろう。パコはトーニャとつき合わない」

「ユウト。恋愛はつき合う、つき合わないだけで語れるもんじゃない。そんなことくらい、君だってよくわかっているはずだ」

頑《かたく》ななユウトを諭すように、ロブが優しい口調で言った。

「ディックを追いかけていた頃、君は彼と恋人同士になれると思ったからそうしていたの？違うよね」

「それは……」

返す言葉がなくなった。まったくもってロブの言うとおりだからだ。

「君はパコの身内だから、厳しい目になっているんだよ。トーニャに悪いと思う君の誠実な気持ちはよくわかるけど、パコにもう少し時間をあげよう。パコのことだ。自分の気持ちに折り合いがついたら、トーニャとは友人として向き合えるさ」

トーニャが男だと知っても諦めきれないでいる。だけどつき合うこともできない。ロブの言葉が当たっているなら、身動きが取れなくなって一番苦しんでいるのは、パコ自身なのかもしれない。

「ユウト。お前が気に病むことはない」

ユウトのグラスにテキーラを注ぎながら、ネトが言った。

「トーニャはパコの勘違いを知っていたのに、彼が告白してくるまで間違いを正してやらなかったんだ。……俺が早く事実を教えてやれと注意した時、あいつは『少しくらい、夢を見てもいいじゃない』と答えた」

ネトの言葉にユウトはドキッとした。

「まさか、トーニャもパコのことを……？」

「ああ。でもあいつは最初から期待なんてしていなかった。ただひととき、パコのような素晴らしい男から想われる状況を、楽しみたかっただけだ。結果的にはパコの気持ちを弄んだことになるが、許してやってくれ」

ユウトは言葉を失ったまま、カウンターへと目を向けた。トーニャは笑顔で客の相手をしている。ユウトにはそのきれいな笑顔が悲しく見えた。

パコにつき合ってもいいと言ったトーニャの言葉は本心だったのだ。告白されても自分の恋が実らないことを知っていた。それでもイエスと答えてみたかったのかもしれない。

一体、どんな気持ちでパコの告白を聞いていたのか。からかうようにオーケーの返事をしたのは、多分パコに逃げ道を与えるためだろう。トーニャのいじらしさと優しさが、無性にやるせなかった。

「……俺はやっぱりパコが許せない」

「ユウト。パコを責めちゃいけない。彼はお前の自慢の兄貴だろう？」

ディックがユウトの髪をくしゃっと撫でた。すかさずロブが「そうだよ」と、ディックの言葉を引き取った。

「君はディックが男だとわかったうえで好きになったけど、パコはそうじゃない。女性だと思っていたから好きになったんだ。トーニャが男だと知っていれば、きっと恋愛感情は芽生えなかった。セクシャリティの問題は、そうは簡単に乗り越えられるものじゃない」

その言葉に、ロブ自身の気持ちが含まれているように感じた。ロブはヨシュアがセクシャリティの問題を乗り越え、自分のパートナーになってくれるのを願っている。内心では焦れったい気持ちと不安を抱えているはずだ。けれど迷うヨシュアの気持ちに理解を示し、辛抱強く想いが叶う日を待っている。

「前にも言ったと思うけど、君だってディックと普通の状況で出会っていたら、いい友人止まりだったと思わないか？　好きだと言われて、すぐその気になれた？」

多分、なれなかっただろう。ゲイに対する差別意識は持っていなかったが、自分が男とどうにかなるなんて、生理的な気持ち悪さが先に立ち、想像すらできなかった。

「……君は意地が悪い」

ユウトはむっつりと塩を舐め、テキーラを呷った。

「俺の場合は吊り橋効果だって言いたいんだろう」

むくれながら言うと、ネトが「いいじゃないか」と笑った。

「お前は吊り橋の上で芽生えた恋を、本物に変えたんだ。強い意志と強い愛情がなければ無理な話だ。誰にでもできることじゃない」

だからパコを許してやれと言いたいのだろう。

「なんだよ。三人ともパコに味方して。俺だけが悪者みたいじゃないか」

ユウトは拗ねた子供のように唇を曲げた。

「パコのことは、もういい。それより飲もう。ロブもテキーラにしろ」

空になったロブのグラスに、ユウトはテキーラをたっぷり注いだ。

「ディック。これは帰りが大変だな。きっと酔い潰《つぶ》れたユウトを、部屋まで抱きかかえて運ぶ羽目になるぞ」

「いいんだ。今夜は潰れるまで飲んでいいと俺が言った。ユウトのことだ。やけ酒を飲むだけ飲んだら、きっとパコのことを許してやれる」

そうだよな、と言いたげなディックの優しい瞳と目が合った。ずるいと思う反面、ここに誰もいなければディックに思いきり抱きつきたいとも思った。

「じゃあ、もう一度、乾杯しようか。ディックはコークだけど」

ロブの音頭で四人はグラスを重ね合った。

「……トーニャと話してくる」

突然、立ち上がったユウトを見て、三人は顔を見合わせた。その目は相当酔っているユウトをトーニャのところにやっても大丈夫だろうかと、無言で協議しているようだった。

「何を話すんだ？　パコのことならやめておけよ」

三人を代表してディックが注意を促した。ユウトは手のひらをひらひらさせながら、「わかってる」と答えて、おぼつかない足取りでカウンターに向かって歩き始めた。

少し目眩《めまい》がするし足もともふらついているが、思考はまともだ。と、本人は思っている。

「やあ、トーニャ。水を一杯もらえるかな」

カウンターの椅子に腰かけ、トーニャに話しかけた。自分でも呂律《ろれつ》が怪しくなっているのがわかる。

「かなり飲んだみたいね」

「ああ。でも、もうやめておくよ。明日の二日酔いが怖い」

トーニャは「遅いわよ」と笑い、水の入ったグラスをユウトの前に置いた。

「今日は忙しくて、全然話ができなかったわね。ごめんなさい」

トーニャにごめんなさいと言われ、やりきれなくなった。謝るつもりで店に来たのは、自分のほうだったのに。

「いいんだ。気にしないで」

ユウトが黙り込むと、トーニャは店の手伝いをしている友人のパティに、「今日はもう帰っていいわ」と声をかけた。気がつけば店内にいる客はユウトたちと、ひと組の若いカップルだけになっていた。

ディックに注意されるまでもなく、パコのことを話題にするつもりはなかった。トーニャの本心を知ってしまった以上、無神経に触れることはできない。けれど何か言いたかった。なのに上手い言葉が見当たらない。

ジレンマを抱えながら水を飲み干したユウトは、お代わりを頼むべきか、このまま何も言わずにテーブルに戻るべきか決めかねていた。

「ねえ、ユウト」

空になったグラスを見つめていたら、トーニャが静かな声で話しかけてきた。

「私、刑務所の中でずっと考えていたことがあるの。なんだかわかる?」

いきなりの質問にユウトは戸惑った。

「わからない。なんだろう」

「外に出られたら、お金を貯めて手術を受けたい。ずっとそう思ってた」

手術——。つまり、性転換のための手術のことだろう。

「子供の頃から、どうして私は男の身体で生まれてきたんだろうって、ずっと苦しんできたわ。だから完璧な女に生まれ変わって、いつか必ず女としての幸せを手に入れたいと願ってた。でも不思議なことに、最近はこのままでもいいと思えるようになってきたの」

「なぜ……？」

子供の頃からの夢を、どうして手放す気になれたのだろう。何がトーニャの心を変えたのだろうか。

「多分、今が幸せだと感じているからじゃないかしら。お店は楽しいし、ネトがいて気の合う仲間たちもいる。みんな私のことを男でも女でもなく、ひとりの人間として受け入れてくれている。だからこれ以上を望むのは強欲すぎるでしょ？」

そんなことはないと言いたかった。女性の心に男性の身体。実際のところユウトには、それがどれほど辛《つら》いことなのか実感としてはわからない。だが想像はつく。

何か言いたげなユウトの目を見つめ、トーニャは慈愛のこもった笑みを浮かべた。

「私はこの身体のまま生きていくわ。ありのままの自分で、胸を張って生きていきたいの。そうしていればいつかきっと、私を本物の女として愛してくれる人が現れる。そう思わない？」

胸の奥から押し寄せてくるものがあった。トーニャが真に伝えたかったことに、やっと気づいたからだ。トーニャはユウトの気持ちを見抜き、パコとのことは気にするなと言っている。

「……トーニャ。頼みがある。こっちに来てくれないか」

トーニャは「なに？」と笑いながら、カウンターの中から出てきてくれた。目の前にやって来たトーニャを見て、ユウトは椅子から立ち上がった。よろめくように近づき、両手を広げてトーニャの細い身体を強く抱き締める。

「ユウト……?」

驚いたように名前を呼ばれた。ユウトはギュッと目を閉じ、もつれる舌を動かして告げた。

「君は俺の大事な友人だ。かけがえのない人だよ。そのことを忘れないで」

酔っぱらいの戯《ざ》れ言《ごと》だと笑って受け流してくれると思ったのに、トーニャはユウトの背中を軽く叩き、「ありがとう」と囁いた。

「私もあなたが大好きよ。優しくてまっすぐで、本当に素晴らしい人だと思ってる」

気恥ずかしい面持ちで抱擁を解こうとした時、背後でロブの声がした。

「こらこら。トーニャに絡むんじゃないよ」

「絡んでない。友情を確認し合っていただけだ」

トーニャから身体を離し、ロブを振り返って反論した。

「ディック。もう連れて帰ったほうがいい。こりゃ、潰れる寸前だ」

「ああ。そのようだな」

ディックは苦笑を浮かべて歩いてくると、ふらふらしているユウトの腕を摑《つか》んだ。

「お節介のロブがうるさいから、もう帰るよ」

トーニャに別れを告げると、頬にさようならのキスをされた。

「ええ。ビーチでの休暇、楽しみましょうね」

ユウトはディックに支えられながら店を出た。ディックの車は少し先の、薄暗い道路の路肩に停めてある。

「待ってくれ」

エンジンをかけたディックに、ユウトは言った。

「どうした？　気分が悪いのか？」

「そうじゃなくて……」

助手席のシートに身体を預けたまま、ディックを見る。ディックは優しく微笑《ほほえ》み、指先でユウトの唇を撫でた。

「どうしたんだ？　泣きそうな顔をしてるぞ」

「――ディック。キスしてくれないか」

ユウトは呟いた。いつもなら外でキスをねだったりしない。だけど今はどうしてもディックに触れたかった。

ディックは何も言わず、ユウトの望みを叶えてくれた。薄暗い車の中で、吐息を重ね合うような淡いキスを交わす。ディックの温もりに包まれていると、ユウトの乱れた心は大きく揺れ動いた。

「……どうして。好き合ってるのに、どうして駄目なんだろう」

喉《のど》の奥から絞りだすような声が出た。パコを責めているんじゃない。ただトーニャの気持ちを考えると、どうしようもなく胸が苦しかった。諦めることに慣れるしかない人生なんて、あまりにも辛すぎる。

だが同情してはいけない。それは僭越《せんえつ》というものだ。それに苦悩を乗り越え、あるがままの自分の姿を肯定し、誇りを持って生きているトーニャは、他人の憐れみなど望んでいない。

「好き合っていても結ばれないことはある。大丈夫、パコもトーニャもしっかりした大人だ。時間が経てば、また友人として笑い合えるさ」

ディックはユウトの頭を自分の肩に抱き寄せた。恋が終わって、ただの友人同士に戻る。切ない気がする一方で、ほのかな希望も感じた。

かつてロブはユウトに想いを寄せていたが、今ではよき友人だ。昔の恋心も笑い話にできるほど、ふたりの関係は上手くいっている。

パコとトーニャも、そうなればいいと思った。ふたりが気兼ねなく笑い合う姿を、もう一度、見てみたい。すぐには無理でも、いつかまた――。

「お前は人の痛みに敏感すぎる。……そこが大きな魅力でもあるがな」

子供をあやすように頭を撫でられ、ユウトは照れ隠しにディックの耳たぶを引っ張った。

「ディック。もし俺とお前が別れても、いい友人になれると思うか？」

「な……っ。何を言うんだ、ユウトっ」

慌てるディックの様子が可笑しくて、ユウトは「冗談だよ」と笑った。

「友人になんてなりたくないよ。ディックは俺にとって、世界で一番大切な人なんだから」

心から大切だと思える相手と、一緒に生きられる喜び。ともすると日常の中に埋没して、見失ってしまいがちな喜びかもしれない。だが本当はそれが一番大事なことなのだ。

「俺はディックと別れたりしない。何があっても」

「よかった。それを聞いて安心した」

ディックは心底ホッとした表情を浮かべ、ユウトの鼻先にキスをした。

# *Commentary*

ロブ＆ヨシュア

二冊目の『DEADHEAT』を書く際、「二巻はディックがほとんど出てこないから、ユウトに絡ませる当て馬が必要だな。事件面もサポートできるよう犯罪学者にしよう」くらいの軽い気持ちで登場させたのがロブでした。まさかこんなにも存在感のあるキャラになってくれるとは。このシリーズにロブがいてくれて本当によかったと思います。

当て馬として散ったロブにも素敵なパートナーを、と思って生まれたのがヨシュアです。最初はロブと真逆の性格なので、恋人としてどうかな？　と思うこともありましたが、今となっては正解だったと感じています。

作品の中ではあまり書かないようにしていますが、私が考える本当のロブはかなり難しい人です。恐ろしくプライドが高いし、負の部分などは絶対に他人には見せない。みんなに見せている駄目なところは、見られても構わないと自分が判断した部分だけで、二面性があるというより自分を演出することに長《た》けているタイプ。

そういうロブなので、裏を読んだり駆け引きをしなくていいヨシュアのようなタイプは癒しであり、目の中に入れても痛くないと思える可愛《かわい》い子。愛することに飢えているロブと、愛されることで成長できるヨシュアの相性は最高にいいようです。

BL作家ですが、男同士の結婚式を書くことはないと思っていましたが、このふたりなら結婚してもいい、することが自然だと感じられたので、晴れて夫婦（？）となった次第です。

# ヨシュア・ブラッドの
# 意外な趣味

「あちこち引っ張り回してすまなかった。でも今日は最高に楽しかったよ」

ロブはサイドブレーキを引いて、助手席に座るヨシュアに笑みを向けた。場所はヨシュアのアパートメントの前。デート帰りに家まで送ってきたところだった。

「私も楽しかったです。誘ってくださって、ありがとうございました」

控えめな言い方だったが、ロブを見返すヨシュアの表情は満足げで、楽しかったという言葉に嘘がないことはよくわかった。

十日前のユウトが人質になった立て籠もり事件の夜、ふたりは結ばれて、晴れて恋人同士になった。ロブにすれば長い待ち時間だった。

迷っているヨシュアを甘い言葉で搦《から》め捕《と》り、なし崩しに自分のものにしてしまうのは、それほど難しくはなかったが、あえてその方法は選ばなかった。ロブの態度に流されるのではなく、自分で考え抜いて納得したうえで答えを出してほしかったのだ。

待った甲斐《かい》があった。ヨシュアから恋人にしてくださいと言われた時、ロブは泣けるほど嬉しかった。ようやくヨシュアと想いが通じ合った感動に心が震えた。

今日はヨシュアが休みだったので、海辺をドライブしたり、マリナ・デル・レイにあるロブのお気に入りのレストランで食事をしたりして、恋人同士としての初デートを楽しんだ。

「コーヒーを飲んだらすぐ帰るから、ちょっとだけ君の部屋に寄っても構わない？」

ヨシュアの眉尻がかすかに動いた。重大な選択を迫られているような、恐ろしく真面目な顔つきだ。ロブは自分がそんなおかしなことを言っただろうかと、内心で首をかしげた。

楽しかったデートの締めくくりとして、ヨシュアの部屋で別れを惜しみながらコーヒーを飲む。ロブにはこのうえなく素敵な時間に思えるのだが、どうやらヨシュアは違うらしい。

残念だったがヨシュアの嫌がることはしたくなかった。ヨシュアの心のドアをノックする努力は惜しまないが、強引にドアを開けてズカズカと勝手に侵入するような真似はしたくない。

「駄目ならまた今度にするよ。困らせてごめん」

「いいえ、ロブ。駄目ではありません。ただ――」

その先の言葉を待ったが、ヨシュアはなぜか口を閉ざしてしまった。

「何か問題があるの？　片づいてないとかなら、俺は全然気にしないけど」

几帳面《きちょうめん》なヨシュアに限ってそれはないと思ったが、念のために言ってみた。ヨシュアはロブをチラッと見たあと、決心したようにシートベルトを外した。

「わかりました。ではどうぞ私の部屋に上がってください。ですがひとつだけ約束してください。私の部屋で何を見ても、私のことを嫌ったりしないと」

「……わ、わかったよ。約束する。君の部屋で何を見ても、俺は君を嫌いになったりしない」

ヨシュアの真剣さに気圧され、ロブは宣誓するように右手を挙げて約束した。

「なんだ。すごくきれいにしているじゃないか」

ヨシュアが大袈裟《おおげさ》に言うものだから、もしかしたらハリケーンが通り過ぎたあとのように、足の踏み場もないほど盛大に散らかっているのかと心配したが、なんのことはない。ヨシュアの部屋は文句のつけようもないくらい、完璧に片づいていた。

インテリアは全体にシンプルだが、カーテンやソファカバーなどのファブリック類は淡いブルーを基調に統一されていて、ヨシュアらしさが感じられるすっきりした部屋だった。

ロブはキッチンのテーブルに座り、コーヒーの準備を始めたヨシュアの姿を目で追った。

「……ロブ。すぐそばで、そんなに見つめられると緊張します。すみませんが、向こうのソファで待っていてもらえませんか」

困惑した表情でヨシュアが振り返った。人づき合いが苦手なヨシュアは、自分のテリトリーに他人を入れる行為に慣れていないのかもしれない。

「ごめんごめん。君を見てるのがすごく楽しくてさ。じゃあ、向こうで待ってるよ」

ロブは締まりのない笑顔でソファに移動し、リモコンでテレビのスイッチを入れると意味もなくクッションを胸に抱き締めた。

普段クールなだけに、些細《ささい》なことで照れられると可愛《かわい》くてたまらない。ヨシュアの初心《うぶ》な反応は、いちいちロブのスケベ心を刺激するのだ。

テレビの横にドアがある。多分、向こうが寝室だろう。どんな寝室かちょっと見てみたいと思い腰を浮かしかけたが、ヨシュアがコーヒーカップをトレイに載せてやってきた。

ロブはひとくち飲んでから、隣に座ったヨシュアに向かってニッコリと微笑んだ。

「君が淹《い》れてくれるコーヒーはいつも最高にうまいな。毎日でも飲みたいくらいだ」

「ありがとうございます。毎日は無理ですが、一緒にいる時はいつでも申しつけてください」

ヨシュアのとんちんかんな答えに噴き出しそうになったが、どうにかこらえた。真面目に答えている相手を笑うのは失礼だ。

ロブはごく自然にヨシュアの肩に腕を回した。ヨシュアの身体に少しだけ力が入った。

「……どうしたの？　もしかして緊張してる？」

ヨシュアの顔を覗《のぞ》き込みながら、優しい声で尋ねる。

「いえ。そういうわけではありませんが。……ロブ。あの、コーヒーが冷めてしまいますよ」

「大丈夫。冷めたコーヒーも好きだから」

ロブはじわじわと距離を縮め、鼻先が触れ合うほどヨシュアに近づいた。ロブの望みが何か知っているくせに、ヨシュアは困ったように目を伏せてしまう。

「キスは嫌？」

「嫌ではありません。でもキスしたら、それだけで終わらなくなるでしょう？」

「それはつまり、今夜は俺としたくないってことなのかな」

ヨシュアはしばらく考え込んでいたが、「できれば」と呟いた。ロブは拒絶されたことを寂しく思ったが、相手が気乗りしない時にするセックスほどつまらないものはないと知っているので、今夜は我慢しようと決めた。

「わかった。じゃあセックスはしない。でもキスはさせてくれ。デートの最後に君の唇に触れられないなんて、俺にとっては拷問だ」

ヨシュアの頬《ほお》にそっとキスしたあと、ロブは「好きだよ」と囁いた。

「君と抱き合えないのは残念だけど、今夜はキスしたら大人しく帰る。安心して」

ロブが唇を求めると、ヨシュアは嫌がらずに受け入れてくれた。熱い舌がゆっくりと絡み合う。ロブが攻めればヨシュアは逃げるが、退けばおずおずと自分から舌を動かし求めてくる。口腔の中で繰り広げられる攻防戦は、いつまでも続いて勝負はつかない。ロブの動きに触発されて、ヨシュアの動きも次第に大胆になってきた。ロブはたまらずヨシュアを強く抱き締めた。肩や背中を撫でながら甘い唇を夢中で貪《むさぼ》る。

「ロブ、もう……駄目、です。ん……っ」

息を乱したヨシュアが、ロブの胸を押して突っぱねた。しかしたいした力ではない。だからロブはやめなかった。本気で嫌ならヨシュアは腕力でロブを封じ込める。

「もう少し。君の唇は甘すぎて、キスが止まらないんだ」

「嫌、駄目です……あ、そ、そんなとこ、触らないでください……っ」

ロブがジーンズの前立てに指を這わせると、ヨシュアは首まで真っ赤にして嫌がった。ヨシュアのそこがたくましく反応していることを知り、ロブは一気に余裕を失った。

ソファにヨシュアを押し倒し、ジーンズの前を開いてそこに口づけた。下着の上からフェラチオされ、ヨシュアは切羽詰まった声で「本当に駄目ですっ」と叫んだ。

「駄目じゃない。こんなになっているのに、どうして俺に愛させてくれないの？　君は何もしなくていいから、俺にすべて任せて」

ロブは下着を下げ、ヨシュアのものを直接口に含んだ。ヨシュアは真っ赤になって快感に耐えている。だがロブの熱心な愛撫《あいぶ》の前に長くもたず、最後はロブの髪をかき乱しながら、しなやかに背中を震わせて果てた。

息を乱したヨシュアが「ひどい……」と呟いた。よすぎたせいか、涙目になっている。

「キスだけって言ったのに」

恨めしげに文句を言われたが、ロブは「仕方ないよ」と肩をすくめた。

「君の可愛い坊やがエレクトしちゃったんだから。無視できないだろう？」

「してください。触ってなんて頼んでないのに」

その言い方があまりにも冷たかったので、ロブもカチンときた。強引にフェラチオしたのは悪かったが、ヨシュアだって気持ちよかったはずだ。そんなに怒られるのは納得いかない。

「初めてのデートなんだから、最後に抱き合いたいと思うのは当然だろう？　でも明らかに君が乗り気じゃないから、俺だってキスだけで我慢しようとしたんだ。まあ、我慢しきれなくて、フェラチオまでしちゃったけど。俺のしたことって、そんなに最低？」

憤然とした態度で開き直ると、ヨシュアは珍しく感情的に言い返してきた。

「我慢しているのはあなただけじゃありません。私だってあなたが欲しい。でも私の寝室には、あなたに見られたくないものがたくさんある。あれさえなければ……。来てください」

いきなり腕を摑まれてびっくりした。ヨシュアはロブを引っ張って寝室に入っていく。

「ここが私の寝室です。あなたはこんなふざけた寝室で、私とセックスできますか？」

ロブはぽかんとして部屋中を見回した。ふざけた寝室だとは思わないが、コメントに困る部屋なのは確かだ。窓のそばに取り分け興味深いものがあった。ロブは腕組みしてこっちを見ている、黒ずくめのマッチョな彼に近づいた。ロブもよく知っている男だ。

「……これってバットマンのフィギュア？」

「一分の一スケールの等身大フィギュアです。ちなみにコミックバージョンです」

等身大ならロブより大きくて当然だった。よくできている。ロブが感心して値段を聞くと、ヨシュアは給料一か月分だと教えてくれた。それが高いのか安いのかわからない。

ヨシュアの部屋はバットマンづくしだった。ベッドカバーにはバットマンのシンボルの黒いコウモリマークがでかでかとプリントされているし、戸棚にはロビンやジョーカーなど、いろんなキャラクターのフィギュアも勢揃《せいぞろ》いしている。

「君ってバットマンマニアだったのか」

「はい。いい年をして恥ずかしいのですが、子供の頃から大好きで、唯一の趣味みたいなものです。……でもあなたに知られたくなかった。だから部屋に入れたくなかったんです」

ロブは笑ってはいけないと必死でこらえた。ヨシュアは純粋に自分のバットマン好きを隠したかったのだ。ただそれだけだった。セックスを嫌がったのも、この寝室を見せたくなかったからで、ロブを拒絶したわけではなかった。

「隠さなくてもよかったのに。君が何を好きでも俺は気にしないよ。好きなものがあるのはいいことじゃないか。俺もこのいかしたコウモリマークのベッドで寝てみたいな。駄目?」

ベッドに腰を下ろして尋ねると、ヨシュアはほっとしたように首を振った。

「だったらおいで。もう俺を拒む理由はなくなったんだろう?」

ロブが両腕を広げると、ヨシュアは素直に胸の中に飛び込んできた。しかしロブはあることに気づき、「ちょっと待ってて」とヨシュアを置いてベッドから立ち上がった。

バットマンの等身大フィギュアに近づき、たくましいヒーローを抱える。思ったより重くて苦労したが、どうにか百八十度回転させ、バットマンを後ろ向きにした。

たとえヨシュアの大事なヒーローでも、これから始まる出来事は見られたくなかった。

# Day after day

（朗読 CD）

「どこだっていいだろっ。ひとりになりたいだけだ」

追いかけてくるディックにそんな言葉を投げつけ、俺は部屋を飛びだした。とにかく腹が立って腹が立って仕方がなく、どうしてもひとりきりになりたかったのだ。

足早にアパートメントの階段を駆け下り、通りに停めた車の運転席を開けた時だった。背後でクウンという犬の鳴き声がした。まさかと思って振り返ると、不安げな様子のユウティが尻尾を振りながら俺の後ろに立っていた。

ユウティがひとりでドアを開けられるはずがない。ディックがわざと追いかけさせたのだろう。姑息《こそく》な手を使いやがって、と怒りが湧いた。

ここでのこのこ家に引き返せばディックの思う壺《つぼ》だ。俺はユウティを車の助手席に乗せ、人通りの途絶えた深夜の街へと走りだした。

むしゃくしゃする気持ちのままアクセルを踏み込みたい衝動を、必死でこらえる。

喧嘩《けんか》の原因はごく些細なことだ。明日からの休日をどう過ごすのかっていう、本当にどうでもいいこと。いつもなら意見が衝突しても、ディックのほうが引いて丸く収まるのに、今夜に限ってやけに頑固だった。

その意固地な態度を見ていてピンときた。ディックはまだ怒っているんだ。

三日前、ずっと追っていた大物ドラッグディーラーの逮捕にとうとう成功した俺たち麻薬捜査課の連中は、仕事が終わってからロス市警近くのバーに集まって祝杯を挙げた。みんな浮かれて大はしゃぎで、俺も相当飲んでしまった。

深酒しすぎた俺を心配したディックが、バーまで迎えに来てくれたのだが、その時、俺は相棒のデニーの肩にもたれかかって寝ていたらしい。それを見たディックは内心でかなり面白くなかったようで、次の日はずっと不機嫌だった。

俺にすればまったく覚えていないことだし、それに同僚の肩にもたれて眠るくらい、浮気でもなんでもないんだから、まったく問題ないと思っている。だからディックが少々怒っていようが、いちいち謝る気にもならなかった。

そんなことがあったあとだし、今夜のディックのむきになったような態度は、まだ三日前の怒りを引きずっているせいだと思えてきて、俺のほうもついつい態度がきつくなった。

言い合ってるうちディックが、『いつも俺が譲ってやっているんだから、たまにはお前が譲れ』と言い出した。

一体何を譲ってくれているんだって聞くと、ディックの奴、えらそうな態度で『俺はドミノ・ピザが好きだけど、いつだってお前が好きなパパ・ジョーンズを注文してるし、歯磨き粉だってシャンプーだって、全部お前の好きなメーカーのを買ってる。俺はお前のためにいろいろと我慢してるんだ』なんて言いやがった。

思わず耳を近づけて、「ハア?」って言いそうになった。本当に呆れるよ。ドミノ・ピザがそんなに好きなら、勝手に注文してひとりで死ぬほど食えっていうんだ。

お前のために我慢してるとか、恩着せがましいにもほどがある。しかも喧嘩した時にだけそういうことを言うんだから、まったくもって男らしくない。

ディックが論点をずらしてきたせいで、最後は何がなんだかわからない言い合いになって、これまで経験したことがないほどの大喧嘩になった。

そもそもディックの不機嫌の原因は、過度のやきもちにあるわけで。だから俺は悪くない。悪いのはディックのほうだ。

あいつがやきもち焼きなのは前からだけど、度を過ぎるとさすがにうんざりする。大体、疑うってことは俺のことを信用していないってことで、それって俺に対してすごく失礼な話じゃないか?

まったく、ディックってなんであんなに疑い深くて心配性なんだろう。もしかして自分が浮気したことがあるもんだから、俺のこともすぐ疑うんじゃないのか? ……だったら絶対に許さない。

思わずハンドルを叩いてしまい、助手席のユウティが驚いたように俺を振り返った。俺はユウティになんでもないと言い聞かせ、溜め息をついた。

走りだしたのはいいけど行くあてがない。こんな時間じゃトーニャの店はもうやってないだろうし、ロブもさすがに寝ているだろう。こうなったら適当にドライブするしかないようだ。

俺はあてもなく車を走らせ続けた。深夜というより、もうすぐ夜が明けようかという時間だ。街はしんと静まり返り、行き交う車の姿もまばらで、そんなひっそりとした風景の中に身を置いていると、自分の心まで寂しくなっていくようだった。

不思議なものでディックと暮らすようになってから、ひとりの時間が苦手になった。何をすればいいのかわからなくて、時間を持てあましてしまうのだ。昔はひとりでいるのが普通で、むしろ他人がそばにいることのほうが苦痛だったのに。

ディックと暮らしていて、たまにはひとりの時間を持ちたいと思うこともあるけど、実際にひとりになったらなったで、全然面白くないんだ。

美味しいものを食べても、ディックに『これ、うまいよな』って言えないとつまらないし、面白い映画を観ても、ああだこうだ感想を言い合える相手がいなきゃ、内容もすぐに忘れてしまうし。

いつもディックは、お前がいなきゃ駄目だって言ってくれるけど、それは俺も同じなんだよな。ただ恥ずかしいから、滅多に言葉にして言わないだけで――。

あれこれ考えごとをしているうち、海まで来てしまった。俺は海沿いの道路に車を停めた。ドアを開けると、ユウティが嬉しそうに砂浜へ飛びだしていった。空は白み始めているが浜辺はまだ薄暗く、誰の姿も見えない。

　俺は車にもたれかかって海を眺めた。怒りの感情はもうどこかに消え去り、家に残してきたディックのことが気になって仕方がなかった。今頃、きっと心配しているだろう。喧嘩をして家を飛び出すなんて初めてのことだ。

　ディックのことを考えながら、ひとりきりで夜明け前の海を眺めていると、ふといつかの光景が思い出された。あれは去年の六月。コロンビアで別れたきりになっていたディックの居場所がわかり、俺は不安な気持ちを抱えて見知らぬ海辺の町を訪ねた。

　七か月ぶりに会うディックは、以前とまったく変わらなく見えた。だけど心の中まではわからなくて、もう俺たちの関係が続いていく未来はないのだと思い込んだ。

　ビーチハウスのデッキに座って、ディックの隣で眺めたあの夜明けの海。今もはっきりと覚えている。別々の人生を送ることになっても、ディックが幸せならそれでいい。ディックの心がこの海のように穏やかであってくれるなら、俺はひとりでもいい。

　そう思って伝えたい気持ちを胸の奥に押し込め、黙ったままディックと一緒に明けていく空と海を見ていたんだ。すぐ隣にいるディックが、すごく遠い存在に思えて寂しかった。

　でも翌日、帰り際になって、やっとディックが呼び止めてくれて……。あの時はふたりとも馬鹿みたいに余裕がなくて、夢中でキスしながら家の中に戻ったんだっけ。

　……一緒に暮らし始めて、半年以上が過ぎた。今ではふたりが刑務所にいたことも、共にコルブスを追っていたことも、すべてが遠い昔の出来事のようだ。

いつしかディックがそばにいる毎日にも慣れてしまい、ふたりで暮らす生活さえ、なんの変哲もない日常になってしまった。

だって仕方ないよな。悲しいけど、人は幸せに慣れてしまう生き物なんだ。いくらなんでもディックが目の前にいることに、毎日毎日あらためて感激なんてできないし。

でも感激はできなくても感謝ならできる。ふたりが一緒にいられることに、ディックが俺を愛してくれていることに、毎日毎日、感謝したい。そういう気持ちだけは忘れずにいたい。

喧嘩はもちろんよくないことだけど、好きな相手と喧嘩できるって、もしかしたらすごく幸せなことなのかもしれないな。一緒にいられるから喧嘩だってできるんだ。離れていちゃ、文句のひとつも言えやしない。

そうだ。俺は今、幸せだ。そしてそれはディックがいてくれるから。ディックはいつも俺のことを心配してくれるし、いつも励ましてくれるし、いつも笑いかけてくれる。何があっても、どんな時でも、俺のことを一番大事に思ってくれる。

あいつは俺のためだったら、自分の命さえやすやすと差し出すだろう。そういう男なんだ。真顔で『お前がいないと生きていけない』なんて言い出す男。鬱陶《うっとう》しいくらいに、俺のことを心の底から愛してくれている男。

そんなディックに、俺は同じだけの愛情を返せているんだろうか。もしも明日、ディックがこの世界から忽然《こつぜん》と消えてしまったら、俺はきっと後悔する。

もっと優しくすればよかった。もっと自分からキスすればよかった。もっともっと――。そんなふうに悔やんで、自分自身を責めるだろう。

そうならないよう、今を大事にしなきゃ。ディックを誰よりも大切にしなきゃ。……電話をかけて謝ろう。早く安心させてやらないと。

ジーンズのポケットから携帯を取り出したその時、着信音が鳴り響いた。誰かなんて確かめなくてもわかる。俺は慌てて電話に出た。

「もしもし、ディック？　俺も今、電話しようと思ってたところなんだ。……うん。……いや、いいんだ。俺も悪かった。ちょっと言いすぎたよ。本当にごめん。……え。今？　馬鹿、違うよ。ひとりに決まってるだろう。海に来てるんだ。別に理由はないんだけど、なんとなく。……ユウティ？　ユウティは浜辺をうろついてるよ。あ、波打ち際まで行ってる。泳ぎださないよう祈っててくれ。……ディック。朝焼けがすごくきれいなんだ。群青色の空が白くなってきて、その上にピンクと紫の雲が広がっている。本当にきれいな夜明けの空だ。でもお前と一緒に見られたら、もっときれいだったと思う。……うん。そうだな。……心配しないでいいよ。すぐ帰るから。……ああ、わかってる。――あ、待って、ディック。……愛してる。……ん。……もういいよ。じゃあ、切るからな」

俺は電話を切ると、胸一杯に潮風を吸い込んだ。家に帰って玄関のドアを開けたら、ディックは慌てて飛びだしてきて、俺のことを力一杯に抱き締めるだろう。苦しいって文句を言っても、きっとディックは俺を離そうとしないんだ。

そしたら俺はしょうがないなって笑って、ディックにキスをしよう。意地を張りすぎたことをちゃんと謝って、何度もキスするんだ。

そのあとは俺が朝ご飯を作ってやろう。メニューはディックの好きなエッグス・ベネディクトがいいかな。久しぶりだから、きっと喜んでくれるはずだ。

来る日も来る日も、同じことのくり返しのように見える毎日だけど、まったく同じ日なんて一日たりともない。どの一日も、俺たちが互いの存在に感謝するために必要な一日なんだ。

だから毎日毎日、俺は感謝して生きていきたい。来る日も来る日も、お前が隣にいてくれることに感謝して、一緒に笑い合える毎日を心の底から幸せだと思いながら、ふたりでこのままずっと暮らしていきたい。

——そうだ。帰ろう。ディックのいる場所に。俺たちの家に。

俺はユウティに戻ってこいと声をかけた。駆けよってきたユウティに「家に帰るぞ。ディックが待ってるからな」と言うと、ユウティはまるで俺の言葉を理解しているかのように、大きな声でワンと吠《ほ》えてから嬉しそうに車に飛び乗った。

I need a love that grows

犬も好きだが、どちらかというと子供の頃から猫のほうが好きだった。しかし残念なことに、ロブは一度も猫を飼ったことがない。なぜなら重度の猫アレルギーの持ち主だからだ。

そのことを知ったのは十歳の時だった。猫をたくさん飼っている友達の家に遊びに行ったら、いきなりくしゃみと鼻水が止まらなくなり、目が痒《かゆ》くなって白目が気持ち悪いほどブヨブヨに膨れあがった。

本当なら少し前に生まれた子猫を一匹もらって帰る予定だったのに、それどころではなくなり、友達の母親に慌てて家まで送り届けられた。帰宅後は長らく治まっていた小児喘息《ぜんそく》まで再発し、医師から猫アレルギーのお墨付きをもらってしまったのだ。そのため、ロブは猫を飼うというささやかな夢を果たせないまま大人になった。

けれど今、ロブの膝《ひざ》の上には猫がいる。緑色の瞳を持った、とびきり美しい猫だ。猫はパジャマ姿のロブの足に頭を預け、ソファに横たわっている。薄目を開けて気怠《けだる》げにテレビを見ているが、おそらく内容は頭に入っていないだろう。

八時を回っているが窓の外は薄暗い。今年はジューン・グルーム（六月の憂鬱《ゆううつ》）が早くやって来たのか、数日前から午前中の空はずっとどんよりとしている。今日も午後にならないと太陽は顔を出さないようだ。

いつもは気が滅入る灰色の空も、今日ばかりは悪くないと思えた。眠たげな猫とアンニュイな気分で過ごす怠惰な時間に、朝の眩《まばゆ》い光は似合わない。

「眠気覚ましに、熱いコーヒーでも淹《い》れてあげようか？」

ロブは猫の毛――もといヨシュアの金髪を撫《な》でる手を止め、優しく囁《ささや》いた。素肌にガウンだけを纏《まと》ったヨシュアは、かすかに頭を動かした。まだいらないという返事だろう。

ヨシュアの寝起きは驚くほど悪く、ベッドを出てから三十分はまったく使い物にならない。目は開いていても頭が働かないので、テレビを見ながら少しずつ意識をはっきりさせていくのが日課らしかった。

完全に目が覚めたら次にシャワーを浴びて、身体もシャキッとさせる。そこで初めて普段のヨシュア・ブラッドと同じ人物になるのだ。なんでも寝起きに無理やり動きだすと、頭痛がしたり気分が悪くなったりするのだそうだ。

ロブがそのことを知ったのは、つい最近のことだ。ヨシュアが泊まっていったある日、初めてロブのほうが先に目が覚めたことで、その事実が発覚した。

夢遊病患者のようにふらふらとリビングに現れたヨシュアは、目の前にいるロブの顔も見ずにソファに横たわり、三十分間、薄目を開けてテレビを見ていた。具合が悪いのかと心配して何度も声をかけたが、すべて無視された。昨夜のセックスに何か問題があったのかもしれないと、ロブは真剣に悩んだ。

あとからヨシュアに無礼を謝られ、真相を知った。いつもはロブより先に起き、きちんと身支度を調えてから、王子様のような気品のある態度で「おはようございます。よく眠れましたか？」と尋ねてくるヨシュアだったが、あれは彼の努力の賜物《たまもの》だったのだ。

ロブはヨシュアに無理はしなくていいと伝えた。ヨシュアは自分の寝起きの悪さをみっともないと恥じ入っていたが、ロブは「みっともなくなんかないよ。眠そうな君ってすごく可愛い。毎日だって見ていたいくらいだ」と恋人の心配を笑い飛ばした。

そんな経緯があって、ヨシュアは無理してまでロブより先に起きることをしなくなった。かくしてロブは無防備すぎるヨシュアの寝起き姿を、存分に眺めるという楽しみを得たのだ。

テレビでは朝のニュース番組が続いている。あと五分ほどすればヨシュアはムクッと起き出して、シャワーを浴びに行くだろう。その間にロブは朝食を用意し、バスローブ姿のヨシュアが戻ってきたら、あれこれ世話を焼いて嫌がられるまで給仕してやるのだ。

晴れて恋人同士になってからヨシュアは時間が許す限り、一緒に過ごしてくれる。相変わらず感情があまり顔に出ないので、何を考えているのかわからなくて気に病むこともあるが、自分から会いに来てくれるという事実だけで、ヨシュアの愛情は十分に確認できた。

なんて素晴らしい休日の朝だろう。今日はヨシュアの仕事が休みだから、一日中ずっと一緒にいられる。夜にはユウトたちもやってきて、みんなで夕食を楽しむことになっていた。素敵な恋人と最高の仲間たちに恵まれた自分は、本当に幸せ者だ。

「ん……?」

ロブはテレビの画面を注視した。映画のアワード・ショーの模様を伝えるニュースで、着飾った俳優たちがレッドカーペットの上を歩いていく様子が映しだされている。その中に見覚えのある顔を見つけたのだ。

「このボディガード、君じゃないのか?」

胸もとが大きく開いたセクシーなドレスを着た女優の背後に、サングラスをかけた黒いスーツ姿の男が立っていた。プラチナブロンドの髪がきっちりと頭に撫でつけられているので、いつもと雰囲気は違うものの、ロブがヨシュアを見間違うはずがない。

「ねえ、ヨシュア。そうだろう?」

肩を軽く叩《たた》くと、しばらくしてからヨシュアはかすれた声で「多分」と呟《つぶや》いた。

ヨシュアが警護している女優の名前はリンダ・スチュワート。最近、人気が急上昇している美人女優だ。年齢は確か三十代前半なので遅咲きの印象は否めないが、キャリアを積んできた分、演技力には定評があり、今後がおおいに期待されていた。

ファンがペンと紙を差し出し、リンダにサインをせがんでいる。リンダが気さくに応じ始めると、ヨシュアは彼女を守るようにすぐ脇に立って、不審な動きをする者がいないか周囲に視線を走らせた。サングラスがあるので表情はわからないが、キリッとした立ち姿やきびきびした動作が実にセクシーで、ロブはあらためてヨシュアの美しさに感嘆した。

適当なところでサインを終えたリンダが、ヨシュアに付き添われて会場内へと入っていく。その先には大物男優もいたので、カメラはふたりの後ろ姿を最後まで映しだしていたのだが、ロブはかすかな違和感を覚えた。

リンダがヨシュアの腕に手を添え、何か話しかけた時のことだ。リンダが笑顔なのはともかくとして、ヨシュアの横顔にも自然な笑みが浮かんでいた。それがロブの目には訝《いぶか》しく映ったのだ。仕事中のヨシュアが警備対象者に、あんな笑顔を見せるだろうか？

「もしかして、リンダ・スチュワートと個人的に親しいの？」

ロブが返事を待っていると、ヨシュアは不機嫌そうな顔つきで上体を起こした。

「シャワーを浴びてきてもいいですか」

「それは……もちろんいいよ」

ヨシュアはガウンの前をはだけさせたまま、ふらふらと歩いて浴室に消えた。ロブは朝食の準備をしながら、意図的に返事をはぐらかされたのか、それとも単に寝ぼけていたのか、一体どっちなのだろうと考え続けたが、疑問はすぐに解けた。

すっきりした様子で戻ってきたヨシュアは朝食を食べながら、リンダとは昔からの知り合いだと教えてくれたのだ。驚いたことに、姉のシェリーの親友だったらしい。

「リンダはよくうちに来ていました。ＤＣに移り住んだあともシェリーとは交友が続いていて、シェリーの遺体が見つかった時には、わざわざ私にお悔やみの電話をくれました」

ロブはヨシュアのカップにコーヒーを注ぎながら、「そうだったのかい」と頷《うなず》いた。子供の頃からの知り合いなら、あの笑顔も納得がいく。

「それがきっかけで、ボディガードを頼まれたの？」

「ええ。リンダは少し前からストーカー被害に遭っていて、人前に出る仕事には神経質になっていました。あのアワード・ショーの日はたまたまスケジュールが空いていたので、私がガードを担当しました」

「彼女もきっと心強かっただろうね。でもちょっと妬《や》けるな。レッドカーペットを歩く君とリンダは、非の打ち所のない美男美女カップルですごくお似合いだった」

ヨシュアはロブのお手製のバナナマフィンを見つめながら、「そんな」と口ごもった。表情がやけに硬い。軽い冗談に深刻な反応を返され、困ったのはロブのほうだった。

嫌な予感がする。男の勘というやつだ。この手の勘は外れたことがない。

「ひょっとして、リンダは君の初恋の相手だったりして」

ヨシュアはロブにいったん視線を移したあと、またマフィンに目を向けた。ロブは内心で焦りつつも、余裕ぶった態度で「あれ。当たっちゃったかな？」と明るく笑って見せた。

ヨシュアはロブの様子を窺《うかが》うように、再びチラッと目を向けた。言うべきか言わざるべきか、決めかねているようだ。

「隠すことないじゃないか。もう昔の話なんだろう？　俺なら平気だから話してくれよ。君のことはなんでも知りたいんだ」

「……リンダは、その、私の初体験の相手です」

ヨシュアは珍しく言い淀《よど》みながら、馬鹿正直に真実を告白した。ロブは引きつりそうな顔をどうにかゆるめ、「なるほど」と鷹揚《おうよう》に頷いた。

「年上の彼女に誘惑されて、つい応じてしまったってわけか」

「どうしてわかったんですか？」

驚くヨシュアを見て苦笑しそうになった。わからないわけがない。ヨシュアの話を聞く限り、彼は十代の頃はまともな対人関係を築ける状態になかった。だとしたら、リンダのほうから積極的に迫ったと考えるのが妥当だ。

「今はお互い、なんとも思ってません。ただの友人です」

「ああ。わかってるよ。だって君には俺という最高の恋人がいるんだ。他の誰かに目移りなんかするはずがない」

おどけるように言うと、ヨシュアは同意するように頷いてくれた。そんなヨシュアを見て、ロブは心配することなんてないと自身に言い聞かせた。ヨシュアは浮わついた男ではない。いくら過去に関係のあった美人女優でも、真剣につき合っている恋人がいるのだから、簡単に誘惑されたりしないだろう。

恋愛に嫉妬《しっと》はつきものだが、くだらない嫉妬のせいで関係が悪化するのは馬鹿げている。ロブはリンダのことは忘れようと心に決めた。

朝食が終わって後片づけをしていると、姉のカレンから娘のケイティを預かってくれないかと電話がかかってきた。夫のバリーの母親が怪我《けが》をして病院に運ばれたので、付き添ってあげたいのだという。ロブはヨシュアの許可を得たうえで、カレンにオーケーだと伝えた。

「せっかくの休みの日に悪いね。君、子供は苦手なんだろう?」

電話を切ったあと、ロブが気づかいを示すと、ヨシュアは「構いません」と首を振った。

「どう接していいのかわからないだけで、嫌いというわけではないので。それにケイティには、一度会ってみたいと思ってました。あなたがあまりに可愛いと褒めるから」

「ああ。本当にすごく可愛いんだ。デレデレになった俺を見て、呆《あき》れないでくれよ」

ヨシュアは冗談だと思ったようだが、ロブは本気だった。二歳七か月になるケイティは、最近ではお喋《しゃべ》りもできるようになってきて、愛らしさに一段と磨きがかかっている。ケイティを前にすると、ロブの顔はだらしなくゆるみっぱなしだ。

一時間後、カレンがケイティを連れて現れた。ロブはカレンとの挨拶《あいさつ》もそこそこに、クマの縫いぐるみを抱いたケイティの前に腰を下ろした。

「やあ、ケイティ。よく来たね。調子はどうだい?」

今日のケイティは淡いピンク色のワンピースを着ていた。最高に似合っている。フリルのたくさんついた白いハイソックスがなんとも言えず愛らしくて、まるで天使だ。

「まあまあよ。ロブおじさん」

はにかんだ笑顔で答えたケイティに向かって、ロブは両手を大きく開いた。

「可愛いお嬢ちゃん。ビッグハグがまだだよ。早くおじさんにギューッてしておくれ」

ケイティの腕が首に回ると、ロブは彼女の小さな身体を「うーん」と言って抱き締めた。

「ありがとう、ケイティ。いい子だね。ママが帰ってくるまで、おじさんと仲良く遊ぼうね」

「ロブ、お客さんがいるのに本当にいいの？」

心配するカレンに大丈夫だと答え、ヨシュアを紹介した。ヨシュアは生真面目な態度でカレンに握手を求め、まるでクライアントに接するように礼儀正しく挨拶をした。

「あなた、ロブの恋人？」

遠慮のないカレンが単刀直入に尋ねると、ヨシュアは五秒ほど固まり、「一応、そのつもりでいます」と返事をした。

「控えめなのね。でもロブとつき合っていくなら、きちんと自己主張しなきゃ駄目よ。この子、なんでも自分の都合のいいようにしちゃうんだから。人当たりはいいけど本当は強引なのよ。それに口が達者だから、相手を言いくるめるのも上手いし。学者なんかより、悪徳弁護士か詐欺師のほうが向いてるんじゃないかって思うけど——」

「カレン。ヨシュアに余計なこと吹き込まないでくれ」

たまらず止めに入ると、カレンは「いいじゃない」と肩をすくめた。

「欠点は早いうちに見せておくべきよ。格好つけたって、いつかボロが出るんだから」

「はいはい。アドバイスは有り難く受け取っておくから、早く行けよ。バリーのママが病院で待ってるんだろう？」

「そうなのよ。階段から落ちて足を骨折しちゃったんだって。サンディエゴに住んでるバリーの妹が来てくれるから、夕方には戻ってこれると思う。それまでケイティをよろしくね」

「ああ。遅くなっても構わないから、ケイティのことは心配しないで」

ケイティを見ていてくれとヨシュアに頼み、カレンを見送るために外に出た。カレンは家の前に停めた車へと歩きながら、「すごい美形ね」と呟いた。

「まあね。でも外見だけじゃなくて、中身もいい子なんだよ。ちょっと……いや、かなり不器用ではあるけど」

カレンは車のドアを開けると、ロブを振り返った。

「一緒に住まないの？」

「できればそうしたいけど、まだつき合い始めたばかりだからね。それにヨシュアはゲイじゃないから、同居を申し出るのはちょっと気が引ける」

途端にカレンの表情が曇った。憐れむような表情でロブを見つめてくる。

「あんたは頭がいいくせに、時々、どうしようもないほど愚かになるわね。ストレートの男なんてやめなさいよ。痛い目を見るだけなんだから。いい加減に学習したら？」

「でも俺は彼を愛してるんだ。だから頑張ってみるよ」

カレンは首を振り、「馬鹿な子」と呟いた。

「ねえ、覚えてる？　あんたが私から寝取ったポール」

「覚えてるよ。フットボール部のキャプテンだったポールだろ？　俺の初体験の相手だ」

「あいつ、私からあんたに乗り換えたけど、結局は三か月もしないうちに他の女とできちゃったじゃない。あんたが振られた時、いい気味だと思ったけど、同時に可哀想な子だとも思ったわ。ストレートの男はどうしたって女に走るのよ。そういう奴、他にもいたでしょう？」

いた。やっぱり女性がいいと言って、離れていった恋人は数知れない。そのたびノンケとは二度とつき合わないと決めたものだが、好きになってしまえばまったく意味のない誓いだった。

「ねえ、ロブ。今だから聞くけど、ポールのこと本当に好きだったの？」

「どうしてそんなこと聞くんだい？」

カレンは言いづらいのか、腕を組んで足もとに視線をさまよわせた。

「……あの頃のあんた、すごく荒れてたでしょ。あんただけじゃなくて、家中がおかしかったけど。みんな笑顔を忘れて、不用意に誰かを傷つけないように、すごく神経質になってて」

確かにダニーが銃の暴発で亡くなったあと、長い間、コナーズ家には言葉にし難い、重く暗い空気が垂れ込めていた。

「もしかして、私への当てつけでポールを誘惑したんじゃないの？　あの頃、あんたは私のことをすごく嫌ってたから」

「カレン……」

ロブの暗い顔を見て、カレンは「いいのよ」と明るく首を振った。

「もう昔の話じゃない。それに私も悪かったのよ。ダニーの死は事故だったのに、あんたを責めるようなことを言ってしまった。すごく反省していたのに、反抗期で生意気なあんたを見ていたら、私も意地になってなかなか謝ることができなくて」

こんなふうにカレンと昔のことを話し合うのは、初めてのことだった。今でこそ仲のいい姉弟だが、幼かったふたりはダニーの死を上手く乗り越えることができず、長く反目し合ってきたのだ。

本当にひどかった。カレンは何かと親に反発してはヒステリックに喚《わめ》き、ロブはろくに家に居着かず男と遊びまくっていた。ふたりは顔を合わせればいがみ合っていたが、ロブが大学進学で家を出て、距離ができてからようやく関係は落ち着いたのだ。

「確かにポールと寝た時は、心の片隅でカレンの鼻を明かしてやったって思ったよ。でも当てつけだけでポールと寝たわけじゃない。魅力を感じたからだよ。まあ、今にして思えば顔だけが取り柄の、すごくつまらない奴だった」

「それならいいんだけど。もしかしたら、あんたが男に走ったのは私のせいじゃないかって、ずっと気になっていたのよ」

ロブは驚きのあまり、「ええ?」と両手を持ち上げた。

「何言ってんだよ。そんなことあるはずないだろう? ダニーが生きていた頃から俺は男にときめいていたんだから。俺の初恋の相手は、昔、隣に住んでいたギャレットさんだよ」

「え? ステイシーのパパ? あり得ないでしょう? あんなおじさん」

「笑うなよ」

大笑いしているカレンの頬を、ロブは親愛の情を込めて優しく叩いた。カレンは目尻に涙を浮かべながら、ロブを抱き締めた。

「あんたももう若くないんだから、一時の恋の相手じゃなくて、パパとママに紹介できるような、堅実な人生のパートナーを見つけなさい」

ヨシュアとの関係が長続きしないと決めつけられたのは面白くなかったが、カレンなりに弟の人生を真剣に心配しているのがわかるだけに、怒ることもできなかった。

ヨシュアはゲイではないが、人生のパートナーになり得る相手だとロブは信じている。もちろん今はまだ可能性の段階でしかなく、それを実現するためにはもっとお互いをよく知り、少しずつ愛情を深めていくしかない。恋に落ちるのは一瞬だが、愛情を維持するには絶え間ない努力が必要なのだ。

片方だけが頑張っても、関係は上手くいかない。たとえばふたりでボートを漕《こ》いでいる時、どちらかひとりが漕ぐことを放棄してしまえば、ボートは同じ場所をクルクルと回り続けるばかりで、決して前には進んでいかない。それと同じでどちらの努力も不可欠だ。

恋愛のその先にあるものを、ヨシュアと一緒に目指していきたい。そんなことを真剣に考えながらリビングに帰ってくると、なぜかヨシュアがクマの縫いぐるみを抱いて、ケイティと見つめ合っていた。

「どうしたの？」

「……クマのプッカーに挨拶してと言われました。私はどうしたらいいんでしょうか？」

ロブは笑いそうになるのをこらえ、ヨシュアの手から縫いぐるみを取り上げた。

「情けない顔しちゃって、せっかくのハンサムが台無しだよ。簡単なことじゃないか。――やあ、プッカー。今日はロブおじさんのお友達を紹介するね。彼はヨシュア・ブラッド。お仕事はボディガードで、とっても強いんだよ。これから仲良くしてあげてね。はい、ひとこと」

プッカーを目の前に突きつけると、ヨシュアはぎこちない笑みを浮かべて「よろしく」とプッカーの前足を握った。

「これでいいかな、ケイティ？」

ロブからプッカーを受け取ったケイティは、ニコニコしながら頷いた。

アニメチャンネルを見始めたケイティを膝の上に乗せていると、ヨシュアが「本当にデレデレですね」と言った。

「あ、やっぱり呆れてる」

「呆れてません。感心しているだけです。よっぽどケイティが可愛いんですね」

ロブはケイティの栗《くり》色の巻き毛を撫でながら、ヨシュアに流し目をくれた。

「君も可愛いよ。昨日の夜だって君があんまりにも素敵だから、俺はずっとデレデレしっぱなしだったじゃないか。ねえ、ハニー？」

ヨシュアは耳をわずかに赤くしながら、「知りません」と顔を背けた。


ユウトとディックが到着してすぐに、カレンがケイティを迎えにやって来た。久しぶりにケイティを見たユウトは、その成長ぶりに驚いていた。

「お喋りが上手になったな。初めて会った時は、まだ赤ちゃんだったのに」

ロブは懐かしい気分で「そうだったね」と笑った。

「あの時、君はケイティを俺の娘だと勘違いしたんだ」

ロブが笑うと、ユウトは不満げに「あれはロブがそう思うように仕向けたんだろ」と反論した。当たっている。ユウトに奥さんは出かけているのかと聞かれ、からかいたくなったのだ。

しばらくしてネトとトーニャ、それにパコもやって来た。総勢七名でいつものように楽しい食事を開始したが、今夜の集まりには目的があった。

ネトの送別会だ。ネトは来月、メキシコに旅立つ。彼自身は三世なので、メキシコに長期滞在するのはこれが初めてらしかった。

「向こうにはどれくらい滞在するんだ?」

ディックの質問に、ネトは「さあな」と首を振った。

「気の向くままだ。メキシコに飽きたら、グァテマラやキューバに行ってもいい」

「向こうが気に入って、そのまま帰らないなんてことはないでしょうね」

トーニャは冗談めかして言ったが、内心では不安に思っているのかもしれない。その証拠に心なしか今日はいつもより元気がないように見える。

「ネトは自由すぎる男だから、あり得ない話じゃないな」

ユウトの言葉に、ネトは「旅に飽きたら帰ってくる」と笑ったが、ロブも少々心配だった。気がついたら三年くらい経っていて、向こうで二児の父親になっていたとか、あるいはゲリラの戦いに巻き込まれて生死不明だとか、そういう事態になってもまったくおかしくないと思えるのがネトという男だ。

あらかた料理を食べ終えたので、キッチンでデザートを準備していたら、ネトが空いた皿を持ってやってきた。あとで片づけるからいいと言ったのに、ネトはスポンジを持って食器を洗い始めた。

「プロフェソルのうまい料理も、今夜で食べ納めだな」

「俺の味を忘れないうちに帰ってきてくれ。君がいなくなると寂しいよ」

ネトは黙って頷いた。辛気臭くなるのが嫌で、ロブは明るい声で話を続けた。

「最近のチカーノはメキシコにアイデンティティを求めないものだと思ってたけど、君は違うのかな？　今回の旅は自分のルーツを探して？」

「そんなたいそうな話じゃない。俺の故郷はＬＡだからな。ただの旅行だ」

「そう。俺もメキシコに行きたいな。昔から古代都市なんかの遺跡巡りに興味があってね」

「じゃあ一緒に行くか？　プロフェソルとなら楽しい旅ができそうだ」

冗談だとわかっていても、一瞬、心が揺れた。ネトと気ままな旅に出る。想像しただけで、爽《さわ》やかな風が胸の中を通り抜けていくようだった。

男は誰でも自由を求めている。ただその自由を得るには、それ相応の代償が必要だ。大抵の男にはその代償を払う勇気がない。ロブにしてもそれは同じことだった。

「魅力的な誘いだけど遠慮するよ。可愛いあの子を置いて旅に出たら、心配で夜も眠れない」

「賢明な判断だ」

ロブとネトは顔を見合わせて笑い、申し合わせたように黙り込んだ。心地よい沈黙を味わいながら、ネトが大好きだとあらためて思った。恋愛感情ではないが、他の誰にも感じたことのないシンパシーを感じる。

「帰ってきたら、また一緒に釣りに行こう」

「そうだな」

　ネトが頷いた時、パコがキッチンに現れた。

「ネト、ちょっといいか。……その、トーニャを送っていきたいんだ。つまり俺の車で。構わないだろうか？」

　いつもは自信に満ちあふれて堂々としているパコなのに、今はまるで怖い教師を前にした生徒のように鯱《しゃちこ》張っている。

「好きにすればいい。俺の許可など得る必要はない」

「そうか。じゃあ、そうさせてもらうよ」

　パコはほっとした顔つきで頷いた。男と女は難しいが、場合によっては男と男はもっと難しい。そんなことを思いつつ、ロブはパコの背中を見送った。

　トーニャに恋したパコは、相手が自分と同じ男だと知らずに告白した。トーニャに事実を打ち明けられ、パコの恋は終わった。パコはゲイではないので、いくら見た目が美人でも性別が男である以上、トーニャを恋愛の対象にできないと思うのは当然のことだろう。

　だが今夜、パコはトーニャを送りたいと思ってる。気持ちが吹っ切れたからなのか、それとも特別な意味があってのことなのかは、他人には窺い知れないことだ。もしかしたらパコ自身、自分の感情を見極めきれないでいるのかもしれない。そうだとしても、パコを愚かだと笑う気にはなれなかった。

　恋の前で人は利口になどなれないものだ。そのことはロブ自身、長年の経験から嫌と言うほどわかっている。

　デザートを食べ終えたパコがトーニャを連れて帰ってしまうと、ユウトは見るからに不機嫌になった。トーニャが男だと知ったあと、困ったパコは曖昧《あいまい》な態度で自分の告白をうやむやにしようとしたのだが、ユウトはそのことに対して激怒した。普段は仲のいい兄弟なのに、ディックの見ている前で派手にパコを詰ったらしい。

「パコは何を考えているんだろう。トーニャとはつき合えないって言ったくせに」

　ユウトは憤然とした表情で、カップに残ったコーヒーを飲み干した。

「もう放っておけ。パコだっていろいろ考えているはずだ」

　ディックに釘を刺されてユウトは不満げだった。きっと本人も余計なお世話だとわかっているのだろう。けれど黙ったままでいるのは気が済まなかったのか、「ディックはいつもパコの肩を持つ」と嚙《か》みついた。

「肩を持つとか、そういうんじゃないだろ。お前が口を挟むとややこしくなるから、放っておいたほうがいいと言っているんだ」

「なんだって？　俺がいつふたりの関係をややこしくしたんだ？　言ってみろよ」

　ユウトの態度がやけに尖《とが》っているので、ロブはびっくりした。完全に喧嘩《けんか》腰だ。

「大体、ディックはいつも冷たいんだよ。心配だから干渉したくなるし、黙ってもいられなくなる。そういう気持ちがわからないのか？」

「心配でも見守るだけのほうがいい場合もある」

あくまでも冷静なディックにいっそう苛立《いらだ》ったのか、ユウトは「もういいっ」と叫んで手でテーブルを叩いた。

「おいおい、ユウト。どうしたんだ？　何をそんなにむきになってるの？　君らしくないよ」

ロブが諫《いさ》めると、ユウトは気まずそうに黙り込んだ。ユウトがこんなにも感情的になるのは珍しい。ヨシュアも驚きを隠せない表情でユウトを見つめている。

「声を荒らげてすまない。……悪いけど、もう帰るよ。ネト、出発までにトーニャの店に顔を出すから、その時にまた会おう」

「ああ。気をつけて帰れ」

ユウトが立ち上がると、ディックも腰を上げた。ディックは悄然《しょうぜん》とした様子で歩きだしたユウトに近づき、そっと肩を抱き寄せた。ユウトはさっきの言い争いを詫《わ》びるように、ディックの腕に一度、強く額を押しつけた。

ふたりがいなくなると、ヨシュアが控えめに口を開いた。

「ユウト、どうしたんでしょう」

「今日はずっと様子が変だった」

ネトの言葉にロブは目を瞠《みは》った。

「そう？　明るく話していたから、全然気づかなかったけど」

「俺には無理して元気に振る舞っているように見えた。もしかしたら、ディックと何かあったのかもな」

「なんだろう？　ディックが浮気したとか？」

「ディックはそんな人じゃありません。ユウトを心から愛しているのに浮気なんて」

ヨシュアがすかさずディックをかばう発言をした。

「俺もそう思うけど、男って誘惑に弱いからね。愛情とリビドーは別物だし」

「それは恋多き男、ロブ・コナーズの持論ですか？」

ヨシュアはロブが自分の浮気の言い訳をしているかのように、冷たい視線を投げつけてきた。

「嫌だな。一般論だよ、一般論」

「でもあなたは浮気をしたことがあるんですよね」

ヨシュアの尋ね方はあまりにもストレートで困る。ロブは視線でネトに救いを求めたが、ネトは面白がるような顔つきで、ニヤニヤとロブを見返すばかりだった。助け船を出す気は、さらさらないらしい。――ヘイ、アミーゴ。ちょっと冷たいんじゃないのか？

「……まあ、したことがないとは言わないよ」

「何度？」

ロブが笑って「忘れた」と答えると、ヨシュアは大きく頷いた。

「なるほど。一度や二度ではないということですね」

「……ヨシュア。回数はともかくとして、俺は決して不実な男じゃないよ」

「誠実なのに何度も浮気をしたのは、あなたが誘惑にとても弱い性格だからですか？」

悪意がないのはわかっているが、追いつめ方が容赦ない。ロブは困り果てて、心の中でヨシュアに話しかけた。

ベイビー。恋人を責める時は逃げ道を用意してあげなきゃ。追いつめすぎると、男って逆ギレするんだよ。俺は紳士だから、素直に降参するけどさ。

「お願いだから、もう苛《いじ》めないでくれ。若い頃の過ちだ。今は違うよ。君ひと筋だ」

精一杯、真面目な顔で訴えたが、ヨシュアの表情は冷たいままだった。

ネトが帰ると言いだした時、ヨシュアは当然のように「では、私も」と立ち上がった。残ってくれるのではないかと期待していたので落胆した。

ふたりを見送ってから、何度も溜《た》め息《いき》が漏《も》れた。ヨシュアは潔癖なところがあるので、嫌われたかもしれない。浮気なんてしたことがないと言えればよかったのだが、ロブもさすがにそこまで面の皮が厚くなかった。若い頃は自分でも呆れるほど、いろんな男に目移りした。

忘れられない恋もあれば、二度と思い出したくない恋もある。もっと自分を愛してくれる誰かがいるはずだ。もっと自分を満たしてくれる相手がいるはずだ。そう思い、次々に相手を変えては奔放に恋愛を楽しんだ。馬鹿なことをしたと思う反面、それらの経験があって今の自分があるとも思うので、後悔はしていない。

だがそういう過去をヨシュアに理解しろと言うのは、あまりにも無神経だし傲慢《ごうまん》だ。だからヨシュアが不快に思うのなら、それはそれとして受け止めるしかなかった。


ロブは車の中で真剣に迷っていた。行くべきか、行かざるべきか――。

場所はヨシュアのアパートメントの前。ひとけのない夜の通りに車を停めてから、もう十分は経っただろうか。在宅を示すように、見上げる窓には明かりが灯《とも》っている。

あの夜の翌日、ヨシュアから電話がかかってきた。クライアントの海外出張に同行することになったので、三日ほど留守にするという内容で、口調はいつもどおりだった。つまり感情が読み取りづらいということだ。

帰ってきたら電話をするという言葉を信じて待っていたが、帰国予定日になってもヨシュアから連絡はなかった。まだ帰国していないのかと思いつつ、気になってヨシュアの部屋の前まで車を走らせたら、部屋に明かりがついていたのだ。

帰国していたのに電話をくれなかったヨシュアに軽くショックを受けたが、もしかしたら今日帰ってきたのかもしれないと、ロブは前向きに考えた。だとしたら疲れているだろうから、電話をかける気力がなくても仕方がない。

会いに行ったら迷惑だろうか。長居はしないつもりだ。顔を見たらすぐ帰る。もちろん、ヨシュアが引き止めなかったら、の話だが。

ロブは決心して車を降りた。ヨシュアが疲れた顔をしていたら、お帰りのキスだけして帰ればいいのだ。いくら表情の読みにくいヨシュアでも、歓迎されているかそうでないかくらい、顔を見ればわかるだろう。

三階でエレベーターを下りて、ヨシュアの部屋の前に立ち、いささか緊張しながらインターフォンを押した。すぐにヨシュアが出てきた。

「やあ。近くまで来たから、ちょっと前を通ってみたんだ。そしたら君の部屋の明かりがついていたもんだから、もう帰ってきたんだと思って、だから、その……」

ロブは来るべきでなかったと後悔した。ヨシュアは明らかに困った顔つきをしていたのだ。

「いきなり来てごめん。迷惑だったみたいだね。帰るよ。また連絡する」

引き返そうとしたら、ヨシュアに「待ってください」と腕を摑《つか》まれた。

「迷惑なんかじゃありません。ただ来客中なので、どうしようかと思っただけです」

「ああ、そうだったのか。タイミングが悪かったんだね」

胸を撫で下ろしたロブが、何げなく部屋の奥に目を移した時だった。廊下に現れたジーンズ姿の女性と目が合った。化粧っけはないが、理知的な雰囲気のブルネット美人だ。

「リンダ・スチュワート……?」

ロブが呟くと、ヨシュアは後ろを振り返った。

「リンダ」

「お話の邪魔をしてごめんなさい。誰と話しているのか気になって。お友達?」

ヨシュアが一瞬、口ごもったので、ロブは気を利かせて「ええ」と頷いた。

「ロブ・コナーズと申します。あなたが主演された『マギーの選択』を観ました。とても面白かった。お会いできて光栄です」

「ありがとうございます」

優美に微笑《ほほえ》む表情は、ゲイのロブの目にも非常に魅力的に映った。映画を観ればわかることだが、リンダは外見だけが取り柄の女性ではない。美しい容姿に比例した内面を持っている。

「リンダ。ロブと話があるから、待っててくれないか。すぐ戻る」

「わかったわ」

ロブが廊下を歩きだすと、ヨシュアもあとに続いた。無言のまま車に辿《たど》りつき、それぞれ運転席と助手席に乗り込む。重い沈黙を破ったのはロブだった。

「どうしてリンダが君の部屋にいるんだ。もしかして仕事で海外に出ていたっていう話は、嘘だったのか?」

「嘘……? 嘘とはどういう意味ですか? 私は本当にずっとアメリカにはいませんでしたよ。

帰国したのは今日です」

ヨシュアの声は冷静だったが、その目には隠しきれない怒りが浮かんでいた。ロブは自分が最初のステップで躓《つまず》いたことを知った。いきなり嘘つき呼ばわりされれば、誰だって腹が立つ。しかし失敗に気づきながらも、帰国したばかりのヨシュアの部屋にリンダがいたという不可解な事実の前に、ロブは感情的になる自分を抑えられなかった。

「帰っていたなら電話くらいしてほしかったね。俺はずっと君の帰りを待ってたのに」

「私だって電話したかった。でも家に着くなり、リンダがやってきたんです。それでいろいろ相談に乗っているうち、こんな時間になってしまった」

ヨシュアの説明を要約すると、こんな内容だった。

リンダが仕事から帰ってくると、玄関のポストに手紙が入っていた。このところ彼女をつけ回しているストーカーからのものだった。内容はいつもの如《ごと》く、頭のおかしな男が書いたと思われる気持ちの悪いラブレターだったが、問題なのは手紙の封筒に消印がなかったことだ。直接、家のポストに投げ込まれたものなら、ストーカーは彼女の部屋を知っていることになる。

ひとりで家にいるのが怖くなったリンダは、タクシーを拾ってヨシュアの部屋にやってきた。ヨシュアは怯《おび》える彼女から事情を聞いて、慰めている最中だったのだ。

「リンダは自分の家に帰るのが怖いから、今晩だけ泊めてほしいと言っています。ナーバスになっている彼女を追い返すことはできないので、そうするつもりです」

ロブは我が耳を疑った。リンダを泊めるなんてあり得ない。というか、それを堂々と恋人のロブに言う神経が信じられない。

「どうして君の部屋に泊める必要があるんだ？　彼女は女優なんだ。マネージャーとか、他にいくらでも頼れる人はいるだろう？」

「リンダは今のマネージャーを嫌ってます。妻子がいるのに色目を使ってくる男だそうです」

そんなこと知るかと言いそうになったが、ヨシュアに当たるのは筋違いなので我慢した。

「マネージャー以外にも知り合いや友人はいるだろう。君が泊めることはない。今はボディガードの仕事中なのかい？」

嫌みな口調になったが反省はしなかった。この坊やは何もわかっちゃいない。リンダがストーカーに怯えているのは事実かもしれないが、ヨシュアの部屋に泊まりたいと言ったのは下心があるからだ。LA出身なら家族や友人が近くに住んでいるだろう。なのにあえてヨシュアの家に来た。好きな男のそばにいたいという女心でなくて、なんだというのだ。

「仕事は関係ないでしょう。彼女は友人なんです」

「友人？　そう思っているのは君だけだよ。リンダは君が好きなんだ。君は鈍いから気づいてないだけだ」

不機嫌さを隠そうともしないロブの顔を、ヨシュアは半ば呆れ顔で見返した。

「あなたが怒っているのは、私がリンダと浮気をすると思っているからですか？　それは私を信用できないと言っているのも同然ですよね。仮にリンダが私のことを好きでも、私は彼女と過ちを犯したりしません。絶対です」

「人間に絶対なんてない」

反射的に言ってからしまったと思ったが遅かった。ヨシュアの眉間《みけん》に深いしわが刻まれる。

「違うんだ、ヨシュア。君を信用していないわけじゃない。今のは一般論だ」

「あなたは自分の物差しで人を測りすぎていませんか？　自分が浮気する人間だからって、私もそうだなんて思わないでください。非常に不愉快です」

痛いところを突かれたが、反論する気にはなれなかった。言い合えば論点がずれてしまう。

ロブはヨシュアが浮気するとは思っていない。むしろそういった部分は信用している。ヨシュアにわかってほしいのは、浮気をするしない以前の部分だった。

「ヨシュア。お願いだからリンダを泊めないでくれ」

「浮気なんてしないと言っているのに？」

ロブが黙っていると、ヨシュアは溜め息をついた。

「リンダは私の数少ない友人のひとりなんです。その彼女が困って私を頼りにしている。出ていってくれなんて言えません」

確かにヨシュアにすれば、怯えるリンダを放りだすことはできないだろう。わかっているのだ。ヨシュアは間違ってはいない。これは自分の我《わ》が儘《まま》だ。

けれどヨシュアの選択を受け入れることはできなかった。ストレートの恋人が美しい女性、しかも過去に関係を持った相手を自分の部屋に泊める。これはどうにも耐え難い。笑って「ぜひ、そうしてあげるといいよ」と言えるほど、ロブの度量は大きくなかった。

「わかった。もういいよ。邪魔者の俺は帰るから、車を降りてくれ」

ロブの声はヨシュアを突き放すように素っ気なかった。取り繕う余裕のない自分にうんざりしたが、同時に怒っているありのままの態度を見せることも、この鈍い坊やには時には必要だと思った。

車を降りたヨシュアが何か言いたげに見ているので、ロブは助手席側の窓を開けた。

「……ロブ。私は絶対に浮気なんてしません」

「わかってるよ」

「でも疑っているんでしょう？　だからそんなに怒っている」

ロブは溜め息をついて、小さく頭を振った。

「俺が腹を立てているのは、君の無神経さに対してだ」

「無神経さ……？」

ヨシュアの顔が強《こわ》ばった。ロブは一瞬迷ったが、やけっぱちな気持ちで言葉を続けた。

「もし俺が昔の恋人を自分の家に泊めたら、君はどう思う？　泊めないでくれと頼んだのに、俺がそれをあっさり拒否したら、一体どんな気持ちになる？」

もうやめておけと囁く声が聞こえたが、その声を振り切ってロブは喋り続けた。

「君は間違ったことはしてないけど、俺の気持ちをまったく考えてくれなかった。正直言って、俺はおおいに傷ついた。勝手に傷ついたんだろうって言われたら、それまでだけどね」

ヨシュアの顔を見ているのが辛《つら》くて、ロブは別れの言葉も口にせずアクセルを踏み込んだ。

ひとりになると、すぐに後悔した。あんなきつい言い方、しなくてもよかったのに。いい大人がみっともない。もっとスマートな方法で、ヨシュアに自分の気持ちを伝えるべきだった。

自己嫌悪に陥りながら帰ってくると、家の前に見慣れた車が停まっていた。ユウトの車だった。ロブが車を降りると、ユウトも運転席から出てきた。

「やあ、ユウト。ひとりかい？」

「ああ。急に来てごめん。ちょっと君の顔が見たくなって」

ユウトは微笑んでいたが疲れた表情をしていた。何かあったのだろうかと思いながら、ロブはユウトを部屋に招いた。

「コーヒーでも飲む？」

「できれば酒がいいな。酔い潰《つぶ》れたら、このソファで寝かせてくれ」

「それは構わないけど……。何かあったのかい？　ディックと喧嘩でもした？　この前もなんだか様子が変だったから、心配してたんだけど」

ロブがワインボトルとグラスを持ってきて向かい側に腰を下ろすと、ユウトは首を振った。

「喧嘩なんてしないよ。この前のは俺が悪い。苛々してたからディックに絡んでしまった」

「君は意味もなくディックに当たる男じゃない。ディックが何かしでかしたんだろう？」

ユウトは注がれたワインに手を伸ばし、「ディックが悪いわけじゃないんだ」と呟いた。

「悪くないってわかっていても、俺には受け入れられないことだった。でも受け入れなくちゃいけないってことも、よくわかっていた」

「で、結局はどうしたの？」

詳しいことは話したくなさそうだったので、ロブは深く追及するのはやめて、差し障りのない範囲で質問をした。

「受け入れたよ。ディックの選択を受け入れた……」

ユウトは痛みをこらえるように、ギュッと目を閉じた。理由はわからないが、ユウトは精神的に憔悴《しょうすい》しきっていた。よほどのことがあったとしか思えない。

肩を抱いて慰めてあげたい衝動に駆られたが、どうにか踏み止まった。ヨシュアの顔がよぎったからだ。もしヨシュアが見ていたら不快に思うような行動は、できる限り慎しみたい。それがロブなりの愛情と誠意だった。

「ディックは家にいるの？」

「……今はいない。仕事でしばらく海外なんだ。今日、出発した」

ディックはたまにボディガードとして現場に出る。おそらくヨシュアと同じで、クライアントの海外旅行にでもつき合わされているのだろう。

「そう。じゃあ今夜は好きなだけ飲んで、酔い潰れてうちに泊まっていくといい。俺もむしゃくしゃしていたから、飲みたい気分だったんだ」

自分のグラスにワインを注いでいるロブを見て、ユウトは首を傾けた。

「君がむしゃくしゃするなんて珍しいな。何かあったの？」

「たいしたことじゃない。くだらない痴話喧嘩《ちわ》だよ」

ユウトはワイングラスに口をつけながら薄く笑った。

「ヨシュアと痴話喧嘩か。ある意味すごいな。彼が感情的になる姿なんて想像がつかない」

「声を荒らげたりしないけどね。美形だから怒ってる顔は迫力があって見惚《みと》れる」

「なんだ。結局のろけじゃないか」

ふたりはグダグダと喋りながら、あっという間にワインボトルを開けてしまった。ロブはすぐに二本目のボトルを持ってきた。今夜はとことんユウトにつき合う覚悟だった。

理由はわからないがユウトはひどく落ち込んで、ロブのところにやってきた。アドバイスが欲しい時は率直に言葉を求める男が、今夜は具体的なことは何も言わないのだ。それならロブも余計なことを言う必要はない。

ただ一緒に飲んでやればいい。ユウトが酔い潰れて、正体もなく眠ってしまうまで。

「……ああ。クソ。最悪だ」

苦虫を嚙み潰したような顔で頭を押さえているユウトに、ロブは紅茶を差しだした。

「はい。ハチミツ入りの紅茶。二日酔いの薬だから飲んで」

「紅茶が二日酔いに効くなんて初耳だ」

「ハチミツが効くんだよ。ハチミツの果糖にはアルコールの分解を促進し、頭痛を軽減させる効果があるんだ。科学的にも検証されてる」

疑わしい目で紅茶を飲み始めたユウトに、朝食を食べていくかと聞いたら、時間がないからいいと断られた。

「のんびりしてたら遅刻だ。早く家に帰って、シャワーと着替えを済ませなきゃ」

「飛ばすなよ。刑事がスピード違反で捕まったら洒落《しゃれ》にならないよ」

「まったくだ」

ユウトは紅茶を飲み干すと椅子から立ち上がった。玄関まで見送りに出たロブは、ポーチに立ったユウトを見て「ひどい格好だね」と苦笑した。

服を着たままソファで寝てしまったので、ノーネクタイのワイシャツは無惨にもしわだらけだ。髪も寝癖で変な方向にはねている。

「せめて髪の毛だけでも直していかない？」

手を伸ばして頭の上で立っている髪を撫でつけてやったが、全然効果はなかった。

「いいよ、車だし。じゃあ、また」

「ああ。気をつけて」

ユウトの見送りを終えて、部屋に戻ろうとした時だった。庭の横にある駐車場に、ヨシュアの車が停まっていることに気づいた。驚いたロブは足早に駆け寄り、車の中を覗き込んだ。運転席に座るヨシュアはいったんロブを見たが、すぐに俯《うつむ》いてしまった。

「ヨシュア。いつからそこに？」

ドアを開けて話しかけると、ヨシュアはついさっき来たばかりだと答えた。表情も暗いし、声に元気がない。昨日の今日ではまだわだかまりもあるだろうから、無理はないと思った。

今日は仕事が休みだというので部屋に誘った。リンダのことは気になったが、自分から聞くのもばつが悪い。ヨシュアが持ちださない限り、触れないでおこうと決めた。

「さっきユウトが出ていくのを見ました。泊まっていったんですか？」

「ああ。昨夜、いきなりやってきてね。ディックと何かあったみたいで、やけに落ち込んでいたから、遅くまで一緒に飲んでたんだ。酔い潰れて、ふたりしてソファで撃沈さ」

ヨシュアにコーヒーを出したあと、ロブは気まずい時ほど距離は縮めるべきだと思い、ごく自然に隣に腰を下ろした。

「どうして来てくれたの？　まさか俺と別れるためじゃないよね」

ヨシュアは頭を振り、思いつめたようにロブを見上げた。

「会いたかったからです。会って謝りたかった。……昨日はすみませんでした。私が悪かったと心から反省しています。どうか許してください」

瞬きもせず真剣な表情で自分を見ているヨシュアに、ロブの胸は一気に温かくなった。まさかあれくらいのことで、振られることはないだろうと思っていたが、しばらくは関係がこじれる覚悟をしていた。

けれどヨシュアはひと晩で自分が悪かったという結論を出し、すぐさまロブに謝りに来てくれたのだ。あらためてヨシュアの素直さと潔さは、何ものにも代え難い美質だと思った。

「いいんだ。俺も頭ごなしに我が儘を言って悪かった。だけどこれから先も君が女性を部屋に泊めようとしたら、俺は断固として反対する。信用するとかしないとかの問題じゃなく、単純に嫌なんだ。勝手かもしれないが、そこまで物わかりのいい男にはなれそうにない。なぜって君が好きだからだよ」

言いながらヨシュアの頰を撫でた。ヨシュアはロブの手に自分の手を重ねて頷いた。

「……さっきユウトの頭を撫でるあなたを見て、少しショックでした」

「ええ？　変な意味はないよ。ユウトの髪が寝癖ではねていたから、撫でつけただけだ」

慌てて言い訳したら、ヨシュアはなぜか泣きそうな顔で首を振った。

「わかってます。あなたとユウトが心から信頼し合っている友人同士だということは。でもあなたは以前、ユウトが好きだった。私はそのことを知っているから、どうしても気になってしまう。ユウトが泊まっていったんだと思ったら、すごく……胸が苦しくなった」

「俺は浮気性の男だから心配したの？」

「いいえ。あなたとユウトのことは信用してます。信用していても、やっぱり嫉妬してしまうんです。昨夜のあなたの気持ちがよくわかりました。私はあなたの気持ちをもっと理解すべきだった。傷つけて本当にすみませんでした」

そんなに真剣に謝罪されると、ロブのほうが困ってしまう。昨日の喧嘩なんて深刻なものではない。実際のところ、どちらかが本当に浮気したわけでもないのだから、あんなのは些細《ささい》な気持ちの行き違いだ。

「もういいよ。……それより、ほら」

両腕を広げると、ヨシュアは全身を預けるようにしてロブの胸に飛び込んできた。愛おしい温もりを強く抱き締め、ロブはたまらない幸福感を味わった。

少しくらいの喧嘩なんて、どうってことはない。むしろぶつかり合ったあとに、こうやって互いを許して受け入れる行為を重ねるほど、ふたりの絆《きずな》が深まっていく気がする。

「ロブ、すみませんでした」

「もういいって言ってるだろう？　それより好きって言ってくれ。誰より俺が好きだって」

「好きです。あなたが大好きです」

ヨシュアは顔を上げ、ロブの瞳をまっすぐに覗き込みながら囁いた。美しい緑の瞳はロブだけを映している。ヨシュアの心に自分しか存在していない事実を確認し、ロブの胸には言葉にできない喜びがあふれてきた。

「私にはあなたしかいない。他の誰かでは駄目なんです。だから私を嫌わないでください」

不安そうな表情のヨシュアに、ロブは「嫌わないよ」と優しく微笑んだ。

「喧嘩したくらいで嫌ったりしない。俺だって君しかいないんだ」

「……あなたに飽きられるのが怖い」

ヨシュアはロブの肩に頰を押しつけ、絞りだすような声で言った。

「そんな心配をするのは、俺が恋多き男だから？　君に飽きたら、すぐ新しい恋人をつくると思ってるの？」

何も言わないヨシュアに、よっぽど信用がないんだな、と内心で苦笑いした。

「俺は確かにたくさんの相手とつき合ってきたけど、それは飽き性だからじゃないよ。まあ、若い頃はハンター気分で恋愛をしていたのは事実だけど、落ち着いてからは真面目に恋愛してきた。言い訳がましいけど、関係が上手くいってる時に浮気なんてしたことはない」

ヨシュアの髪を撫でながら、ロブは言葉を続けた。

「第一、飽きるとか、そういうのは変だよ。恋は楽しいけど長持ちはしない感情だ。長く一緒にいると、どうしたってときめきは減っていく。でも愛情は増える。俺が欲しいのは育っていく愛なんだ。俺はいつか君と家族のようになりたいんだよ。そういうの、嫌？」

「いいえ。嫌じゃない。私も同じ気持ちです」

きっぱり答えたヨシュアの頬に、ロブは「ありがとう」と軽くキスをした。

「何度も恋をすることに価値があるんじゃない。僕はずっとたったひとつの愛を探していたんだ。そして君と出会った。君が人生のパートナーになってくれればいいと、心から願っている。

——でもね、ひとつだけ言っておく。絶対に浮気しないとは約束できない」

「え……？」

驚くヨシュアにロブは真剣な顔で言い募った。

「君が他の誰かを好きになった時や、俺への愛情をなくしてしまった時は、もしかしたら浮気するかもしれない。相手次第の愛情なんて本物じゃないと君は怒るかもしれないけど、それが率直な気持ちだ」

我ながらずるい言い方だと思ったが、ヨシュアには自分の本心を伝えておきたかった。何があっても絶対に愛しているとか、無条件に愛し続けられるとか、そういうきれいごとは口にしたくない。これまでの経験で自分を裏切った相手に変わらぬ愛情を持ち続けるのが、どれだけ困難かは嫌というほど知っているからだ。

「そういう打算的な愛し方は嫌だというなら、ここで僕を振ってくれ」

「いいえ。それで構いません。あなたに浮気されないよう頑張ります」

生真面目な顔でそんなことを言うものだから、可笑しくなってつい笑ってしまった。ロブはヨシュアを抱き締め、柔らかな髪に頰ずりした。

「特別に頑張らなくてもいいんだよ。心の中で一日に一度、愛してるって思ってくれたら、それで十分さ。君が愛してくれる限り、俺は君を裏切ったりしない。どんな甘い誘惑もはねのけて、君のところに戻ってくる」

見つめ合うふたりの唇は自然と重なり合い、甘い口づけが始まった。いつになく積極的なキスを仕掛けてくるヨシュアに、ロブのほうが腰砕けになる。

「……ヨシュア。もしかして誘ってるの？」

「はい。あなたが欲しい。いけませんか？」

ロブは「いけないわけがない」と笑い、ヨシュアの手を引いて立ち上がった。

「でも、仕事は？」

「午後から講演の打ち合わせがあるだけ。午前中は君とたっぷり愛し合えるよ。だから早くベッドに行こう」

ふたりは手を繋《つな》いで二階の寝室に向かい、もつれるようにベッドに倒れ込んだ。キスの合間に互いの服を脱がせ、甘い吐息を吐きだしながら相手の肌の熱さに溺《おぼ》れていく。

朝からセックスに耽《ふけ》るのはどこか背徳的で、いつもとは違った刺激と興奮があった。背後からヨシュアを責め立てながら、ロブは朝の日射しにきらめく金髪や、抜けるような肌の白さに見惚れた。自然の光の下でしどけなく乱れるヨシュアは、格別に美しい。

性急なセックスでひとまず満足したふたりは、頬を寄せ合って快感の余韻に身を浸した。

「あなたが帰ったあと、リンダに打ち明けました。さっき来たロブは私の恋人だと」

「……どうして？」

驚いてヨシュアの横顔を見た。ヨシュアは寝返りを打って俯《うつぶ》せになると、肘《ひじ》で上体を支えてロブの顔を覗き込んだ。

「リンダに黙っておくのはフェアじゃない気がして。リンダはショックを受けていましたが、理解してくれました。……確かにあなたの言うとおりで、リンダは私のことが好きだったようです。私は彼女を泊めるべきではないと考え直し、彼女とホテルに泊まりました。もちろん別々の部屋にです」

「俺がごちゃごちゃ文句を言ったから、リンダに告白する羽目になったんだね。すまない」

「いいえ。鈍感な私が悪いんです。結果的にあなたもリンダも傷つけてしまった」

ヨシュアはロブの上に覆い被さると、情熱的なキスを開始した。ロブはされるがまま、受け身のキスを楽しんだ。今日のヨシュアはいつもより能動的で、一段と魅力的だった。

キスしているうちにヨシュアの熱い手は、ごく自然にロブの雄に辿りついた。

「……ロブ。いいですか？」

ヨシュアは恥ずかしそうに囁いた。繊細に動くヨシュアの手の中で、治まっていた熱が再び蘇《よみがえ》ってくる。ロブは心地よさに身を委ねながら、意地悪く「何が?」と問いかけた。

「ちゃんと言ってほしいな。どうしたいの?」

「もう一度、あなたが欲しい。まだ足りないんです。あなたが足りない……」

ひたむきな眼差しに胸が熱くなった。ロブはヨシュアの髪をくしゃくしゃに撫で回し、額に唇を押し当てた。

「嫌なはずがないだろう? 嬉《うれ》しいに決まってる。君から求められるなんて」

「だったら、構いませんか?」

「ああ。もちろんだよ」

ロブはヨシュアの耳朶《じだ》に唇を寄せ、吐息のような声で「おいで」と囁いた。

準備が整うとヨシュアは、心持ち緊張した様子でロブの腰に跨《また》がってきた。ヨシュアが上になるのは、これが初めてのことだ。求めれば素直に身体を開いてくれるヨシュアだが、自分からその行為を仕掛けてきたことはない。

「大丈夫だよ。リラックスして」

ヨシュアは浅い呼吸をくり返しながら、ロブの昂ぶりをゆっくりと呑み込んだ。すべて受け入れると、それだけで満足したように大きな溜め息をついた。

「ダーリン。ここからが本番だよ。俺を存分に味わってくれなきゃ」

ヨシュアの腰を摑んで催促すると、ゆるやかな抽挿が始まった。ぎこちなく身体を揺らすヨシュアは、羞恥《しゅうち》のためか目を閉じている。けれど眉根を寄せたり、唇を噛んだり、仰《の》け反《ぞ》ったりしながら、片時も集中を欠くことなくロブとの繋がりに没頭した。

時折、漏れる呻き声や、汗ばんだ額に張りついた髪がセクシーで、ロブはヨシュアに揺さぶられながら、ひとときの至福を味わった。

「いいよ。すごく上手だ……」

「ん……ふぅ」

鼻にかかる甘い声を聞いた途端、我慢できなくなり、ロブは張り詰めた彼のペニスを強く扱《しご》き上げた。先端からあふれる快楽の雫《しずく》が、ロブの指を濡《ぬ》らしていく。

「ロブ、駄目です……っ。あ、ん……っ」

ヨシュアは我慢できないというように、ロブの手の動きに合わせて激しく腰を使い始めた。自ら快感を貪《むさぼ》るヨシュアは淫《みだ》らでありながら、穢《けが》れを知らない無垢《むく》な少年のようだった。ヨシュアのリズムで犯されるセックスはたまらなく甘美で、ロブをどこまでも恍惚《こうこつ》とさせた。

ヨシュアが快感に震えれば、ロブも甘い溜め息をこぼす。別々の快感を追いながら、やがて心も身体もシンクロナイズして、ひとつに溶け合っていくようだった。

このままずっと繋がっていたかった。ひとつの生き物のように同じ感覚を共有したまま、終わらない快楽の海を漂っていたい。

心からそう願ったが、やがて終わりがやって来た。ヨシュアの興奮はベッドの軋《きし》みと共に最高潮に達した。ロブもこらえていた欲望を解き放ち、ふたりは息もできないような最高の悦楽を分かち合った。

力尽きて倒れ込んできたヨシュアを抱き締め、頬や鼻筋に優しいキスを繰り返した。荒い息を吐きだすヨシュアは、とても満ち足りた表情をしている。

ベッドの上に静寂が戻ってきてから、ロブは静かに切りだした。

「ねえ、ヨシュア。もし君が嫌でなかったら、いつか俺の両親に会ってくれないだろうか?」

「あなたのご両親に……?」

「ああ。うちの親は俺がゲイだってことは理解してくれている。でも俺はまだ自分の恋人を、正式に紹介したことがないんだ。でも君は紹介したい。人生を共にしたい人だってね」

ヨシュアは「私でよければ」と頷いた。その声はかすかに震えていた。

「ぜひ会わせてください。私もあなたのご両親に会いたいです」

「よかった。きっとふたりとも喜ぶよ。……そうだ。いっそのこと結婚する? サンフランシスコにでも行って、式を挙げるのも悪くないな」

「け、結婚式ですか?」

「ああ。その時は君にドレスを着せたいな。真っ白なウエディングドレス。きっと似合うよ」

「……」

息を止めて絶句しているヨシュアを見て、ロブは大笑いした。

「嘘だよ。本気にしたの？　本当、君って最高だな」

「……よかった。あなたの頼みならなんでも聞く覚悟はありますが、さすがにウエディングドレスを着る勇気はありません」

からかわれたヨシュアは怒るのも忘れて、心の底からほっとしたように安堵《あんど》の息を吐いた。

# Lost without you

「昼飯、買ってきたぞ」

　相棒のデニー・ヒューイットが、ホットドッグとコーヒーを持って車に戻ってきた。助手席に座っていたユウトは礼を言って自分の分を受けとり、さっそく熱々のホットドッグにかじりついた。たっぷりかかったスパイシーなチリビーンズがなかなかいける。

「このホットドッグ、うまいな」

「ああ、悪くねぇ。でもいい加減、車の中で飯を食うのは飽きたぜ」

　デニーがぼやくのも無理はなかった。ユウトとデニーはとある女性を監視中で、このところ毎日、朝から晩までを車の中で過ごしている。その女性は逃亡中のドラッグディーラーの恋人で、なんらかの形でふたりが接触すると踏んで内偵しているのだが、ただ見張るだけの捜査にふたりともうんざりしていた。

「いいよなぁ。平日の真っ昼間に、恋人とカフェでのんびりできるなんてよ」

　デニーの視線は監視中のアパートメントの隣にある、オープンカフェの店先に向けられている。パラソルの下で見つめ合う若いカップルを見て、ユウトも「まったくだ」と同意した。

「ユウトは一緒に暮らしてる恋人と結婚しねぇの？」

「今のところ予定はない」

二歳年下のデニーと組んで約半年になるが、今のところ問題もなく上手くつき合っている。お喋りなのが玉に瑕《きず》だが、仕事はできる男なので相棒として特に不満はなかった。ただ同性愛者に多少の偏見があるので、恋人が男であることまでは教えていない。

「ふうん。彼女に『そろそろ奥さんにしてよ』って言い寄られないのか?」

ユウトは「俺をお前の妻にしてくれ」と迫ってくるディックを想像して笑いそうになった。

「ないな。有り難いことに、結婚願望はないみたいだし」

喋りながら何げなく視線を巡らせた時だった。カフェに思いがけない人物を見つけ、ユウトは驚いた。意外すぎて見間違いではないかと何度も目を凝らしたほどだ。しかしそれは紛れもなく、ユウトの恋人のディックことリック・エヴァーソンだった。

黒いサングラスをかけたディックは、デニーが羨《うらや》ましがったカップルから少し離れたテーブルにひとりで座り、頬杖《ほおづえ》をついて雑誌を眺めていた。服装は白いシャツと着古したジーンズで、散歩の途中で近所のカフェにふらっと立ち寄ったようなラフなスタイルだが、ふたりが暮らすアパートメントはここから車で十分以上かかる。

今日は仕事が休みだから、てっきりユウティと家でのんびり過ごしていると思っていた。こんなところで何をしているんだろうと訝しく見ていたら、ディックのテーブルに背広姿の白人男性が腰を下ろした。待ち合わせでもしていたのだろうか。

男の年齢は四十代半ばくらいで、ごく普通のビジネスマンのように見えた。ディックと男は何か話し込んでいたが、その様子から友人同士がお茶を楽しんでいるという気楽な雰囲気は、まったく感じられなかった。

何かトラブルでも生じているのかもしれないと思ったが、今朝ユウトが家を出る時のディックにおかしなところは見当たらなかった。玄関まで来て、普段どおりの優しい笑顔とキスでユウトを見送ってくれたのだ。

「お。やっと出てきたぞ」

デニーの声にユウトは素早く視線を移した。アパートメントの入り口から、監視中の女が出てきたところだった。派手なワンピースを着た女は周囲を気にする様子もなく、通りに停めた自分の車へと向かっている。

ユウトは手に持ったホットドッグを口に放り込み、急いでシートベルトを締めた。相手に気づかれないよう、デニーが少し間を置いてから車を走らせ始める。ディックのことは気になったが、ユウトはひとまず頭を切り換え、尾行に意識を集中させた。

夜になって家に帰ってみると、ディックはソファの上でユウティと一緒にうたた寝していた。最初は平和な光景を微笑ましく眺めていたが、ディックの白いシャツとジーンズという服装を見て気鬱になった。昼間のことを思い出したのだ。

起きたユウティがソファから飛び降り、尻尾を振ってユウトに駆けよった。ディックも目を覚ましてすぐに立ち上がり、ユウトの頬にキスをした。

「ユウト、お帰り。夕食は？」

「食べてきた。今日は一日、何をしてたんだ？」

さり気ない口調で尋ねると、ディックは「いろいろ頑張ったぞ」と胸を張った。

「ユウティの散歩を一時間だろ。それとシーツとベッドカバーの洗濯。ああ、そうだ。床のワックスがけもした。最後にユウティを風呂に入れて、くたびれて寝ちまったんだ」

「へえ。本当に頑張ったんだな」

疑うわけではないが、ユウトはユウティの背中に手を伸ばした。確かにユウティの毛はいつもよりフワフワしている。

「他には？」

「それで全部だよ」

笑って答えるディックを見て、少しだけ悲しくなった。今日の昼頃、ウエストレイクのカフェにいたよな？　そう聞きたいのを必死でこらえる。

ディックはどうして嘘をつくのだろう。あの男と会っていたことは、自分に秘密にしなければならない出来事なのか？

仮にもしふたりが楽しそうに雑談していたなら、ディックに限ってないとは思うものの、浮気の類を疑ったかもしれない。だが、どう考えてもそんな呑気《のんき》なムードは微塵《みじん》も感じられなかった。あの時、ふたりが深刻なことを話し合っていたのは間違いない。

「シャワーを浴びてくるよ」

リビングを出ていこうとしたらディックが近づいてきて、「どうしたんだ?」と顔を覗き込んできた。

「元気がない。仕事で何かあったのか?」

心配げに自分を見つめるディックに、ユウトは微笑んで頭を振ってみせた。

「なんでもない。ちょっと疲れただけだ」

「そうか。ならいいけど。無理はするなよ」

優しい抱擁に身を委ねても心は晴れない。いつもならディックに抱き締められると、満ち足りた気分に包まれるのに、今夜は逆に寂しい気持ちになった。

ユウトはシャワーを浴びながら、詮索《せんさく》するのはよそうと決めた。いくら一緒に暮らしている恋人同士でも、その日あったことを一から十まで話す義務はない。ディックが言いたくないと思っているなら、それは自分が聞く必要のないことなのだ。ふたりの間で隠し事があるのは寂しいけれど、ディックにはディックの考えがある。

そんなふうにどうにか自分を宥《なだ》めて浴室を出てみると、リビングからディックの話し声が聞こえてきた。誰かと電話をしてるようだ。

ユウトはドアの隙間《すきま》からリビングを覗き込んだ。携帯電話を耳に押し当てたディックが窓際に立っていた。

「……チャック。よくわかってる。だがすぐには決められないんだ。……違う、そうじゃない。考える時間が欲しいだけだ。……そういう言い方はやめろ」

顔つきは見るからに険しく、口調も厳しい。こんなディックを見るのは久しぶりだった。そのせいで反射的に昔を思い出してしまった。コルブスを追っていた時のディックだ。あの頃のディックは、いつも今みたいに苛立っていた。

——ディック。一体、お前に何が起きているんだ?

無理やり聞きだすのはやめようと決めたはずなのに、今すぐにでも駆けよってディックを問い詰めたくなった。けれど、もしも本当に重大なことが起きているなら、きっとディックは自分から話してくれるはずだ。だからディックを信じよう。今は黙って見守るんだ。

ディックが電話を終えると、ユウトは募る不安を必死で抑え込んで、何も知らないような明るい顔でリビングに入った。

「ディック。喉《のど》が渇いたから、冷たいものが飲みたいな」

「だったらアイスティでいいか?」

「うん。レモンも入れてくれ」

キッチンで準備を始めたディックの背中を眺めながら、ユウトは祈るように思った。

大丈夫だ。この平穏な生活を乱すような出来事は、絶対に起こったりしない。ディックとの幸せな毎日は、これからもずっと変わらずに続いていくんだ。


三日後の金曜日、恋人に接触してきたドラッグディーラーを無事に逮捕したユウトとデニーは、晴れて退屈な監視から解放された。

午後の休憩時間に市警本部近くのカフェに入り、コーヒーを飲み終えて店を出ようとした時だった。ユウトは窓際の席に見知った顔を見つけた。

「悪い。ちょっと知り合いを見つけた」

「ああ。行ってこいよ。俺は先に戻ってる」

デニーと別れたユウトは、ふたり連れの客が座るテーブルへと近づいた。

「やあ、ヨシュア。久しぶり」

「……ユウト。こんにちは」

黒いスーツを着たヨシュアは椅子から立ち上がり、礼儀正しく右手を差しだしてきた。今日は髪をオールバックにしているので、いつも以上に品がある。どこかの国の王子様のようだ。

「おお。ユウトじゃないか」

ヨシュアと握手を交わしていると、連れの太った男が満面の笑みを浮かべた。ディックとヨシュアが勤務するビーエムズ・セキュリティの社長、ブライアン・ヒルだ。

「ブライアン、お久しぶりです」

「そろそろ会いたいと思っていたんだ。君の気が変わった頃じゃないかと思ってね」

「変わりませんよ」

ユウトは苦笑を浮かべてブライアンと握手した。このやり手の社長はユウトを自分の会社に入れたがっているのだ。ディックに紹介されて初めて会った時から、何度断っても顔を合わせるたび、冗談めかしてスカウトしてくる。

「じゃあ、いつ変わるんだ？ 待ってるんだから早くしてくれなきゃ」

「ロス市警を定年退職したら、ぜひ雇ってください」

ユウトの返しに、ブライアンは「つれないねぇ」と肩をすくめた。

「社長。私はもう行きます。リンダがホテルで待っているので」

「ああ。リンダに私の名刺を渡してくれよ。必ずだぞ」

ヨシュアは頷いて黒いサングラスをかけると、ユウトに「今から仕事なので失礼します」と一礼した。

「日曜はネトの送別会ですよね。ロブの家でお会いしましょう」

「ああ。楽しみにしてるよ」

ヨシュアを見送ってから、ユウトはブライアンに笑いかけた。

「今日のヨシュアは格別に男前ですね。まるで映画に出てくるボディガードみたいだ」

「だろう？　今日は女優と一緒にレッドカーペットを歩くんだよ」

　ブライアンは誇らしげにヨシュアがこれから行われる映画のアワード・ショーで、新進女優のリンダ・スチュワートを警護するのだと教えてくれた。

「そういえばディックの奴、もしかしたら来週以降、しばらく会社を休むことになるかもしれないから、警護の仕事は入れないでくれと言ってきたが、旅行にでも行く気なのか？」

「え……？」

　驚くユウトを見て、ブライアンは目を丸くした。

「なんだ、ユウトも聞いてなかったのか？　恋人にも内緒で長期休暇だなんて、一体どういうつもりなんだ？」


「ディック。話がある」

　先に帰宅していたユウトは、ディックが仕事から帰ってくるなり切りだした。

「どうした？　やけに怖い顔をして何があったんだ」

「いいから隣に座ってくれ」

　ユウトの様子にただならぬ気配を感じたのか、ディックはすぐにソファに腰を下ろした。

「……ディック。火曜日の昼頃、ウエストレイクのカフェにいただろ？　スーツ姿の四十代くらいの男と一緒だった。張り込み中に偶然、見かけたんだ」

ディックはしばらく無言だったが、思い出したように「ああ」と頷いた。

「あれは昔の友人だ。LAに来ているから会えないかって連絡があってな」

「何を話していたんだ？　すごく深刻そうなムードだった」

「お前の勘違いだろう。昔の思い出話に興じていただけで、別にたいした話は――」

「ディック」

ユウトはディックの手を握った。ユウトの限りなく真剣な表情を見て、ディックの青い瞳がわずかに揺れる。

「お願いだから嘘はつかないでくれ。嘘は嫌だ。絶対に嫌なんだ」

「ユウト……」

「今日、ブライアンに会った。お前が長期休暇を取るかもしれないと言っていた。それはカフェで会っていた男と関係のある話なのか？　お前の身に何が起きてる？」

ディックは長い沈黙のあと、ユウトの手を強く握り返し、覚悟を決めたように口を開いた。

「わかった。言うよ。全部お前に話す。俺が会っていた男の名はチャック。ＣＩＡエージェントで、俺がコルブスを追っていた時、サポートしてくれていた男だ」

「ＣＩＡ……？　とっくに縁が切れたはずだろう。今頃になってなぜお前にコンタクトを？」

「詳細は話せないが南米のある国で、政府要人の誘拐事件が起きた。反米感情の強い国だがその政治家は親米派で、これからの国策を左右する大物だ。アメリカにとっても重要な存在だったが、今から一か月ほど前に武装したゲリラ部隊に襲われ、二名のボディガードと共に誘拐された」

ユウトは余計な口を挟まず、ディックの言葉に耳を傾けた。遠い国で起きたその事件とディックがどういうかかわりを持つのか、気になって仕方がなかった。

「ゲリラの目的は金で、家族から依頼を受けた誘拐交渉人が根気強く交渉を続けた。しかし金額面で折り合いがつかず交渉は難航し、ゲリラは腹いせに政治家と一緒に捕まえたボディガードのひとりを射殺し、その映像を送りつけてきた。その段階でCIAがやっと事件を察知し、アメリカ軍と共に政治家の救出作戦に乗りだすことになった。だがなんの協定も結ばれていない国にアメリカ軍は入れない。少人数のチームを組んで隣国の国境からひそかに侵入し、密林地帯を抜けてゲリラの基地を襲撃して、力尽くで政治家を奪回するしか方法はないらしい」

「それで？　CIAはお前に何を頼んできたんだ？」

ディックはユウトの食い入るような眼差しを受け止めながら、静かに答えた。

「案内だ。チームに合流してゲリラの基地の場所を教える。それが俺の役割だ」

「なんだって……？」

ユウトは目を瞠った。一般人のディックがなぜそんな危険な役目を依頼されるのか、まったく理解できなかった。

「デルタにいた頃、俺はその国で長い間、ゲリラと戦った。当時、その国の大統領はアメリカよりで、俺たちは反米ゲリラを一掃する仕事を任されていたんだ。アメリカの目的は石油のパイプラインだった。ゲリラがいると思うように建設が進まないからな。……だが政権が交代して、その国は反米に傾いた。パイプライン建設は頓挫《とんざ》し、俺たちは帰国した」

「その時の経験を買われてなのか？」

「ああ。地図なんて当てにならない場所だ。苛酷《かこく》な環境の道なき道を、徒歩で何日も進むしか術はない。現地のことをよくわかっている案内人が必要だ」

自分が行くしかないのだと言われているようで、ユウトはたまらなくなった。

「お前じゃなくても他に適任がいるだろう」

「当時、俺と一緒にゲリラと戦ったデルタ隊員は八名。俺のチームの三人はコルブスに殺された。もうひとつのチームの四人は、ひとりが休暇中に事故死、ひとりはある作戦で足を片方失い退役、残るふたりは陸軍を辞めた後、ある国で要人警護の職に就いた」

ディックは言いづらそうに、一度、強く唇を閉じた。

「その政治家と一緒に誘拐されたふたりのボディガードが、そいつらなんだ」

痛ましい表情で俯くディックを見て、ユウトは言葉を失った。かつて異国の密林で共に戦った仲間ふたりが誘拐され、そのうちのひとりはすでに殺されてしまったのだ。

「だからなのか……？　昔の仲間を助けたいから、お前はその国に行こうとしているのか？」

「まだ行くとは決めていない。返事は保留中だ」

ユウトは思わずディックから顔を背けた。その言葉にディックの本心を知ったからだ。依頼を受ける気がないなら、とっくに断っている。

「行くつもりなのか？」

「お前に相談してから決めようと思っていた。でもことがことだけに、なかなか切り出せなかったんだ。……ユウト、こっちを見てくれ」

ディックに肩を摑まれたが、ユウトは反射的にその手を振り払った。

「断ってくれ。俺は絶対に嫌だ。お前を危険な目に遭わせたくない」

「俺は戦わない。ただの案内人だ。作戦には陸軍の精鋭部隊が参加する。鍛え抜かれた連中だ。寄せ集めのゲリラなんかにやられたりしない」

ユウトは頑《かたく》なに背中を向けたまま、大きく首を振った。危険がないはずがない。ヘリや戦車もなく、武装したゲリラと戦うのだ。

「どんなにすごい部隊でも関係ない。俺はお前を行かせたくないんだ。……頼む。俺を思うなら、俺のことを本当に愛しているなら行かないでくれ」

引き止めるのは当然だと思う一方で、仲間思いのディックに辛いことを頼んでいるとも思い、ユウトの胸はきりきりと痛んだ。

けれど行ってほしくない。行かせられるはずがない。

「どうしても行くっていうなら、俺と別れてからにしてくれ」

ディックにそんな真似ができないとわかったうえでの残酷な言葉だった。案の定、ディックはユウトの強硬な態度の前に降参した。

「わかった。断るよ。……だからこっちを向いてくれ」

その言葉に安堵して、ユウトはディックを振り返った。微笑むディックの胸に飛び込み、両腕を回して強く背中を抱き締める。

「すまない、ディック。でもどうしても無理なんだ……」

「わかってる。不安がらせてすまない。一番大事なのはお前だ。だから行かないよ」

ディックを引き止めることに成功したのに、ユウトの心はこれっぽっちも晴れなかった。


表面上は何事もなかったように過ごしていたが、ユウトもディックもそれぞれの想いに耽ることが多くなり、一緒にいても会話は目に見えて滞りがちだった。

次第にユウトは募る苛立ちを抑えきれなくなり、何度もディックに当たるような言動を取ってしまい、そんな自分を責めてはまた落ち込んだ。ディックに腹を立てているのではなく、消化しきれない雑多な感情に振り回され、冷静さを失っていたのだ。

こんな精神状態でネトの送別会に参加するのはどうかと思ったが、みんなで集まれるのはこれが最後なのもわかっていた。

ロブの家にいる間だけは、何も考えないで楽しもう。そう自分に言い聞かせてディックと一緒に出かけたのだが、最後の最後でくだらないミスをしでかした。

パコとトーニャのことで、ディックと口論になったのだ。もっぱらユウトのほうが絡んだだけで、ディックが感情的にならなかったのがせめてもの救いだった。

限界を感じてディックと共に退席したが、車に乗り込んだ途端、ユウトは何もかもが嫌になってしまった。

「……ごめん、ディック。俺は最低の男だ」

「何が？　ちょっと喧嘩したくらいで、そんなふうに自分を責めることはないだろう」

ディックの大きな手が慰めるように頭を撫でてくる。ディックはあの夜以降、一度も例の話を持ちだしてこない。本当に断ると決めたのだろう。

しかしユウトはまだ悩んでいる。自分が断るよう仕向けたのに、どうしてもこれでいいとは思えないのだ。ディックが決めるべきことを、自分が決めてしまった。それが恥ずべき行為なのは自分でもよくわかっているから、情けないほど落ち着かないのだろう。

ユウトは走り始めた車の中で、ハンドルを握っているディックを何度も盗み見た。端正な横顔に苦悩の影は見当たらない。だが本当は悩んでいるはずだ。暗い表情を見せればユウトが気に病むと思い、無理をしているに違いない。

いつもそうだ。ディックは可能な限り、ユウトを大事にしてくれる。ユウトの気持ちを尊重してくれるのだ。

ディックの確かな愛情に感謝しながら、ユウトはできるだけ明るい声で言った。

「七月四日（フォース・ジュライ）はどこで花火を見る？　ロブがもし都合が合えば、この前に借りたレドンドビーチのビーチハウスに、また一緒に泊まらないかって言ってたけど」

「いいな。あの家からなら、ビーチの花火もよく見えそうだ」

独立記念日の花火をディックと一緒に見る。それはユウトのささやかな夢だった。去年の独立記念日は、ディックがまだウィルミントンにいたので一緒に過ごせなかった。ロブやネトたちと一緒に花火を見ながら、来年の今頃はきっとディックが隣にいるはずだと、寂しい心を慰めたものだった。

「ディック。やっぱり花火はふたりだけで見よう。約束してくれないか。今年の花火は絶対に一緒に見るって」

「え？　約束なんてしなくても当然だろう？」

「いいから言ってくれ。約束するって」

ディックは訝しそうにユウトを見たが、すぐに「わかったよ」と頷いた。

「今年の独立記念日の花火は、ユウトと一緒に見る。絶対だ。約束する」

ディックの力強い誓いの言葉を何度も胸の中でくり返し、ユウトは窓の外に目を向けた。震える指を、口もとにギュッと押し当てる。

「わかった。だったら行ってこいよ。俺はお前が無事に帰ってくるのを待ってるから」

「ユウト……？」

「仲間を助けてこい」

ディックはハザードランプもつけずに、いきなり車を路肩に停車させた。後続車がなかったからいいようなものの、危なすぎる急ブレーキだ。

「ユウト。なぜ……？」

自分を凝視しているディックに、ユウトは首を振った。

「俺がいなかったら、お前は迷わずに行くと決めたはずだ。俺はお前に後悔をさせたくない。だからもういいんだ」

もし作戦が失敗した時、ディックは自分を責めるだろう。かつての仲間の死を、自分の責任だと感じて苦しむに違いない。ディックにはこれ以上、重荷を負わせたくはなかった。後悔のない生き方を貫いてほしい。

だったら自分が我慢するしかないのだ。辛いのはディックも同じだ。いや、それ以上かもしれない。自ら選択して行動する者には、傍観者以上の大きな苦悩がつきまとう。

「本当にいいのか？」

「ああ。お前だっていつも俺を笑って送りだしてくれるじゃないか。本当は危険な捜査に携わってほしくないと思ってるはずなのに、俺の生き方を認めてどんな時も励ましてくれる。だったら俺も、お前が望むことを……理解して……いつも、どんな時も……」

胸が詰まって最後まで言えなかった。ユウトは手の甲で唇を押さえ、込み上げてくる熱い感情を必死で抑えようとした。

「ユウト……」

ディックはそんなユウトを抱き寄せ、頰やうなじに何度も唇を押し当てた。ディックの熱い吐息を感じた瞬間、こらえていたものがとうとう決壊し、ユウトの目に涙がにじんだ。

「ディック……、絶対に、絶対に帰ってきてくれ。お前がいなきゃ駄目なんだ……」

「俺もだ。お前なしじゃ、俺は本当にどうしようもない。だから絶対に戻ってくる」

ユウトは手のひらで乱暴に目もとを拭《ぬぐ》い、「くそ」と呟いた。

「泣かないつもりだったのに。お前のことになると、俺の涙腺はすぐ崩壊する」

「すまない。俺はお前を泣かせてばかりで、本当にどうしようもないな」

ディックはユウトをもう一度強く抱き締め、額に溜め息交じりのキスを落とした。

「でも俺は何があっても帰ってくる。一年前、ウィルミントンのビーチで誓ったんだ。二度とお前を悲しませないと。何があってもお前を守っていくと。だから俺を信じてくれ」

「ああ。信じるよ」

「どこにいたって俺の心はお前を求めている。お前こそが俺の帰る場所なんだ」

ユウトも同じ気持ちだった。信じ合う心がここにあるから、求める気持ちは同じだから、別離も不安もきっと乗り越えていける。

ユウトはどうにか微笑みを浮かべ、ディックの頰に手を添えた。愛しい人の温もりには、いつも励まされる。

「ディック、帰ろう。俺たちの家に」

「ああ。ユウティも待ってるしな」

熱く見つめ合ったあと、ふたりは目を閉じて優しいキスを交わした。

# Fall in love again

「リック。今夜は久しぶりにジェイミーのバーで飲み明かそうぜ」

輸送用ヘリコプターCH－四七の固いシートの上で、トーマス・オッドが上機嫌に話しかけてきた。昔を思いだす懐かしい誘いは嬉《うれ》しかったが、ディックは「すまない」と首を振った。

「そうしたいのはやまやまなんだが、今日中にLAに帰りたいんだ」

「なんだよ。つき合い悪いぞ」

デルタフォースに入隊する際、半年にも及ぶ地獄のOTC（戦闘員訓練課程）を共に耐え抜き、その後も何度か同じ戦地に赴いたことのある戦友は、文句を言いつつも笑ってディックを見ていた。

まさか今回の作戦にトーマスが参加しているとは思っていなかったので、出発前の作戦会議で彼の顔を見つけた時は、涙が出るほど嬉しかった。

ディックがデルタを辞めてから、すでに四年の月日が流れている。危険な任務をこなす特殊部隊で大きな負傷も負わず、心を病むこともなく、ずっと現役兵士として一線に立ち続けるのは容易なことではない。

「そんなに急ぐってことは、LAに大事な恋人でも残してきたのか？」

「まあ、そんなところだ」

ディックが素直に頷《うなず》くと、トーマスは「そうか」と感慨深げに目を細めた。トーマスの眼差しには、四年前、ある任務で仲間と恋人を失い、そのショックから廃人のようになり軍隊を去った友人のリチャード・エヴァーソンが、見事に立ち直ったことを心から祝福しているような色合いがあった。

同じチームだったフランクとジョナサンを除けば、ディックとノエルの関係を知っていたのはこのトーマスだけだった。

軍隊でホモセクシャルな関係は忌み嫌われるが、トーマスはディックがゲイであることを知っても、まったく態度を変えずに接してくれた。

「じゃあ、引き止めるのは無粋だな。おい、お前らはつき合えよ。今夜はとことん飲むぞ」

「イエッサー。朝までおつき合いしますよ」

「当然、曹長のおごりですよね」

「あ、だったら俺も行きますっ」

トーマスに声をかけられた若い隊員たちが、それぞれ言いたいことを口にする。重苦しい雰囲気だった行きとは違い、どの顔も明るく解放感に満ちあふれていた。

彼らの底抜けに陽気な笑顔を見ていると、ほんの十数時間前まで南米のジャングルで武装したゲリラを相手に、壮絶な撃ち合いを繰り広げていた連中とは思えない。

今回の作戦では数名の怪我人《けがにん》は出たものの、幸いなことに命にかかわるほどの重傷を負った隊員はひとりもいなかった。

もちろん反政府ゲリラに誘拐されていた政治家と、その政治家のボディガード——かつてディックの仲間だった男、ラリー・ケベックも無事に奪還できた。作戦は見事に成功したのだ。

ラリーはひどく衰弱していたが意識ははっきりしていた。ディックの顔を見たラリーは最初は驚愕《きょうがく》し、そして次に目を真っ赤にしてディックと強い抱擁を交わした。言葉はなくてもラリーにはわかったのだろう。退役したはずのディックが、なぜこんな場所にいるのかが。

ラリーの悲しいほど痩《や》せ細った、しかし十分に温かい身体を抱き締めた時、散々迷ったがやはりこの作戦に加わってよかったと、心から思った。

コルブスを追っていた頃のパートナーでもあるＣＩＡエージェント、チャック・ルイスから今回の件で打診があった時、確かに自分以上の適任者はいないだろうと思った。

デルタにいた頃、政情の不安定なあの国で反政府ゲリラと長期にわたって戦ったディックは、彼らの基地がどんな場所につくられるのかもわかっているし、ただでさえ危険な密林の中にどういう罠《わな》が仕掛けられているのかもよく知っている。自分が道先案内人として作戦に参加すれば、成功率は格段にアップするのは間違いなかった。

政治家と一緒に誘拐されたラリーには、危ないところを何度も助けられたので、今度は自分が彼を救いたいという思いは強くあった。

けれどすぐには返事ができなかった。四年のブランクを恐れたのではない。ユウトの顔が真っ先に浮かんだからだ。

　今の自分にはユウトがいる。これからの人生はすべてユウトに捧げると誓った男が、そんな重大なことを勝手に決められるわけがなかった。

　ユウトはディックが予想した以上の強い拒絶心をあらわにした。顔色を変えてディックを引き止め、どうしても行くというなら自分と別れてからにしてくれ、とまで言い放った。

　必死なユウトを見て、ディックはやはり彼を置いて行けないと思った。ユウトが嫌がることはしたくない。絶対に悲しませたくはない。世界中で一番大切な相手の気持ちを最優先させるのは、ディックにとって当然だった。

　しかし結局はユウトに背中を押され、数日後にはLAを離れることになった。あれはロブの家で、メキシコに発つネトの送別会に参加した帰りだった。

　ユウトが車の中で突然、独立記念日の花火を一緒に見ると約束してくれと言いだした。あまりにも当然のことを要求されて不思議に思ったが、ディックはユウトの望むまま、七月四日の花火は必ずユウトと一緒に見ると誓った。

　ユウトは約束の言葉を聞き終えると、いきなり仲間を助けてこいと言いだした。乱れる感情を必死で抑え込んでいるような苦しげな顔を見て、ディックはすぐさま理解した。些細《ささい》な約束を欲しがったのは、ディックが帰ってくるまでの心の支えが欲しかったからだ。

　ユウトは自分の恋人が軍人時代に悲惨な形で仲間を失い、そのせいで長い間、苦しんできたことをよく知っている。昔の仲間を見殺しにすれば、ディックはまたひとつ重い荷物を背負い込む。そう思ったからこそ、辛《つら》い決断を自ら下したのだろう。

『絶対に、絶対に帰ってきてくれ。お前がいなきゃ駄目なんだ……』

不意にあの夜に聞いたユウトの言葉が、耳に蘇《よみがえ》ってきた。

ディックは胸の疼《うず》きに耐えきれず、そっと目を閉じた。涙をにじませながら呟《つぶや》いたユウトの顔が、今も瞼《まぶた》の裏にはっきりと焼きついている。

今日は独立記念日だ。予定より帰国は随分と遅くなったが、一緒に花火を見るという約束は果たせそうだ。

——早くユウトに会いたい。

今のディックの胸にあるのは、ユウトをこの腕に思いきり抱き締めたいという切実な思いだけだった。

ヘリコプターはしばらくして、ノースカロライナ州にあるフォート・ブラッグ基地に到着した。五万人の兵士を擁する全米最大規模のこの陸軍基地の中に、デルタフォース、正式名称アメリカ陸軍第一特殊部隊デルタ作戦分遣隊の本部も存在する。広大な敷地の中には軍事施設はもちろんのこと、兵士とその家族たちの居住エリアもあり、それ自体がひとつの街だ。

ヘリコプターを降りたディックを出迎えたのは、チャック・ルイスだった。デルタとCIAは密接な関係にあるので、CIA局員のチャックがここにいてもなんの違和感もない。政治的背景を持つ特殊な秘密作戦の背後にはいつもCIAの影があるように、今回の作戦もまたCIA主導のもとで進められたのだ。

「お帰り、リック。君のおかげで作成は大成功だ」

チャックと握手を交わしながら、ディックは首を振った。

「俺がいなくても彼らならやれた。みんな優秀な戦闘員だ」

「ああ。だが君がいなければ、おそらく倍の時間を要しただろう。そうすれば人質の生存率も大きく下がっていた。やはり君の功績は大きい」

紳士的風貌《ふうぼう》のチャックは品のいい笑顔を浮かべ、ゴールを決めた選手をねぎらう監督のようにディックの背中を叩《たた》いた。

らしくない親しげな態度に不快感を持ったのは、チャックが嫌いだからではない。自分をエージェントとしてまだまだ活用したいというCIAの思惑が、チャックを通して透けて見えたからだ。

「頼んでおいた飛行機のチケットは？」

「ああ、それなんだが、直行便は夜のフライトしか空きがなかった。LAには十時頃、到着予定だ」

ディックはその言葉に思わず足を止め、勢いよくチャックを振り返った。

「なんだって？　十時じゃ駄目だ。もっと早く着く便はないのか？」

「無茶を言うなよ。今日は独立記念日なんだぞ。急に希望どおりのチケットなんて取れるものか」

「そんなことはわかってる。けど、一席くらいどうにかならないのか？」

ディックは必死な形相で言い返した。十時に空港に到着したのでは遅すぎる。ユウトと一緒に花火が見られない。

「落ち着けよ、リック。君が少しでも早く帰りたいと言うから、念のために他の方法も考えておいた。直行便は無理だがローリー・ダーラム国際空港からまずピッツバーグに行って、そこでLA行きの便に乗り継ぐというプランもある。これならLAには八時頃に着く。ただし空港への移動時間やピッツバーグでの待ち時間を合わせると、延べ十時間ほどかかる。疲れている君には、あまりお勧めしたくないプランだ」

「いや、それでいい。確実に早く着くなら、ピッツバーグを経由して帰る」

ディックが即答するとチャックは軽く溜《た》め息《いき》をついた。

「たった二時間しか変わらないのに？　昔の仲間とビールでも飲んでのんびりしたらどうだ？　そのあとで直行便に乗れば、気持ちよく寝てるうちにLAに着く」

「いいんだ。俺は一分一秒でも早くLAに帰りたい」

頑固に言い張るディックを見て、チャックは「わかったよ」と肩をすくめた。

「君は一度こうと決めたら譲らないからな。空港まで車を出してもらえるよう頼んでおくよ。……私はこれで失礼するが、また電話する」

「しなくていい。俺はもう二度とCIAの仕事は引き受けないからな。今回は特別だ」

チャックは曖昧《あいまい》な笑みを浮かべるだけで何も言わなかった。上からの命令があればディックがどんなに嫌がっても、また接触しなくてはいけないことを、彼自身が一番よく知っているからだろう。

「報酬は君の口座に振り込んでおいた」

ディックは無言で頷き、その場でチャックと別れた。今回の依頼は金のために受けたのではないが、CIAからの報酬は当然の代価だから断る理由もない。チャックには、もし自分の身に何かあった時は、ユウトの口座に金を振り込むよう頼んでおいた。

ロッカールームで私服に着替えたディックは真っ先に携帯を手に取り、ユウトに電話をかけた。だがユウトの携帯は電源を切っているのか、まったく繋《つな》がらない。自宅にもかけてみたが、こちらも留守電でユウトの声は聞けなかった。

腕時計を見ると東部標準時間で十二時五分だった。時差があるのでLAは三時間遅れになる。休日でもユウトならとっくに起きている時間だ。

急な呼び出しでも受けて仕事に出ているのだろうか。世間は独立記念日の連休だが、事件が起きれば刑事のユウトたちには関係ない。

ディックは仕方なく留守電に、ＬＡには八時頃到着予定だという言葉を残して電話を切った。


トーマスと食堂で昼食を取っていると、若い下士官がやってきた。

「エヴァーソンさん。空港までお送り致します。玄関にお車を回してありますのでどうぞ」

ディックが頷いて椅子から立ち上がるとトーマスも腰を上げ、「達者でな」と右手を差しだしてきた。ディックは「お前もな」とその手を握り返し、食堂をあとにした。

デルタでの別れはいつも淡々としている。軍を去る者がいても送別会などしないし、大袈裟《おおげさ》な手向けの言葉も口にしない。感傷を交えず、ただ強く握手を交わすだけだ。

外に出ると黒塗りの公用車が待機していて、運転手の若い下士官が後部シートのドアを開けてくれた。随分といい車だな、と思って車内を見ると先客がいた。

頭に白いものが目立つ厳格そうな男と目が合った瞬間、昔の癖で思わず敬礼をしそうになり、内心で苦笑いが漏れた。

「ガーナンド少佐――と、失礼。今は中佐でしたか」

襟の階級章を見て即座に言い直すと、ガーナンドは「四年も経てば、俺だって出世するさ」とむっつり答え、早く乗れというようにディックを手招いた。

「失礼致します。サーも空港に用事が？」

「馬鹿者。とぼけたことを言うな。お前の見送りに決まってるだろうが」

「それは……光栄です」

ディックは走りだした車の中で、この人はまったく変わらないと思った。

ガーナンドは厳しい上官だったがそれでいて情に厚く、若い隊員にとって父親のような存在だった。ディックも休日にはよく自宅に招かれ、夫人のエレーナの手料理をご馳走《ちそう》になったものだ。

「チャック・ルイスが来ていたな。奴がお前を連れてきたと聞いたが、退役後もラングレーとつき合いがあったのか？」

ＣＩＡを毛嫌いしているガーナンドは、嫌悪もあらわな顔で尋ねてきた。

「以前、チャックと組んで仕事をしたことがあるんです。今はもう関係ありません。今回はあくまでも例外ですよ」

「そうか。だったらいいんだが。しかし早いものだな。お前がデルタを去ってからもう四年が経った。お前にとって、どんな四年間だった？」

「……いろいろありました。語り尽くせないほど、多くのことが」

本当にいろんなことがあった。コルブスにフランクとジョナサンとノエルを殺され、失意のどん底に陥ったディックは生きる気力を失い、軍を辞めた。その後、ＣＩＡの誘いを受け、コルブス暗殺を請け負った。復讐《ふくしゅう》のためだけに生きると決意したのだ。

ネイサン・クラークという人物に成りすましたコルブスを追って、リック・エヴァーソンはディック・バーンフォードという別人の仮面を被り、シェルガー刑務所に潜り込んだ。そこで運命の相手ともいうべきユウト・レニックスと出会った。

刑務所での暴動。脱獄。DCでのユウトとの再会。コロンブスで迎えたコルブスの死——。目まぐるしいあれらの出来事が、今となっては夢の中で起きたようだ。

実際、あの頃のディックは復讐心に取り憑《と》かれ、深い闇の中をがむしゃらにさまよっていたのも同然だった。ユウトというひと筋の光さえ、必死で遠ざけようと足掻《あが》いていた。

ディックが過去に思いをはせているうちに、車はデルタフォースの敷地を出て、通常の陸軍基地内を走り始めていた。

フェンスの向こうに巨大な輸送用飛行機が現れた。大勢の若い兵士たちが乗り込んでいくのが見える。

「彼らはどこに向かうんですか?」

「アフガンへの増派組だ。今回は二百名ほど派遣されると聞いたな」

迷彩柄の戦闘服に身を包んだ若い兵士たちの姿に、かつての自分が重なった。

職業軍人のほとんどは中、下流社会の出身者だ。入隊の理由は安定した生活を手に入れたいと望むからで、愛国心や正義感はなくてもまったく問題ない。

海外の危険地帯に送られれば、戦地手当もつく。数年、軍隊で頑張れば様々な資格も取れるし金も貯まる。自分の人生を豊かなものにするための大きな足がかりとなるのだ。

彼らはきっと出発前、遺族年金基金の情報更新と遺書の確認をしただろう。あの飛行機に乗り込んだ何人かは、生きて再びこの基地に戻ってくることはないはずだ。それがわかっていても、職業として軍人を選んだ以上、命令があればどこにでも行くしかない。

「リック。古巣が懐かしくなっただろう。戻ってくる気はないか?」

「無茶を言わないでください。もうそんな体力はないですよ」

ガーナンドは横目でディックを見て、ニヤッと笑った。

「謙遜《けんそん》するな。報告は聞いているぞ。トーマスの部下たちはお前の速度についていけず、音を上げたそうじゃないか。それに射撃の腕もまったく落ちていなかったそうだな」

ディックは「駄目ですよ」と首を振った。

「実を言えばもうへとへとです。何日もジャングルを歩き続けて、身体中が悲鳴を上げています。昔なら任務から戻ってきても、その足で行動演習に出て、お偉方の前でパラシュート自由降下と建物強襲を見せるくらいの体力と気力はあったのに」

デルタ隊員はプロのアスリート並みの体力と運動力が要求される。いや、それ以上かもしれない。アスリートにはオフがあるが、デルタでは休みなく、次々と苛酷な任務がやってくるのだ。

「情けないことを言うな。……しかしまあ、俺もそこまで無茶は言わんさ。戦闘員ではなく、OTCの専任教官としてデルタに帰ってくる気はないか？　ヒヨッコどもを鍛え抜く鬼教官だ。お前には適任だと思うがな」

ディックは真意を問うように、ガーナンドの横顔を見つめた。いたって真面目な顔つきだ。冗談で言っているのではないらしい。

「サー。お気持ちは嬉しいのですが、俺はもう軍に戻る気はありません」

「ふん。どうせ、そう言うと思っていたさ」

ディックがきっぱり返答すると、ガーナンドはあっさり引き下がった。

「申し訳ありません」

「謝るな。お前が元気そうだったから、つい欲が出ただけだ。好きに生きればいい」

ガーナンドと最後に会ったのは病室だった。コルブスの仕掛けた爆弾で負傷したディックを見舞うため、ガーナンドはフォート・ブラッグから遠く離れた病院まで、わざわざ足を運んでくれたのだ。あの時のディックは生きる屍《しかばね》だった。ガーナンドと何か会話をしたはずだが、ほとんど記憶がない。

「……サー。今さらですが謝らせてください。散々お世話になったのに、黙って軍を去ってしまったことを心からお詫《わ》び致します」

ディックの四年ぶりの謝罪に対し、ガーナンドは「まったく今さらだな」と目尻に深いしわを寄せた。

「だが気にするな。兵は来ては去っていく。それが軍隊の常だ。生きてここを去れる者は幸せだな」

ディックは黙って頷いた。お前が今こうやって生きていられることに心から感謝して、そして生かされていることを幸せだと思え。そう言われた気がした。

フォート・ブラッグ基地を出発してから約一時間半後、車はローリー・ダーラム国際空港に到着した。別れ際、昔の写真が出てきたので持って行けと、ガーナンドから封筒を渡された。

ディックの乗る飛行機は予定より三十分遅れで出発し、ピッツバーグには四時過ぎに着いた。LA行きの直行便が出るまで二時間近くもある。ディックは時間潰《つぶ》しに入ったカフェでコーヒーを飲みながら、ユウトにもう一度、電話をかけた。

だが結果は前回と同じだった。さすがに何かあったのかと心配になり、ユウトの兄で同じロス市警の刑事であるパコに電話をかけてみた。

事情を話すと、パコはすぐに「心配ない」とディックの杞憂《きゆう》を一蹴《いっしゅう》してくれた。

「麻薬課の連中は、ここしばらくDEAと合同捜査中なんだ。でかい密売組織を追いつめていて、今日あたり大捕物があると聞いている。ユウトもそれに参加しているんだ」

「そうか。……ユウトはまた無茶しないだろうか」

「ロス市警はDEAの後方支援らしいから、まず危険はないだろう。あいつはそのことが不満そうだったけどな」

パコの明るい声を聞いてやっと安心できた。ディックは礼を言って電話を切ったあと、カフェを出て保安検査場を通過し、搭乗口近くのベンチに腰を下ろした。

黄昏《たそが》れていく赤い空を見ていると、不意に言いようのない疲労感に襲われた。

周囲は家族連れやグループ客が多く騒がしかったが、ディックは腕時計のアラームを一時間後にセットして、バッグを胸に抱いて仮眠の態勢を取った。

瞬く間に睡魔がやってきた。どこでも熟睡できるのは、軍人時代に培ったある種の技術だ。短くても深い眠りを取ったあとは、かなり頭がすっきりする。


夢を見た。夢の中のディックはまだデルタ隊員で、どこかの山中でゲリラらしき敵と戦っていた。

すぐ隣にはフランクがいた。少し向こうにはジョナサンとノエルの姿も見える。

激しい撃ち合いの末、ディックたちが勝った。ひとり残らず殺せという命令を受けていたので、隊員たちがまだ息のある者を見つけては用心深く射殺していく。

よくあることだ。子供であろうと命を絶つ。そうしないと、また新たなゲリラやテロリストを生むことになる。

最後に死体を埋める作業が始まった。手榴弾《しゅりゅうだん》で四肢《しし》を吹き飛ばされた男。撃ち抜かれた腹から、紫色の腸が地面まで飛びだしている男。どの顔も若い。いや、幼いとも言える。

やりきれない想いはあったが、感傷は最大の敵だ。ディックは穴の中に彼らを横たえ、黙々と土をかけていった。

辛気臭い気分をどうにかしたくなり、隣にいるノエルに話しかけた。

「なあ、ノエル。ビーチハウス用に小さなボートを買おうと思うんだ。きっと釣りがもっと楽しくなる。今度の休暇までに探しに行こう。……ノエル？」

返事を待ったが声は聞こえない。ディックは手を止めて隣を見た。そこには誰もいなかった。驚いて周囲を見渡すと、ノエルだけでなく他の隊員の姿もまったく見えない。殺風景な山の中に、ディックひとりが存在していた。

足もとの土が小さく崩れ、ふと穴の中に目をやったディックは、鋭く息を呑《の》んだ。

そこに埋まっているのはノエルだったのだ。ディックはすぐさま飛び降り、土にまみれたノエルの身体を抱え起こそうとした。だがあることに気づき、動けなくなった。

埋まっているのはノエルだけではなかったのだ。フランクもジョナサンも他の仲間も、全員がむごたらしい死体となって穴の中に横たわっている。

自分の震える唇から、意味不明の叫び声が上がった瞬間、目が覚めた。腕時計を見るとアラームが鳴る時間の二分前だった。

ディックは瞼を揉《も》みながら細い息を吐いた。休むはずが嫌な夢を見たせいで、余計に疲れてしまった。

夢の中の景色は、中米で展開した作戦に参加した時のものと似ていた。飛びだしたグロテスクな腸は、中東の大使館で警備をしていた際、自爆テロで吹き飛ばされた現地職員の死に様と重なる。悪夢はいつも現実と虚構が絡み合って生まれてくるものだ。

戦地から持ち帰った記憶の欠片《かけら》は、致死量に満たない毒と同じだった。じわじわと蓄積された毒は、慢性的な苦しみをもたらし続ける。生きている限り解毒されることはない。

バッグを隣に置いた時、シャツの胸ポケットに入れた封筒に気づいた。ガーナンドにもらった写真だ。取り出してみると、そこには今しがた夢で会ったノエルたちが映っていた。

クリスマス・ツリーの前で澄ましたポーズを取るジョナサン。トナカイの赤鼻をつけて馬鹿笑いしているフランク。酔っぱらって寝てしまったディックを、指差して微笑《ほほえ》んでいるノエル。

これは彼らと最後に過ごしたクリスマスだ。任務を控えて休暇が取れずにいたディックたちを、ガーナンドが自宅に招いてくれたのだ。四人はエレーナの手料理とケーキをたらふくご馳走になり、基地の中で楽しいイブを過ごした。写真はエレーナが撮ってくれた。

懐かしく思い出しながら一枚一枚じっくり眺めていると、我知らず目頭が熱くなってきた。

この世界のどこにも、彼らがもう存在していないという当たり前の事実が、ただたまらなく悲しかった。

戦地に出るたび、地獄絵図のような光景を何度も目の当たりにしてきた。敵味方の区別なく、悲惨な死に様も数え切れないほど見てきた。

なのにノエルたちの死だけは、乗り越えられなかった。彼らが単なる仲間ではなく、ディックにとって大切な家族だったからだ。

愛していた。宝物だった。守りたかった。

彼らはこの世で一番大切な存在だった。だからコルブスを憎み、復讐を誓うことで自分に生きることを許したのだ。

自分だけが生き残ったことに罪悪感を持っていたディックだが、それは死者への冒瀆《ぼうとく》だった。そのことをはっきり気づかせてくれたのはユウトだった。

『ディック。幸せになることに、罪悪感なんて持つ必要はないんだ。もし、お前が俺より先に死んでしまったとしても、残された俺が不幸になればいいなんて思わないだろう？』

『だったらノエルや仲間たちも同じはずだ。彼らがお前の不幸を願うはずがない。きっとお前が幸せになることを、心から望んでいるはずだ。だから彼らのためにも、もっと幸せにならなきゃ』

あの時、自分が恥ずかしくなった。ユウトの言うとおりだったからだ。あの三人は生き残った仲間を恨むような男たちではない。そんな器の小さい奴らじゃなかった。

コルブスへの復讐も彼らのためと言いながら、実際は自己満足に過ぎなかった。自分がそうしないと生きていけなかったから、必死で憎しみをかき集めていたのだ。

ディックは写真を封筒にしまい、再び胸ポケットに収めた。その上に手のひらを押し当てる。素晴らしい男たちだった。強く、たくましく、優しく、誇り高く。

痛々しい彼らの死に様ではなく、生きていた頃の姿を思い出す。するとさっきまで感じていた悲しみは消え去り、温かな何かが胸の奥から湧いてくるようだった。

――フランク、ジョナサン、ノエル。俺はお前たちの分まで生きて、必ず幸せになるよ。約束する。俺の心の中には、いつまでもお前たちがいる。だからさよならは言わない。

兵は来ては去っていくとガーナンドは言ったが、人生も同じだと思った。出会いがあり別れがある。何かを得て何かを失う。そのくり返しだ。

過去は決して変えられないが、未来は自分次第でいくらでも変わっていく。そしてディックが思い描く未来には、どんな時もユウトの存在が欠かせなかった。

飛行機は定刻どおり、ロサンゼルス国際空港に到着したものの、タクシーがひどい渋滞に巻き込まれたせいで、アパートメントの前で車を降りた時には九時を過ぎていた。

もうあちこちで花火が上がり始めている。庭先でバーベキューを楽しむ人たちの笑い声や、にぎやかな爆竹の音を聞きながら、ディックは子供のように階段を駆け上った。

フォート・ブラッグ基地を出てから十時間以上が過ぎていたが、ユウトに会えると思えば疲れもどこかに飛んでいく。

アパートメントのドアを開けて室内に入ると、明かりはついているのにユウトの姿はなく、ソファの上にユウティだけが寝そべっていた。ディックに気づいたユウティが、尻尾を振って飛びついてくる。

「ユウティ。いい子にしてたか？」

ひとしきり頭を撫《な》でてから、テラスの窓が開いているのに気づいた。近づいてカーテンをそっとめくるとユウトの背中が見え、安堵《あんど》の息が漏れた。

夜空に瞬く鮮やかな花火とは対照的に、ひどく寂しげな後ろ姿だった。ディックはテラスに出て、後ろからユウトの身体を優しく抱き寄せた。

「ただいま」

頰にキスを落とすと、ユウトは視線を花火に向けたまま小さく頷いた。あまりにも素っ気ない態度がディックを不安にさせる。

「なぜ黙ってるんだ？　遅くなったから怒っているのか？　ギリギリになってすまない。でもこれでも急いで帰ってきたんだ。直行便のチケットが取れなかったから、ピッツバーグで乗り継いで――」

指先で唇を軽く押さえられ、ディックは喋《しゃべ》るのをやめた。

「馬鹿。怒ってるんじゃないよ。嬉しくて声が出なかったんだ。――おかえり、ディック」

微笑むユウトの瞳の奥で花火の光が弾《はじ》けた。ディックは胸がいっぱいになり、ユウトの髪に頬を埋めて思いきり抱き締めた。

「ディック。怪我はしていないのか？　どこも痛めてない？」

「大丈夫、擦り傷程度だよ。それよりユウト。俺はどうにか間に合っただろう？　お前との約束をちゃんと守れた」

「ああ。でも俺はお前がこうやって無事に戻ってきてくれただけで、十分嬉しいよ」

ユウトは腰に回されたディックの腕に、自分の手を添えた。

「パコに聞いたけど、仕事が大変だったみたいだな。もう片づいたのか？」

「なんとかね。……俺のことより、ディックはどうなんだ？　仲間は無事だったか？」

ディックは「すべて上手くいったよ」と答え、抱き締めたユウトの身体をダンスするように揺らした。ユウトは笑いながら、ディックにしがみついてきた。

「昔の仲間に会えて嬉しかっただろ」

「ああ。そうだな」

ラリーを助けられたことも、トーマスやガーナンドに再会できたことも嬉しかったが、きちんと決別できずにいた過去と真正面から向き合えたことが、ディックにとっては一番の収穫だった。

ノエルたちが死んでから、軍人時代のことはできるだけ思い出さないようにしてきた。だがそれは間違っていた。苦しいことも、辛いことも、悲しいことも、楽しかったことも、嬉しかったことも、すべてが貴重な体験だった。無駄な経験はひとつもなかった。素晴らしい人たちと共に過ごせたあの頃を、心から誇りに思う。

「……ユウト。来年も一緒に花火を見よう」

耳もとで囁《ささや》くとユウトは首を曲げた。からかうような目つきをしている。

「来年だけでいいのか？」

「駄目だ。訂正する。来年だけじゃなく、この先ずっとだ。来年も再来年も、毎年、七月四日の花火は一緒に見よう」

ユウトは嬉しそうに微笑んだ。その笑顔を見て、ディックは心から幸せだと思った。

「……ユウト。そろそろ部屋に戻らないか」

「え？　まだ花火は終わってないのに？」

ユウトが不満げな顔をする。ディックは鈍感な恋人が憎らしくなった。

「花火は来年も見られるだろう。今はそれよりも大事なことがある」

腕を引っ張って室内に入ると、ようやくディックの真意に気づいたのか、ユウトは呆《あき》れたように溜め息をついた。

「気持ちはわかるけど、どうしてもうちょっと待てないんだよ。そんな焦らなくても、あとでいくらでも――んっ」

最後まで言わせないで唇を奪った。我ながら余裕がないと思ったが、背に腹はかえられない。

ユウトが欲しくて死にそうだった。

「ん……ま、待って。ストップ。ディック、先にシャワーを浴びさせてくれ」

「断る」

即答して抱き上げると、ユウトは「横暴だ」と足をじたばたさせた。

「俺は昨日、家に帰ってないんだ。風呂にも入っていない。だから汗臭い」

「俺は気にしない。っていうか、全然臭くないぞ。仮に臭くてもお前の匂《にお》いなら大歓迎だ」

ベッドに放り投げ、すかさず覆い被さって激しいキスを開始する。

最初は嫌がっていたユウトだが、ディックの乱暴な口づけに翻弄《ほんろう》されているうち、抵抗を諦《あきら》めてしまったようだ。

ユウトの身体から力が抜けると、ディックは着ていた服を脱ぎ捨てた。ユウトのシャツも脱がせ、熱い肌を存分に重ね合う。愛撫《あいぶ》などなくても、それだけで声が漏れそうなほどに感じた。

久しぶりのせいか、ユウトはやけに敏感だった。どこを触られても切なげに身を震わせ、焦《じ》らされては涙ぐむ。その様子があまりにも可愛《かわい》くて、ディックは馬鹿みたいに何度も熱いキスを繰り返した。

盛り上がったまま、急ぐようにひとつになったのはよかったが、互いに興奮しすぎていたせいで、かつてない速さでどちらも達してしまった。多分、一分ももたなかっただろう。

「……どうしよう。これは記録的な速さだ」

ディックが笑いをこらえて呟くと、ユウトは唇を引き締め「まったくだ」と頷いた。

「こんな、こんなに早いのは……くく、十代の時、以来だ、ホント、最低……っ」

ユウトがとうとう噴きだしたので、ディックも我慢できなくなった。ふたりは抱き合った体勢で、ベッドが軋《きし》むほど身体を揺らして笑い続けた。笑いすぎて腹筋が痛くなったほどだ。

「あとで一緒にシャワーを浴びよう。最初から仕切り直しだ」

ユウトの髪をかき上げながら、ディックは真面目な顔で言った。不名誉は早めに回復するに限る。

「いいけど、その前に何か食べたいな。腹ぺこなんだ」

「よし。じゃあ、俺が何かつくってやる」

ディックがシャツを着ていると、ユウトはベッドの上で「ありがとう」と呟いた。

「ん？　何がだ？」

「無事に帰ってきてくれて、ありがとう。信じていたけど不安だったんだ」

ユウトは自分に言い聞かせるように言葉を続けた。

「余計なことは考えたくなくて、仕事に没頭していたけど、何かの拍子に嫌な想像ばかり湧いてきて。……でもディックは約束を守ってくれた。本当に嬉しかったよ。今年の独立記念日は俺が今まで過ごしてきたどの独立記念日よりも、素晴らしいものになった」

軽く頷いて、ディックは先に寝室を出た。

格好をつけたのではない。喋れば声がみっともなく震えるとわかっていたので、何も言えなかったのだ。

# Commentary

## それ以外の人々など…

メイン以外のキャラについても少し。まずはネト。いい男です。強くて渋くて優しくて。ただロブが言うように、恋人には向かないタイプですね。いつもどこで何をしているのかよくわからない人ですが、ちなみに今はトレジャーハンターの友人に手伝いを頼まれて、メキシコの海で沈没船の引き上げをしています。楽しそう（笑）。

そして皆さんが気になっているトーニャとパコの関係。この本の発売と同じ時期位に発送予定の、今年の全サ特製小冊子でふたりの話を書かせていただきました。やっと決着がつきました！

パコがトーニャに告白した「You mean～」が２００８年執筆ですから、実に七年越し。申し込まれた方は、ぜひパコが出した答えを読んでやって下さい。

最後にダグとルイスについて。『HARD TIME』はシリーズ番外編というより、独立した話に『DEADLOCK』のキャラたちが絡んでくるという感じでした。

パコの後輩刑事であるダグと、人気作家のルイス。唯一の年下攻めですね。ルイスのように毒舌だけど本当は繊細なタイプは個人的に大好きなので、ダグには頑張って彼を幸せにしてあげてほしいです。

ルイスの愛猫スモーキーがディックだけを毛嫌いしていますが、私にもなぜなのかわかりません。でもディックは逃げられると追いたくなるタイプだと思うので、猫じゃらし持参でこれからも懐柔作戦に励むのではないでしょうか。頑張れディック。

# Love me little love me long

「へえ。今日から休暇なのか。それは最高に素晴らしいね」

ロブ・コナーズは大袈裟《おおげさ》に感心して、キッチンから運んできたマグカップをユウト・レニックスの前に置いた。

淡いオレンジ色をした陶器のマグカップは、ユウトにだけ使われるものだ。ロブの家にはよく遊びに来る人たち、ひとりひとりにマグカップが用意されている。色やサイズや柄がそれぞれ違うのは、ロブがその人に合うものを見立てて選んでいるからだった。

ちなみにユウトの恋人であるディックのマグカップは、無骨ながらも機能的なステンレス製で、ロブの恋人のヨシュアが使っているのは、エルメスの白い洒落《しゃれ》たマグカップだ。自分の恋人にだけ高価なものを用意するのは贔屓《ひいき》だと思うが、ロブ曰《いわ》く「あくまでもイメージの問題」らしい。

ロブは三十六歳になる犯罪学者だ。人生を大いに楽しむ主義の男だが、ディックの同僚のヨシュア・ブラッドとつき合い始めてからは、以前にも増して毎日が楽しそうだった。親友の恋が実ったことは、ユウトとしても最高に嬉《うれ》しかった。

「休暇の期間はどれくらい？」

ユウトは飲む前にコーヒーのいい香りを吸い込んでから、「一週間」と答えた。

「そんなに？　よく取れたな」

「溜《た》まっていた有給休暇をきちんと消化するよう、上から怒られたんだ。今なら大きな事件も抱えていないからって、半ば無理やり休まされた」


ユウトがロス市警の麻薬捜査課に勤務し始めて、もうすぐ一年になる。目の回るような多忙な日々だったが、言い換えれば充実した毎日を送れたということだ。

「いいじゃないか。休める時に休んでおけよ。君はちょっと働き過ぎなんだから」

ロブが笑ってナッツを頬張《ほおば》った。ユウトも小皿に盛られたナッツを摑《つか》んだ。

「働くのが好きなんじゃない。仕事しか打ち込めるものがないだけさ。君みたいに、いろいろ趣味があればいいんだけど」

「趣味が多すぎるのも大変なんだぞ。あれもしたい、これもしたい、ヨシュアとデートだってしたい、なのに時間がない。ああ、もうなんだって一日は二十四時間しかないんだぁっ！　って、誰かに八つ当たりしたくなる」

「それは君が欲張りすぎるな」

くだらない話に興じながらロブと午後のコーヒーを楽しむひとときは、特別なものではないが、ユウトにとって心の安まる貴重な時間だ。

「そういえば、ちょうど去年の今日だったよね。早いものだ」

ナッツを嚙《か》み砕きながら吞気《のんき》に「何が？」と尋ねると、ロブは「嫌だなぁ」と顔をしかめた。

「ディックがLAにやって来た日じゃないか。大事な記念日を忘れるなんてひどいな。そんなんじゃ、ディックに逃げられてしまうぞ。せめて今夜はベッドの中で、うんとサービスしてあげろよ」

「余計なお世話だよ」

ユウトは手の中にあった一粒のナッツを、ロブめがけて投げつけた。頭に当たったロブは大袈裟に「アウチ！」と叫び、「うう……」と呻《うめ》いてテーブルに突っ伏した。

「君のナッツに当たって俺は死んだ。きっと怒り狂ったヨシュアに復讐《ふくしゅう》されるぞ。ああ、間違いない。彼は俺を愛しているから、絶対に仇を討ってくれる。ヨシュアはああ見えて、本気で怒るとすごいんだぞ。『地獄で待ってろ』のクリス・ドットソンも真っ青だ」

三流臭いタイトルだと思いながら、「そんな映画、知らないよ」と言い返すと、ロブは死んだふりをやめて、ガバッと顔を上げた。

「なんだって？　知らないの？　ドットソンのあの最高傑作を」

「映画も知らないけど、その俳優も知らないな。映画はあんまり詳しくないんでね」

「それは聞き捨てならないぞ。ちょっと待ってて」

ロブはテレビの横にある棚をごそごそとかき回し、一枚のDVDを取りだしてプレーヤーにセットした。リモコンを持って椅子に戻ってくると、「これがドットソンだ」と映像を出した。テレビに映しだされているのは、どこか疲れた顔をした中年男性だった。地味な風貌《ふうぼう》もさることながら、うだつの上がらない感じがなんとも言えない。冴《さ》えない役者なのか、冴えない男を演技するのが上手い役者なのか、ユウトには皆目見当もつかなかった。

「脇役ばっかりで目立たないけど、実に味のある役者なんだよ。マーチン・バッグ監督の映画にはたまに起用されているけど、それ以外は作品に恵まれていなくて可哀相だ」

「ふうん。何歳？」

「五十七歳だ。あ、そうだ。こっちの映画も観てくれ」

ロブがＤＶＤを差し替えた。早送りで出てきた場面には、可愛い顔をした十二、三歳くらいの少年が映しだされた。その少年に話しかけている男はドットソンのようだが、今より数段に若い。

ユウトが「昔の映画？」と聞くと、ロブは「十三年前くらいかな」と答えた。

「ドットソンは誘拐犯の下っ端の役で、この少年を営利目的で誘拐するんだ。監視役を任されて少年と交流しているうち、段々とこの子に愛情を感じちゃってね。最後には仲間を裏切って少年を逃がすんだけど、裏切りを理由に殺される役だった。でも君に見てほしいのは、この少年のほうだ。見覚えない？」

そう言われ、ユウトは利発そうな少年の顔をじっと見つめた。だがどうしてもわからず、早々に降参した。

「駄目だ。わからない」

「この子はレナード・ライマーだよ」

「え？　本当に？」

レナード・ライマーといえば、今をときめくハリウッドスターだ。映画にさほど関心のないユウトでも、彼の人気の高さはよく知っている。

頭角を現し始めたのは一昨年あたりからだが、立て続けに話題作に出演し、甘く整った顔と抜群の演技力で多くの映画ファンを魅了した。

「言われてみれば面影があるな。でも子役をやっていたなんて知らなかった」

「多分、あまりいい映画に出てないから、触れないようにしているんじゃないかな。スターに華々しくない過去はいらないからね。この映画だって、言っちゃあ悪いが三流だ」

「レナードの出世作って、やっぱり『魔法使いランドルク』かな。あれは面白かったよ」

「ああ。俺も大好きだ。次回作にはドットソンも脇役で出るらしいから、久々の共演だな」

二年前に世界中で大ヒットした『魔法使いランドルク』は、巨匠と呼ばれるマーチン・バッグ監督が手がけたファンタジー超大作だ。

続編となる『魔法使いランドルク・第二の試練』がもうすぐ封切りになるので、このところよくテレビでCMが流れているし、街でも宣伝の看板を見かけたりする。

レナードの役どころは奇妙な仮面を被った魔法使いのシャーナンで、主人公のランドルクと敵対するアンチヒーローだ。悪役だが謎めいた魅力があり、ランドルクを凌《しの》ぐ人気を博して話題にもなった。

「実は明日のワールドプレミアのチケットを友人にもらったんで、ヨシュアと観にいくつもりなんだ」

「へえ、いいね」

ロブはふと思い出したように、「そうだ」と軽くテーブルを叩《たた》いた。

「知ってる？　ディックとヨシュアは今、レナードのボディガードをしてるんだって。一週間ほど前から、三人のガードが二十四時間体勢で彼を警護してるらしい」

「本当に？　久々に現場に駆り出されているのは知ってたけど、レナードのボディガードをしてるなんて全然知らなかった。ディックって、家では仕事の話をしないからな」

ディックことリチャード・エヴァーソンは、セレブや有名人に人気のあるビーエムズ・セキュリティという警備会社で、ボディガードたちの指導員をしている。かつて特殊部隊に在籍したディックは要人警護のプロなので、言ってみればうってつけの仕事だ。

「なんでもストーカー被害にあっているんだって。有名人も大変――」

ロブの言葉を遮《さえぎ》るように、玄関のチャイムが鳴った。ロブは立ち上がって窓から外を見ると、「あれ？」と首を捻った。

「ヨシュアの車だ。どうしたんだろ？　今日はディックと交代で、夕方からレナードの警護につくって言ってたのにな」

「仕事に行く前に、大好きな君の顔を見たかったんじゃないのか？」

冗談でひやかしたのに、ロブは「うん。そうかもね」と真顔で頷《うなず》いた。

「ロブ。いきなり来てすみません」

ヨシュアがリビングのドアを開けて入ってきた。

「いいよ。今、ユウトが来ているんだ。今日から休暇なんだって」

駐車場に車があったので、ユウトがいることは最初からわかっていたのだろう。ヨシュアはロブに軽く頷き、挨拶《あいさつ》するようにユウトに視線を向けた。

目が合ってから違和感を覚えた。いつになく表情が険しい。ヨシュアは普段から愛想のない男だが、今日は緊迫感のようなものが漂っていた。

「ヨシュア。どうかしたの？」

ロブも異変を察知したのだろう。ヨシュアの顔を覗《のぞ》き込んだ。

「……さっき会社から電話があったんです。今日のレナードの警護はキャンセルになったと。その理由が――」

ヨシュアが言いにくそうに言葉を切った。

「レナードがいなくなったからだと言うんです。事情はよくわかりませんが、ディックの警護中にレナードが消えてしまったそうです。それで、レナードのプロダクションの社長が事務所に乗り込んできて、ディックを訴えると騒いでいると聞きました」

ユウトは勢いよく立ち上がった。車のキーを摑み、ドアへと急ぐ。突然の行動に驚いたのか、ロブが叫んだ。

「ユウトっ？　どこに行くんだい？」

「決まってるだろ。ディックのところだ」


「ブライアン！」

ビーエムズ・セキュリティの会社事務所に到着したユウトは、携帯をいじりながら廊下を歩いているブライアン・ヒルの姿を見つけ、声を張り上げた。

樽《たる》のような腹を突きだして歩くこのブライアンは、ビーエムズ・セキュリティのやり手社長だ。

「おお、ユウトじゃないか。ロブまで一緒にどうしたんだい。……ああ、そうか。ヨシュアに聞いたんだな」

ヨシュアの車でやって来たのだが、近くまで来て渋滞に引っかかった。ユウトは気が急《せ》いて仕方なかったので、車を降りて歩いてやって来たのだ。ロブもそれに同行した。

「ディックは今どこに？」

「奥の応接室にいるよ。レナードのマネージメントを担当している女社長のリサ・デリクに、ギャーギャー嚙みつかれている。私は電話で弁護士と連絡を取り合っていたんだ」

「その女性がディックを訴えると言っているんですね」

ロブの質問にブライアンは渋い顔して、「ああ」と頷いた。

「でもあれは八つ当たりだよ。レナードが明日、『魔法使いランドルク』のワールドプレミアに出る予定だったから、苛々《いらいら》してるのさ。もし明日のショーまでに見つからなかったら、えらいことになるしな。本当に訴訟にでもなったら、その時は会社が責任を負う。ディックひとりに責任を押しつけたりしないよ」

「ありがとう、ブライアン」

その言葉を聞いて、幾分、気が楽になった。

「レナードが消えたと聞きましたが、それってどうして？」

ロブが尋ねた。ユウトも気になっていたことだ。

「理由はわからんが、忽然《こつぜん》と消えたらしい。レナードが買い物中にトイレに行きたいと言いだし、ディックは外で待っていた。なかなか出てこないので覗きに入ると、トイレの中はもぬけの殻。高い位置に小さな窓があったので、そこから出たとしか考えられないが、ディックが事前に確認した時は、中から鍵がかかっていたそうだ」

「ということは、レナードは自分からいなくなったってことですよね」

「そうだろうな。なのにリサはディックの警護が十分じゃなかったから、こんなことになったと大騒ぎだ。あの女、昔から知っているが、気が強くて強情で人の話は聞かないし、本当にうんざりする。こんなことなら、警護の依頼なんて受けなきゃよかったよ」

　ブライアンは心底嫌そうに頭を振った。

「ブライアン！　ブライアン、どこよっ？」

　奥のドアが勢いよく開いて、ヒステリックな声が飛んできた。いかにも高そうなボディ・コンシャスのスーツを着た女性が、こちらに向かって歩いてくる。

　あれがリサ・デリクだろう。年齢は四十代後半くらいで、巻いた赤毛を頭の上に高く盛っている。美人だが化粧も派手で、おまけに近寄られると香水の匂《にお》いがプンプンして頭が痛くなりそうだった。

「こんなところで何してるのよ。ディックだけじゃ話にならないでしょ。この子たちは何？」

「ディックの友人たちだ。俺の友人でもあるがね。……リサ。何度も言うが、レナードは自分からいなくなったんだ。ディックに非はないだろ。もう勘弁してくれないか」

　リサはキッと眦《まなじり》を吊《つ》り上げ、「冗談じゃないわよっ」とブライアンに詰め寄った。

「こっちは高いお金を払ってるのよ。いなくなりました、はいそうですかって、納得できるわけないでしょう」

「どんな凄腕《すごうで》のボディガードでも警護対象者の協力なくして、完璧《かんぺき》な警護はあり得ないんだ」

「言い訳しないで！　レナードが明日のワールドプレミアまでに帰ってこなかったら、ディックに慰謝料と損害賠償を請求するわ。ワールドプレミアには、主要な役者が勢揃《せいぞろ》いするのよ。準主役のレナードが欠席なんてしたら、配給会社に訴えられちゃうわよ。本当にもう、顔しか取り柄がない無能なボディガードを寄こされて最悪だわ」

「ディックは無能じゃない」

一方的な言い分に腹が立ち、ユウトは思わず口を挟んでしまった。

「ふん。部外者は引っ込んでなさい。あなたみたいな素人に、何がわか――」

すごい形相でユウトに噛みつきかけたリサが、不意に黙り込んだ。

目を見開いたまま、マネキンのように動かなくなったリサに、ロブが「もしもし？」と声をかける。

「どうかしま――」

「あなた！　あなた名前はっ？」

叫び声に近い声でリサが言った。あなたとは、もちろんユウトのことだ。

「ユ、ユウト・レニックスですが」

「ユウト！　ちょっと回って」

「は？」

「いいからクルッと回って。ほらっ」

リサの迫力に押され、何がなんだかわからないが、ユウトはその場で一回転した。

「そこのベンチに座って」

「あの、なんなんですか？」

「なんでもいいから！」

リサの尋常ではない様子に、ロブが「言うとおりにしたほうがいいよ」と耳打ちする。仕方なくベンチに座った。

「足を組んで。いいわ、立って。それから歩きながら手を振ってみせて」

「あのな。いい加減にしてくれ。俺はあんたのおもちゃじゃないぞ！」

ユウトが怒っても、リサはまったく動じなかった。すごいわ、すごくいいわ、完璧よ、とぶつぶつ呟いている。さすがに気持ち悪くなってきた。

「リサ。どうしたんだ？」

「ブライアン。このユウトって子、貸してもらえないかしら」

「は？　何を言いだすんだ。彼はうちの社員じゃないぞ」

「あら、そうなの。なかなかの美形だから、てっきりあなたのところのボディガードかと思ったわ。じゃあ、ユウト。直接頼むわ。――あなた、レナードになって」

ユウトだけでなく、ロブもブライアンも黙っている。意味がわからないのは全員同じだった。

「……リサ。何を言ってるんだ」

「この子、レナードに体型がそっくりなのよ。それに唇の形もよく似てる。だからレナードに成りきって、レッドカーペットの上を歩くの」

多分、全員が同じことを思ったはずだ。レナードが失踪《しっそう》したショックで、リサは頭がおかしくなったのだと。

「リサ、そんなの無理だよ。体型と唇がそっくりってだけで、レナードにはなれるはずがない」

「なれるわよ。だってレナードはシャーナンのコスチュームで出席することになってるんだから。顔がほとんど隠れちゃう仮面を被るのよ。衣裳だって長いマントだし、絶対にばれないわ。ねえ、ユウト。お願い！ レナードのふりをして。そしたらディックを訴えたりしないから」

冗談だと思いたかったが、リサは限りなく本気だった。

「でもインタビューとかコメントとか、いろいろとあるでしょう？」

「大丈夫。声帯を痛めて喋《しゃべ》ることを医者に止められているってことにすれば、なんとかなるわよ」

ユウトが迷っていたら、ドアが開いてディックが出てきた。

「ユウト？　どうしてお前がここに？」

驚いた顔で近づいてくるディックを見たら、迷うことなんてないと思った。ディックのためにできることがあるなら、なんでもやる。

ユウトはリサに顔を向け、はっきりと言い切った。

「わかりました。やります。俺がレナードになります」

倒れ込むように自分のベッドに寝転がったユウトを見て、ディックが心配そうに言った。

「ユウト。大丈夫か？」

「ああ。なんとかね」

あれからリサにレナードらしい歩き方だの、サインの練習だのをみっちりさせられた。だが身体より精神的な疲労が強かった。世界的な注目を浴びるすごい映画のショーに別人として出演するのだから、凄《すさ》まじいプレッシャーがある。

「すまない、ユウト。俺のせいで面倒な事態になってしまった。お前にはまったく関係ないことなのに」

ベッドの端に腰を下ろしたディックが、申し訳なさそうに詫《わ》びてくる。ユウトは身体を仰向けにして、ディックの膝《ひざ》に手を載せた。

「関係ないなんて言うなよ。ディックの問題は俺の問題だろ」

「けど、リサの要求は無茶だ。今からでも遅くはない。断ってくれ」

「俺はやるよ。でないと、リサはディックを訴えるかもしれない。警備会社なんて信用がなけりゃ、やっていけないだろう？　変な噂《うわさ》を立てられるだけでもマイナスじゃないか」

ユウトの意志が固いと知ると、ディックは悩ましげな溜め息を漏らした。

「俺のミスだよ。レナードが自分からいなくなるなんて、思ってもみなかった」

落ち込んでいるディックが可哀相で、勝手にいなくなったレナードが憎らしく思えてきた。事情はわからないが、大事な仕事を放りだして失踪するなんて無責任すぎる。

「仕方がないよ。逃げようとしているレナードを見張れって言われていたならともかく、ストーカー対策としての警護だったんだろう？」

「ああ。でもいつだったか、レナードがこんなことを言ったんだ。『そんなに必死で警護しなくてもいい。ストーカーなんていやしないんだから』と」

「どういう意味だろう。もし本当にストーカーがいなかったなら、護衛なんてつける必要もないのにな。……もしかしたら、リサはレナードの失踪を予期していたんじゃないか？　だから二十四時間体勢でボディガードをつけたとか」

ユウトの思いつきを聞いて、ディックは首を捻った。

「だったら、レナードを監視してほしいと依頼すればいいのに」

「スターだから、外聞が悪すぎて言えなかったんじゃないのかな」

喋っているうちに段々と眠くなってきた。ユウトは眠い目を擦りながら、「どっちにしろ」と続けた。

「覚悟のうえでの失踪なら、レナードは明日のショーに来ないだろう。俺が身代わりをやるしかない。レッドカーペットを歩く時は、ディックが俺を警護してくれるんだよな」

「ああ。リサの許可はもらっている。お前がマントの裾《すそ》を踏んで転びかけたら手を貸すし、本当にストーカーが現れて襲ってきたら全力で守る」

ディックの温かい手が頬に触れてくる。

「ディックがそばにいてくれるなら安心だ」

ユウトが微笑《ほほえ》むと、ディックは上体を倒し、そっと唇を重ねてきた。

愛情を伝えるような優しいキスだ。ディックの温もりに包まれていると、それだけで心が満ち足りていく。

ふと、ディックがLAに来て、今日で一年だったことを思い出した。つまり一緒に暮らし始めて、無事に一年が過ぎたことになる。

ディックに何か言いたかったのに、軽く触れるだけのキスがあまりにも心地よくて、ユウトはあっという間に眠りに落ちていった。


目の前に赤いレッドカーペットが続いていた。両脇には大勢のファンや取材のカメラやインタビュアーがずらっと並び、スターが近づいてくるのを今か今かと待ちわびている。

顔にぴったり張りつくようなデザインの仮面を被り、長いマントを優雅にひらめかせたユウトが歩いていくと、周囲から歓声が上がった。レナードの名を叫ぶファンに向かって手を振ると、歓声はいっそう大きくなった。

銀髪の長いウイッグを被っているし、手には手袋もしている。外気に触れている肌は唇と目だけと言っても過言ではないほど、極端に露出の少ない格好だ。

衣裳を合わせた時、もしかしたら自分でなくても、この格好さえしていれば誰だってレナードに見えるかもしれないと思った。それでかなり気が楽になった。ただこの衣裳は暑くて敵《かな》わない。いくら日が暮れているとはいえ、真夏にはきつすぎる。

影のようにユウトに張りついたディックは、ボディガードの定番スタイルともいえる黒いスーツを着用し、黒いサングラスをかけている。どんな服を着ていても格好いいが、黒いスーツはディックの持つストイックな雰囲気を強調するので、よりセクシーに見えた。

余裕が出てきたので、沿道に近づきサインを開始した。リサからファンサービスは大事なので、できるだけサインは多くしてほしいと頼まれていた。

わずかな距離を長い時間かけて歩き終えた時には、身も心もぐったりと消耗していた。

「よかったわよ、レナード」

会場に入ると、リサが待ち受けていた。満面の笑みを浮かべているので、ユウトのウォーキングには満足したのだろう。

「舞台挨拶まで少し時間があるから、控え室に行きましょう」

体調不良を理由に個室の控え室を用意してもらっていたので、ユウトとディック、それにリサだけが奥まった場所にある小さな部屋に入った。

「よくやったわ、ユウト。すごく自然だったし、私の目にもレナードが歩いているように見えたわ。この調子で舞台挨拶も頑張ってちょうだい」

このあと、監督や主だった俳優たちが舞台に立って観客に挨拶をするのだが、レナードは声が出せないので司会者が代理でメッセージを読み上げてくれることになっている。

喋らないでいいとはいえ、自分の姿が大勢の目にさらされ、映像だって世界中に配信されるのだと思ったら、胃が痛くなりそうだ。

ノックの音がした。ディックが対応に出ると、来訪者は会場のスタッフだった。

「リサ・デリクさんはいらっしゃいますか？　受付でジム・クッカーさんという男性がお呼びです」

「あら、ジムが来てるの？　何かしら」

リサはすぐ戻ると言い残し、部屋から出ていった。

「ユウト。疲れただろう。何か飲み物をもらってこようか？」

「ああ。ありがとう」

ディックもいなくなると、ユウトの唇から溜め息が漏れた。

仮面やウイッグやらの装飾品が重すぎて、首が痛くなってきた。だが一度外すとまた着けるのが大変なので、取ることもできない。

筋肉の凝りを解《ほぐ》そうと首を回していたら、そっとドアが開いた。リサかディックだと思って視線を向けると、見たことのない中年男性が立っていた。

タキシードを着ているが、どこかパッとしない男だ。見覚えがあるので俳優だろうと考えたら、名前が浮かび上がってきた。

彼はドットソンだ。ロブの好きなクリス・ドットソンだ。

「レナード。少しいいかい？」

返事はできないので、曖昧《あいまい》に頷いた。以前にも共演しているし、レナードの知らない相手ではないので首は振れない。

「喉を痛めていると聞いたが、大丈夫か？」

ユウトが椅子に座ったまま頷くと、ドットソンは慈愛に満ちた眼差しを浮かべ、すぐそばまでやって来た。

「レナード。今日ここに来たってことは、やっぱり思い直してくれたんだね。よかったよ。君はこれからどんどん売れて、すごいスターになる。わかるんだよ。俺はそういう人間をたくさん見てきたからね。そんな君が俳優をやめるなんて、絶対に間違っている」

いきなりの言葉にユウトは驚いた。レナードは俳優をやめたがっていたのだ。そのことが失踪に関係しているのだろうかと考えを巡らせていると、不意にドットソンが足もとに膝をつき、ユウトの両手を強く握り締めた。

「私のことは早く忘れておくれ。君には華々しい世界が似合う。こんなしょぼくれた中年男とつき合ったって、いいことなんてひとつもない。だからもう二度と会わずにいよう。いいね？」

意味がよくわからなかったが、咄嗟《とっさ》に頷いた。そうしないと、ドットソンが立ち去ってくれないと思ったのだ。

「よかった。やっとわかってくれたんだね。俺があの別荘に行かなかったのは、君を心から愛していたからだ。君のためを思って我慢した。そんな俺の思いを汲《く》んで、君はスターとしての幸せを掴《つか》んでくれ」

涙を浮かべて切々と語るドットソンは、気分が高揚してきたのか、首を振りながらユウトの膝に顔を埋めた。

半ば啞然《あぜん》としながらも、ユウトは理解した。

ドットソンとレナードは恋人同士だったのだ。事情はよくわからないが、ドットソンはレナードの未来を考え、別れを選んだらしい。

この状況をどうしたものかと困っていると、ディックが部屋に飛び込んできた。

「何者だっ」

険しい誰何《すいか》の声と共にドットソンの身体がユウトから引きはがされ、目にも留まらぬ速さで床に倒された。ディックはドットソンを俯《うつぶ》せにして、摑んだ腕を背中でぎりぎりとねじ上げた。

「や、やめてくれ…！　折れるっ」

ドットソンが苦悶《くもん》の声を上げた時だった。

「やめてくれ、ディック！」

叫んで部屋に飛び込んできた相手を見て、ユウトは仰天した。レナード・ライマーだったのだ。レナードは呆気に取られているディックを渾身《こんしん》の力で突き飛ばし、ドットソンを抱え起こした。

「クリス、大丈夫？　怪我《けが》はない？」

ジーンズとTシャツ姿にベースボールキャップという格好のレナードは、どこにでもいる平凡な青年のようだった。

「レ、レナード？　ど、どうなっているんだ。じゃあ、ここにいるのは……？」

ドットソンは激しく混乱した様子でユウトを指さした。こうなったら隠しても仕方がない。

ユウトは仮面を外した。

「俺はレナードの偽者です。今日の大事なワールドプレミアに穴を空けられないという理由で、リサに代役を頼まれました」

本当は脅されたようなものだが、便宜上、そう説明した。

ちょうどそこに、リサがぶつぶつ文句を言いながら戻ってきた。

「なんなのよ、ジムなんて来てないじゃないの。ったく、忙しいのに――」

床に座って身体を寄せ合っているレナードとドットソンを見るなり、リサの顔色がサッと変わった。

「レナード！　今までどこにいたのよっ。やっぱりドットソンと一緒だったのね」

リサはヒールの音をカツカツと響かせ、鬼のような形相でドットソンの前に立った。

「あなたがレナードをたぶらかして、連れ出したんでしょう。私に交際を反対された腹いせ？　こんな真似して、ただで済むとは思わないで。誘拐罪で警察に通報するから」

「違う、リサっ。俺はひとりで逃げたんだ。クリスは関係ない」

レナードはドットソンを守るように、リサの前に進み出た。

「クリスはあんたに俺とのつき合いを反対され、別れようと言いだした。俺は世間にばれても構わないって言ったのに、クリスはもう若くないからスキャンダルに巻き込まれるのは御免だって……。でも信じられなくて、どうしてもクリスの本心が知りたくて、俺はディックの隙《すき》をついて逃げたんだ。その足で知り合いに借りたマリブの別荘に行って、そこからクリスに来てほしいと電話をかけた。でもクリスは来てくれなかった……」

レナードは寂しげな表情でドットソンを振り返った。

ドットソンの唇が何か言いたげに動いたが、言葉は出てこなかった。さっきの愛しているからこそ行かなかったという告白を聞いていたユウトには、ドットソンの無言がもどかしくてならない。

「俺は今朝になってもう一度、クリスに電話をかけた。スキャンダルが嫌なら俺は俳優をやめる。その証拠に今日のワールドプレミアにも参加しないって。クリスは信じてなかったみたいだけど、俺は本気だった。……でも、やっぱり気になって来ちゃったよ」

そこまで言えば、きっとドットソンが本心を告げてくれると思い、レナードは賭けに出たのだろう。だがドットソンはレナードの言葉を信じなかった。自分が身を退けば、すべて上手くいくと思い込んだのだ。

「ドットソンが別荘に行かなかったのは、君を心から愛していたからだ。君のためを思って我慢したと、さっき言ってたぞ」

とうとう言ってしまった。ユウトの言葉を聞いたレナードの顔が、パッと輝いた。

「本当に？　本当にそうなの？」

「あ、いや……、その」

ドットソンはしばらくしどろもどろになっていたが、覚悟を決めたのか「そうなんだ」と頷いた。

「俺のせいで、君が世間から攻撃されるのは絶対に嫌だった。愛しているから、君を守りたかった」

「クリス……。なら別れるって言葉、取り消してくれる？　俺とこれからもつき合ってくれる？」

レナードはドットソンの顔を両手で挟み、赤い目をして尋ねた。

「ああ。取り消すよ。こんな俺でよかったら、ずっと恋人でいさせてくれ」

「いい加減にして！」

リサは頭を押さえ、そばにあった椅子に腰を下ろした。

「レナード。あんたって子はどこまで馬鹿なの。こんなしょぼくれた中年男の、どこがそんなにいいわけ？」

「すべてだよ。クリスは俺の初恋だったんだ。子供の頃に出た映画で共演して大好きになった。それっきり会うこともなかったのに、去年、この映画の撮影で再会して、やっぱり好きだと思った。クリスが俺の気持ちに応えてくれて、すごく幸せだったのに……。リサが余計なことを言うから、こんなことになったんだ。おまけに俺がクリスに会いに行かないように、ボディガードまで雇ってさ」

やっと納得できた。リサが阻止したかったのはストーカー被害ではなく、そっちだったのだ。だからレナードが急にいなくなっても、安否に関してはそれほど心配をしなかった。

「邪魔するに決まってるでしょう。あなたは世界的な映画スターになる人なのよ。そんなあなたがこんな冴えない二流俳優とつき合っているなんてこと、世間に知られてごらんなさい。あなたはもう終わりよ。スターダムにのし上がれなくなるわ」

「それでもいいよ。俺はスターになるより、クリスと一緒にいたい」

「駄目よ。許さないから」

レナードの切実な思いを、リサは一刀両断にした。

「取り込み中にすまないが、そろそろステージに上がる時間だ。どうする？　このままユウトを行かせるのか？　それともレナードが行くのか？」

ディックの言葉に、レナードが迷うことなく答えた。

「俺が行く。行ってステージの上から、クリス・ドットソンを心から愛してると叫ぶ」

「やめてっ」

リサが悲鳴のような声を上げた。

「そんなこと、させないわよ」

「止めたって無駄さ。今日が駄目なら明日叫ぶ。インターネットで告白したっていい」

レナードが脅しではなく、本気で言っているのは明白だった。リサは疲れ果てた顔で「もういいわ……」と呟いた。

「わかったから、世間に公表するのだけはやめてちょうだい。ふたりの交際を認めるから、ばれないようにつき合って。それがお互いのためでしょう」

「ありがとう、リサ」

レナードは言葉にならない喜びを伝えるように、ドットソンを強く抱き締めた。

感動的なシーンだが、今ひとつ感動できなかった。結局のところ、ユウトとディックは茶番につき合わされたに他ならない。

「ディック。俺たち、もう帰ってもいいんじゃないのかな?」

「だな。その衣裳をレナードに帰して、退散しよう」

ユウトとディックは苦笑を浮かべて頷き合った。


「ユウティ。ごめんな。ひとりで寂しかっただろう?」

アパートメントに帰ってくると、ユウティが尻尾を振って出迎えてくれた。

食事を与えたあと、ディックはユウティを短い散歩に連れ出した。ユウトも一緒に行くと言ったが、疲れているだろうから家でゆっくりしていろと断られた。

確かに疲れた。それほど平穏ではない人生を送ってきたユウトだが、映画スターのふりをしてレッドカーペットを歩くことになるとは、夢にも思わなかった。

クッションを枕にして横になったら、いつの間にか眠ってしまったらしい。物音で目が覚めた時、ディックはもう散歩から帰ってきてシャワーまで済ませていた。

「ごめん。寝ちゃったな」

「いいよ。ベッドまで運んでやろうか？」

ディックがからかうように顔を覗き込んできたので、「やだよ」と頭を押しやった。

「俺もシャワーを浴びないと」

「俺が隅々まで洗ってやってもいいぞ」

ユウトの指を捕まえ、ディックは爪先を唇に押し当てた。

「断る。洗ってもらうだけじゃ済まなくなるからな。お前は大人しくベッドで待ってろ」

ディックは肩をすくめ、「お前はひどい男だ」とぼやいた。

「お前がのんびりシャワーを浴びている間、俺がいつもどんな気持ちで待ってるのか知らないんだろう？」

「そんなの知るもんか」

ディックがあまりにも真剣に言うので、ユウトはソファの上で笑い転げた。ディックは大笑いされたのが気に入らなかったのか、「こいつ」とユウトを強引に身体の下に押さえ込んだ。

「重いよ。どけって」

「どいてやるもんか。笑った罰だ」

ディックの厚い胸板を押しやったが、びくともしない。

「もう参った。降参する」

「キスしてくれたら、許してやってもいい」

ユウトは薄く笑い、ディックの頭を引き寄せた。

唇を深く合わせると、すぐに舌先が触れ合った。戯《たわむ》れるように始まったキスは徐々に熱を帯びていき、劣情を孕《はら》んだ求愛のサインへと変わっていく。

「ディック……。シャワーが」

「頼むからあとにしてくれ」

熱っぽい目で頼まれると、嫌だとは言えなくなった。

「わかった。でもその代わり、すぐに……してくれ」

汗をかいた身体をディックに舐《な》め回されるのは、どうしても抵抗があった。ディックはまったく気にしないが、恥ずかしくて行為に集中できなくなるのだ。

「すぐってどれくらい？　愛撫《あいぶ》はいっさいなしってことか？　フェラチオも駄目？　アナルに指を入れられるのも嫌？」

わざと露骨な言葉を口にするのは、ユウトの羞恥心《しゅうち》を煽《あお》りたいからだ。わかっていても恥ずかしくなってくる。まったくもってディックの思う壺《つぼ》だ。

「すぐって言ったら、すぐだよ」

悔し紛れにディックの股間《こかん》をギュッと握った。そこはすでに昂ぶって張りつめている。

「わかったよ。すぐ挿れるから、俺の息子を苛《いじ》めないでくれ」

準備を整えて戻ってきたディックはユウトの上にのしかかると、右手でペニスを愛撫しながら、後ろの窄《すぼ》まりに自身のペニスを押し当ててきた。だがすぐに挿入する気はないらしく、ローションで濡《ぬ》れた先端を焦《じ》らすようにヌルヌルと擦りつけてくる。

前の昂ぶりを巧みに刺激され、もう達《い》ってしまうという段になって、ディックはようやくユウトの中に押し入ってきた。ぴったりと閉じていた部分が熱いものでこじ開けられる感覚に、背筋が震えた。

焦らされすぎたせいか慣らしてもいないのに、ユウトのそこは抵抗もなくディックのすべてを呑《の》み込んだ。

ディックのたくましい腰を両足の間に深く迎え入れ、ユウトは目を閉じた。ゆるやかな抽挿に淡い快感が引きずりだされていく。

「痛くないか。辛《つら》かったら言えよ」

「うん」

こんなふうにリラックスして、ディックと身体を重ねられることが嬉しかった。

長くつき合えば新鮮さや刺激はなくなっていくかもしれないが、花火のようにすぐ消えてしまうときめきを追いかけるより、消えない日だまりを慈しむように、ふたつの気持ちをいつも重ねていきたい。

「ディック、愛してる」

一緒に暮らし始めた頃は気恥ずかしくて、なんとなく言いづらかった言葉も、今はすんなり言える。気持ちを伝えることを怠ってはいけないと気づいたからだ。

「ああ。俺もだ。ユウト……」

見つめ合うほど気持ちがあふれてくる。愛情が増していく。

ふたりは優しい夜の中で、ゆっくりと長くお互いを求め合った。


行為が終わったあと、ディックに浴室へと運ばれた。

ディックはユウトを泡だらけにして、どこもかしこも素手で洗った。セックスの前なら感じてしまって収拾がつかなくなるところだったが、幸いなことに疲れきっていたので、もうそんな気分にはならなかった。

ユウトがベッドに入ると、ディックは寝酒にワインを持ってきてくれた。ベッドの上に座って、ふたりで一杯のワインを分け合って飲んだ。

「せっかくの休暇を二日も台無しにして、本当にすまなかった」

「もういいよ。それより、ディックも明日から少し休めるんだろう？」

「ああ。レナードの警護がなくなったからな。ブライアンが渋い顔したって知るもんか」

ふたり揃って長い休みが取れるのは久しぶりだ。どこかに出かけてもいいし、家でのんびりするのもいい。

　ワインが空になったので、ふたりはベッドに横たわった。散々な二日間だったな、といろいろ振り返っていたら、あることを思い出した。

「レナードの情熱、すごかったな」

「何が?」

「ドットソンを愛してるって、ステージで叫ぼうとしたことだよ。世界中に向かって愛を叫ぶなんて、すごい勇気だ」

　ディックは「ああ、あれか」と頷いた。

「でも俺だってできるぞ。その気になればどこでだって、お前を愛していると叫べる」

　むきになって言うディックが可笑しくて、ユウトは肩を揺らして笑った。

「そんなことしないでくれ。愛してるって言葉は、俺にだけ言ってくれればいい」

　ディックは「それはそうだな」と囁《ささや》き、ユウトの額にキスをした。

「……バタバタしていて言うのが遅れたが、聞いてくれ。お前と暮らしてきたこの一年は、俺の人生で最良の一年だった。ありがとう、ユウト」

　ディックも昨日が一年目だということを、覚えていたのだ。

「俺もディックと一緒に暮らすようになって、毎日が楽しい。すごく幸せだよ」

　一年前、自分の持ちうる愛情のすべてをディックに注いでいると思っていた。もうこれ以上の気持ちで愛せないと感じるほどに。

だけど不思議なことに、一年前より今のほうがもっとディックを深く愛していると、ごく自然に思える。

だからといって一時期のように、心の中がディックのことでいっぱいになって、何も手につかないということはなかった。

冷めたのではないし、飽きたのでもない。ディックが自分の人生の一部になったのだ。

「世界中に愛を叫べるほどの激しい愛情もいいけど、俺は少しでもいいから、ずっと愛されたいな。ほら、古い諺《ことわざ》であるだろう？　少し愛して、長く愛してって」

ユウトが冗談めいた口調で言うと、ディックはなぜか眉根を寄せた。

「怖い顔して、どうしたんだよ」

「いや、俺にはちょっと難しい注文だと思ってな。お前を長く愛せる自信はあるが、少しだけ愛する自信はない」

ねぇ
ほら テレビ見《み》て
これって『魔法使《まほうつか》いランドルク』のワールドプレミアよね
ギク
プロフェソルとヨシュアは観《み》てきたんでしょう？どうだった？
一作目《いっさくめ》に負《ま》けず劣《おと》らずで面白《おもしろ》かったよ ねぇ ヨシュア
はい
…ん？

レッドカーペットを歩《ある》いているのはもしかしてディックか？
あの日《ひ》ディックはレナード・ライマーの警護役《けいごやく》だったんだよね
ニヤニヤ
…ああ
え そうなの？
…それにしても役柄《やくがら》の格好《かっこう》もいいが顔《かお》くらい見《み》せればいいのにな
そうよね…
ギク
…っ
これじゃ本人《ほんにん》かどうかもわからないわ
まったくだ
実《じつ》は偽者《にせもの》だったりしてねぇ…
あら
ロブの奴《やつ》…

……………
…なんだか
いい雰囲気《ふんいき》だな…
ボソッ
ホント
どういうこと？
ディック

ち　違《ちが》うんだ　これは……っ
ガタッ
ちょっと　俺《おれ》………
す　少《すこ》し　酔《よ》いすぎた　みたいだ
外《そと》の風《かぜ》に　あたってくる…
………
え…？
いや　あの

ムッスー
ディック…
何《なに》もあのタイミングで出《で》て行《い》くことないだろ俺《おれ》だけ悪者《わるもの》扱《あつか》いだ
特にパコに殺されるかと
※イメージ
ディックてめーー!?
ちちち違いますお義兄さん!
本当《ほんとう》にごめん
悪《わる》かったって
…ディック
もう機嫌《きげん》直《なお》せよ

…キスでごまかす気《き》か？
嫌《いや》なら拒《こば》めば…？
無理《むり》に決《き》まってるだろう
いくらでもごまかされてやるから
もっとキスしてくれ――

# Midnight phone call
(朗読CD)

夜更けすぎ、俺はリビングのソファに座りワインを飲んでいた。楽しかった時間を反芻《はんすう》しながら、ひとり飲む酒は格別だ。

十分にうまい酒が飲めたので、そろそろベッドに戻ろうかと腰を上げた時、静まり返った部屋に電話の呼び出し音が鳴り響いた。時計を見ると、もう日付も変わろうかという時間だった。誰だろうと首を捻りながら電話に出てみれば、友人のユウト・レニックスだった。

こんな時間に電話してすまないと謝るユウトの背後から、ざわめきが聞こえてくる。外にいるようだ。今、どこにいるのかと尋ねたら、トーニャの店にひとりで来ているという言葉が返ってきた。不機嫌丸出しの言い方にピンときたので、「ディックと喧嘩《けんか》したんだろう？」と言ってやったら、ユウトはばつが悪そうにそのとおりだと認めた。

ユウトがへこんでいる時は、大抵ディック絡みだ。今回は何が原因だろうと思い、「まさか、またピザをどこの店で注文するかで揉《も》めたの？」と聞くと、ユウトはすっかり臍《へそ》を曲げてしまい、「もう切る」と言いだした。俺は慌てて謝り、真面目に聞くから、何があったのか教えてくれと言い募ったが、ユウトは結局、喧嘩の原因については明かそうとしなかった。

「俺に愚痴をこぼしたくて電話してきたんじゃなかったの？　いや、別に詮索《せんさく》してるわけじゃないよ。ただ心配してるだけ。君とディックがいつまでも仲よくしてくれないと困るからさ。

だって君らは俺の理想のカップルだからね。本当だって。嘘なんかつかないよ。疑うなら今度、ヨシュアに聞いてごらん」

そんなふうにヨシュアの名前を出した途端、ユウトは俺とヨシュアの関係が順調なのか知りたがった。俺とヨシュアならもちろん仲よくやっている。たまには喧嘩もするけどね、と言い添えると、なぜかユウトは喧嘩の原因について知りたがった。

たいしたことじゃない、本当にくだらないことばかりだよと言ったのに、ユウトは俺とヨシュアの痴話喧嘩《ちわ》の種がやけに気になるようだった。ディックと喧嘩して落ち込んでいるユウトの気晴らしになればと思い、俺は最新情報を教えてやることにした。要するに今日の喧嘩の原因だ。

俺とヨシュアはお気に入りのチャイニーズレストランで夕食を共にして、そのあとで海沿いをドライブした。ラジオからはムードたっぷりのラブソングが流れていて、途中まではすごくいい雰囲気だった。ところがマリナ・デル・レイのヨットハーバーが見えてきたあたりで、事態が急変した。

ヨシュアの同僚のハリー・ネルソンという男から、電話がかかってきたのだ。最近、ビーエムズ・セキュリティに入った新人ボディガードらしい。

ヨシュアはすぐ携帯で話し始めたが相槌《あいづち》を打つばかりで、ネルソンだけがずっと喋っている様子だった。明らかにたいした用事ではないみたいだし、適当な理由をつけて早く電話を切ってくればいいのに、そんな調子で二十分近く電話が続き、俺もだんだんと腹が立ってきた。

だから電話が終わったあとに、こう言った。

『ねえ、ヨシュア。君とデートしている最中に、俺が二十分も他の男の顔を見ていたら君はどう思う?』って。ヨシュアは少し考えてから、『嫌な気持ちになると思います』と答えた。俺は冷静に言った。『だったら俺の今の気持ちもよくわかるよね』と。ヨシュアは急に黙り込んで、それ以降、いっさい喋らなくなってしまった。

ヨシュアのだんまりはすごくこたえる。なんて言うか、ものすごく拒絶されてるみたいで、心が弱ってしまう。俺としては、まだ怒鳴られたほうがましなくらいだ。

車内の空気がどんよりと重くなり、もうデートどころの雰囲気ではなくなってしまったから、俺はドライブを切り上げてヨシュアを部屋まで送り届けた。そしたらヨシュアが車を降りる際に、変なことを言った。『私は言いつけを守っただけなのに』と。

意味がわからなくて聞き返そうとしたが、ヨシュアはすぐ車を降りて行ってしまった。首を捻りながら車を出したものの、別れ際のヨシュアの顔が悲しそうだったのが妙に引っかかって、家に着いてからもずっと気になって仕方がなかった。

気分を変えたくて熱いシャワーを浴びた。それからお気に入りのジャズを聴きながら、お気に入りのミステリ作家の新作を読んだりしたが、ヨシュアのことが頭からずっと離れなかった。音楽も耳に入らないし、小説だってろくに頭に入ってこない。

俺は無駄な時間を過ごすのが馬鹿らしくなって、くだらない意地だのプライドは、この際、ゴミ箱に丸ごと放り捨てて、ヨシュアに会いにいこうと決めた。なんだかよくわからないが、ヨシュアにはヨシュアの言い分があったようだし、まずはそれを聞いてあげなければいけないと思った。

俺は今すぐ出かけようと思い立ち、車のキーを持って玄関のドアを開けた。そしたら、なんと目の前にヨシュアが立っていた。

ヨシュアはちょっと怒ったみたいな顔つきで俺を見ていた。俺にどうしても言いたいことがあって来たのは一目瞭《りょう》然《ぜん》だった。俺はヨシュアを部屋に入れてから、こう言った。

『ダーリン。俺はいっさい反論しないで聞くから、なんでも言ってくれ。どんな文句だって真《しん》摯《し》に受けとめるから』

ヨシュアは固い表情で『だったら言わせていただきます』と前置きしてから、『私はハリー・ネルソンが好きではありません』と言いだした。

俺が『それはよかった』と愛想よく頷いたら、ヨシュアは怖い顔をして『好きでもない同僚の、これといった用件もないようなくだらない電話に二十分もつき合ったのは、あなたがそうしろと言ったからです』と言って俺をにらんできたんだ。唖然とした。反論しないと言ったが我慢できなくなり、俺がいつそんなことを言ったのかと聞き返した。

ヨシュアは俺が覚えていないのがショックだったのか、悲しげな目になった。俺は必死で記憶を辿《たど》ってみたが駄目だった。どうしても思い出せない。というか、ネルソンのことなんて知らなかったんだから、俺がネルソンと仲よくしろだなんて言うはずがない。

『悪いけど、君とネルソンのことを話し合った記憶がまったくない』と言ったら、ヨシュアはわけを教えてくれた。

あれは一か月ほど前のことだった。ヨシュアはいまだに同僚たちと上手くつき合えないと落ち込んでいた。ヨシュアは根はあんなに素直で可愛いし、今時、珍しいほどまっすぐな性格なのに、真面目すぎて他人と適当に調子を合わせたり、上辺だけ愛想よく振る舞ったりできないので、周りから誤解されやすい。

俺はそういうヨシュアの不器用なところも好きだけど、本人にすれば大変だ。ヨシュアが少しでも上手く職場の仲間に溶け込めるようにと思い、俺はこんなふうにアドバイスした。

『苦手だと思う相手とも、できるだけコミュニケーションを取ったほうがいい。最初は苦痛かもしれないけど、まずは相手の話をよく聞いてあげるんだ。そうしたら相手は君を好意的に見るようになる。仕事でもなんでも、相手に好かれたほうが物事は上手くいく。表面的なつき合いが苦手だっていう君の気持ちもよくわかるけど、君自身のためにちょっとだけ努力してごらん』

あの時、ヨシュアは俺の目をじっと見つめながら聞いていた。もちろん俺だって真面目に話したけど、雑談程度のことだった。でもヨシュアは違った。俺の言葉を真剣に受けとめて、苦手な同僚ともできるだけコミュニケーションを取ろうと、ずっと努力していたのだ。苦痛でも俺のアドバイスを無駄にしてはいけないと思ったに違いない。

そういうこともあって、ネルソンの電話もすぐ切らなかったのだ。理由がわかって俺は心から反省した。俺が同僚と仲よくしろと言ったから、本当は嫌でも長電話につき合ったのに、そのことで俺から嫌みを言われたんだから、ヨシュアにすれば踏んだり蹴《け》ったりだ。

俺はヨシュアを抱き締めて何度も謝った。ヨシュアは臨機応変に振る舞えない自分も悪いと言って許してくれた。車の中ですぐ反論すればよかったけど、俺に嫌みを言われたのがショックで言葉が出なくなったとも言っていた。そんなヨシュアが可愛いやら気の毒やらで、俺は平身低頭、ひたすら謝るしかなかった。

今までの恋人とは喧嘩するほど気持ちが冷めていったのに、ヨシュアは逆というか、喧嘩するたび理解が深くなって、愛情も増えていく感じがする。

そこまでユウトに話したら、喧嘩の話じゃなくて、のろけ話になってるぞと言われた。確かにそのとおりだが喧嘩したのは事実だし、喧嘩のあとに仲直りするのは当然なんだから、主旨は間違ってはいないと思う。

のろけついでに、ヨシュアは今、俺のベッドで眠っていると教えてやると、ユウトは苦笑してから、「仲直りできてよかったな」と言ってくれた。その声はどこか寂しげだったので、「君も早く家に帰れよ」と言ってやった。俺がひとりで飲んでいたってつまらないだろうと言うと、ユウトは「酒は飲んでない。コーラを飲んでいる」と反論した。俺は呆《あき》れて言い返した。

「だったらなおさらつまらないよ。酒場でコーラを飲んでいて楽しいわけがないじゃないか。きっとディックも心配してるはずだ。ディックは君がいないと寂しくて死んじゃう男なんだからさ。いや、ホント、全然大袈裟じゃないって。だからもう帰ってやれよ」

俺の説得が効いたのか、ユウトは「君が口うるさいから、そろそろ帰るかな」と言って電話を切った。まったく世話のかかる男だ。本当は早く帰りたいのに意地が邪魔して帰れないものだから、俺に背中を押してほしくて電話してきたんだろう。

俺は家で気を揉んでいるディックに電話をかけて、もうすぐユウトが帰ってくると教えてやろうかと思ったが、そこまでしてやることもないかと思い直し、二階の寝室に向かった。

ベッドでヨシュアが眠っていた。俺はそっと腰を下ろし、ヨシュアの頬を撫《な》でた。ヨシュアは目を覚まし、眠たそうな顔で俺に微笑んできた。俺は身を屈《かが》め、ヨシュアの額にキスをした。

「ねえ、ヨシュア。今ユウトと電話で話していたんだ。ディックと喧嘩して、家に帰りづらくなってたみたいだから、俺とヨシュアみたいに仲よくしなきゃ駄目だぞって説教してやった。なんで笑うの？ 嘘じゃないって。本当だよ」

何が可笑しいのかヨシュアは肩を揺らして笑っている。俺はヨシュアの隣に横たわり、言葉を続けた。

「ユウトとディックってあんなに信頼しあって、心から愛し合っているのに、たまにすごくどうでもいいことで喧嘩したりして、まるでつき合い始めたばかりのティーンエージャーのカップルみたいになるよね。微笑ましいっていうか、馬鹿馬鹿しいっていうか。まあ、俺たちも似たようなものだから、えらそうには言えないけど。ところで、話を蒸し返すようでなんだけど、今日は本当にごめんよ。心から反省してる。ねえ、ハニー。君に嫌われたら、俺は明日から何を希望にして生きていけばいいのかわからない。……あ、笑ったな。本気で言ってるのにひどいよ。もう聞き飽きたかもしれないけど、念のためにもう一度言っておくよ。——俺は君に首ったけだ。心から愛してる。君なしの人生なんてもう考えられない。だから俺が悪い時はいくらでも怒っていいし、文句を言ってくれてもいいけど、頼むから黙って俺から離れていくのだけはやめてくれ。今日は君のほうから来てくれて、本当に嬉しかったよ。ドアを開けた時、君が目の前にいるのを見て、俺がどんなに驚いて、どれほど感激したかわかる？　以前の君なら来てくれなかっただろうね。自分だけが我慢すればいいと思って、きっと悲しみも怒りもひとりで呑み込んで、俺に何も言ってくれなかったはずだ。でも今日の君は自分からアクションを起こしてくれた。俺に自分の気持ちを伝えにきてくれた。自分をもっとわかってほしいと望む君の気持ちに、俺はいくらでも応えていきたい。いや、必ず応えていくよ。だからどんな時も俺にぶつかってきて。大丈夫、君を受けとめる準備はいつだって整ってるから。もしかしたら、受けとめ損なって一緒に転んじゃうことはあるかもしれないけど、その時は許してくれ。俺はスーパーマンじゃないから完璧な恋人にはなれない」

黙って聞いていたヨシュアが、「だったらその時は、一緒に起き上がればいいじゃないですか」と言ってくれた。

俺は胸の奥が熱くなるのを感じた。ヨシュアの言うとおりだ。ヨシュアが転んだ時は俺が手を差し伸べるし、俺が転んだ時はヨシュアが手を差し伸べる。一緒に転んだ時は、手に手を取って立ち上がればいい。

「ありがとう、ヨシュア」

俺はヨシュアの耳もとでそう囁き、お休みのキスをした。

# Never walk alone

その日は思いがけず仕事が早く終わり、日が暮れる前に帰宅できた。

駐車場に車を置いたディックは、浮かれ気分で歩きだした。今日はユウトが休みで家にいる。帰ったら一緒にユウティの散歩に行って、ふたりで夕食をつくって、食後はこの前、買った映画のＤＶＤでも見ながら酒を飲もう。そして夜が更けたら当然ベッドで――。

寝るまでのプランをあれこれ錬りながらアパートメントの通路を歩き、なるべく音を立てないようにして玄関のドアを開けた。もちろんユウトを驚かせてやろうと思ったからだ。

忍び足でリビングに近づいていくと、話し声が聞こえてきた。どうやら客が来ているらしい。ドアに顔を近づけて聞き耳を立てる。

「君って結構、意地悪だよね。そこまでしなくていいと思うけど」

「俺は意地悪で言ってるんじゃない」

最初の声はロブだ。ユウトだけじゃないことに少々がっかりしつつも、ロブなら気兼ねする必要もないのでドアを開けようとした。

だが次の言葉が耳に届いた瞬間、ディックの全身は固まった。

「まあ確かに君の浮気がばれたら、ディックは相手を殺しちゃうかもね」

「……っ⁉」

浮気？　今、浮気と言ったのか？

いやいや、聞き間違いだ。そうに違いない。ディックは早打ちする鼓動を落ち着かせるために、深呼吸をした。スーハースーハースーハー。三回深く息を吸って吐き、よしと頷《うなず》いてドアを開けようとしたら、今度はユウトの言葉に衝撃を受けた。

「まさかそこまではしないだろうけど、相手のところに乗り込んで、一発くらいはお見舞いするかも。そんなことになったら大変だから絶対に秘密にしたい。ディックには言わないでくれよ」

ユウトが浮気の口止めをしている――。

いやいやいやいやいやっ、とディックは即座に否定した。これは何かの間違いだ。ユウトが浮気なんて考えられない。そんなことをする男じゃない。

「俺は反対だな。打ち明けたほうがいいよ。それでディックが怒ったとしても嘘《うそ》はよくない」

「俺だって嘘なんか嫌だよ。でもディックにはどうしても知られたくないんだ。頼むよ、ロブ」

「うーん。しょうがないな。そこまで言うなら俺は黙っているよ。ふたりの問題だしね。ところで話は変わるけど、この前、ヨシュアと出かけた時にさ――」

ふたりの会話はそこからロブののろけ話に変わったので、ディックはよろめきながら玄関に戻った。三分ほどその場に佇んで気持ちを落ち着かせてから、玄関のドアを大きく開けて強く閉じる。それから何食わぬ顔でリビングのドアを開け、「来てたのか、ロブ」と明るく声をかけた。多少、顔は引き攣《つ》っていたかもしれないが、どうにか笑顔はつくれた。

「やあ、ディック。お邪魔してるよ」

「おかえり。今日は早かったな」

ロブはディックが現れた途端、「これから講演会の打ち合わせがあるんだ」と言い、亭主の留守中に忍び込んだ間男のようにそそくさと帰っていった。ディックは咄嗟《とっさ》にあることを思いつき、ユウトに車に忘れ物をしたと告げて部屋を出た。

通路から下を覗《のぞ》くと、道路に向かって歩いていくロブの後ろ姿が見えた。全速力で駆け出し、猛スピードでロブを追いかける。

「待ってくれ、ロブ！」

路上に停めてあった車に乗り込みかけていたロブは、息を切らして追いかけてきたディックを見て目を丸くした。

「何？　どうしたの、そんなに慌てて。俺、何か忘れ物でもした？」

「いや、してない。聞きたいことがあって追いかけてきたんだ。実はさっきのふたりの話を、途中から聞いてしまったんだ」

ロブはギクッとした表情を浮かべ、「なんのことかな？」としらばっくれた。

「ユウトの相手は誰なんだ？」

どうしても抵抗があって、浮気という言葉は使えなかった。

「ええ?　それはその、あれだよ。誰って聞かれても、俺だってよく知らないっていうか」

ロブはしどろもどろで誤魔化し始めた。普段あれだけどうでもいい無駄口を叩《たた》くせに、肝心なことはなぜ言わないんだっ、と怒りが湧《わ》く。

「ロブ、頼む。教えてくれ」

「ディック、悪いけどこの件に関しては、俺からは何も言えない。勝手に話してユウトに恨まれたくないんだよ。許してくれ」

ディックにとって生きるか死ぬかという大問題だというのに、ユウトに嫌われたくないという理由であっさり拒否された。逃げるように車に乗り込もうとするロブに腹が立ち、「ひどいじゃないかっ」となじった。ロブは無情にもドアを閉めてロックし、三分の一だけウインドウを下ろした。

「本当にすまない。けど、君にも責任はあるぞ」

「俺に?　俺になんの責任があるって言うんだ?」

「ユウトが君に言えないのはなぜだと思う?　君はいつだってユウトのことになると、途端に冷静さを失ってしまう。他の男とどうこうなんて話、口が裂けても言えるわけがないじゃないか」

「他の男とどうこう……。ユウトが、他の男と、どうこう……」

「ほら見ろ。今にもマシンガンと手榴弾《しゅりゅうだん》で武装して飛び出していきそうな怖い顔だ。そういう君の反応が心配で、ユウトは言いたくても言えないんだ。大切な君に隠しごとをしなきゃならないユウトの苦しい気持ちも、少しは理解してやれよ。とにかく今は我慢だ、ディック。大きな態度でユウトを見守ってやれ。な？ ってわけで俺は急ぐから、じゃっ」

口早にまくし立ててロブは去っていった。ひとり残されたディックは呆然《ぼうぜん》としながら、遠ざかる車のテールランプを見送るしかなかった。

嘘だ。ユウトが浮気しているなんてあり得ない。これは悪い夢に違いない。

試しに頬《ほお》を思いきり叩いたら痛かった。そばを通りかかった老婦人に怪訝《けげん》な目で見られながら、ディックはしびれる頬をさすった。やっぱり現実か。なんてこった。

部屋に戻る気がせず、ディックはすぐそばにある公園に足を向けた。ベンチに腰を下ろしてひたすら考える。認めたくないがユウトは浮気した。その現実はひとまず事実として受け入れるしかない。そうでないと前に進めない。

ロブの言葉から察するに、ユウトの相手は男だ。女性ならまだよかった。もちろん誰が相手であっても嫌だが、もともとゲイではないユウトが女性にふらっとなびいてしまうのはまだ許せる。けれど男だと事情が違ってくる。安易に流されたわけではないだろうと推測できてしまうからだ。

ディック以外の男なんて無理だといつも言っているユウトが、男と浮気した。となると遊びではなく、本気で相手に惹かれていると考えるのが自然だろう。

ユウトをそこまで魅了した男は、一体どんな奴なんだ？

他の男に抱かれるユウトの姿を想像すると、嫉妬《しっと》と怒りで息が止まりそうになった。駄目だ、冷静になれ。またスーハースーハーと深呼吸を繰り返し、熱くなる感情をクールダウンさせる。

——君にも責任はあるはずだ。

去り際にロブが残した言葉が耳に蘇った。ユウトが秘密にするのは、ディックのせいだというロブの指摘もショックだった。

ディックがユウトに対して心配性で嫉妬深いのは、紛れもない事実だ。そんなことは指摘されなくても、ディック自身が嫌というほど自覚している。けれど、まさかそのせいでユウトが重大な裏切りを、言いたくても言い出せないでいるとは思いもしなかった。

『相手のところに乗り込んで、一発くらいはお見舞いするかも。だから絶対に秘密にしたい』

ユウトの言葉を思い出し、今になって気づいたことがあった。ユウトが心配しているのは浮気相手のことなのだ。怒ったディックが危害を加えないかを気にしている。

そんなにその男のことが好きなのか……？

もしかしたら俺は捨てられてしまうのだろうか。これから先の人生を、ユウトなしで生きていかなきゃならない。想像するだけで絶望に襲われて、目の前が真っ暗になる。

無理だ。ユウトを失うなんて絶対に耐えられない。

しばらく残業はできない。定時で帰らせてほしい。

そう頼んだら社長のブライアンに理由を問われたので、「俺の人生を左右する重大な問題が起きたからです」と答えた。ブライアンはそれ以上詮索せず、「そうか。頑張れ」と励ましてくれた。話のわかる男がボスだと助かる。

いろいろ考えた結果、浮気には気づいていないふりをすると決めた。理由はいろいろあるが、一番はユウトの真面目な性格を考慮してのことだ。ディックが気づいていると知れば、最悪な場合、罪悪感から別れを切り出してくることも考えられる。頑固なユウトは一度言いだしたら、なかなか折れない。ことを荒立てないほうが得策だ。

それにまだどういう状況かよくわからない。相手とすぐ別れる可能性もないとは言い切れない。そうなった時、ディックは何も知らないと思わせたほうがユウトも気が楽だろう。

ロブには腹を立てたが、あとから感謝しなくてはと思った。お前にも責任があると言われて、やっと自分を律することができた。あの言葉がなかったら、尋問するようにユウトを問い質していただろう。挙げ句、怒りのままに裏切ったと強く責め、取り返しがつかないほどユウトを追いつめてしまったかもしれない。

ユウトを失いたくないのなら、そんな真似は絶対にすべきではない。戦闘における作戦展開と同じように、冷静かつ慎重に対処しなければ——。

「今日は帰りが遅くなる。夕食は先に食べててくれ」

出勤前、いつものように玄関で行ってきますのキスをしたあとで、ユウトが言いだした。何げない口調だったが、ぴんとくるものがあった。

「仕事が大変なのか?」

「え? ああ、まあな。他部署の応援なんかも任されていろいろ面倒だよ。でも忙しいのはいつものことだしな。行ってくる」

ユウトがいなくなってから、ディックは足もとに座っているユウティに話しかけた。

「なあ、ユウティ。今のは明らかに動揺を隠そうとしていたよな?」

ユウティはディックを見上げ、「クゥーン」と小さく鳴いた。

「やっぱりお前もそう思うか。あれは匂うぞ。仕事が終わってから、浮気相手と会うつもりかもしれない」

だとしたら相手がわかるチャンスだ。どうする? ユウトを尾行して相手を突き止めるか? CIA仕込みの尾行技術をもってすれば難しいことではない。

だが相手が誰かわかってしまえば、本当に暗殺してしまいそうな気がしたので断念した。相手の男に怒りを向けるのではなく、自分の不甲斐《ふがい》なさを恥じるべきだ。ユウトの気持ちをしっかり繋《つな》ぎ止めておけなかった、自分にこそ一番の問題がある。

千々に乱れる懊悩を胸の奥に押し込め、ディックは黙々と洗濯や掃除に精を出した。午後からは買い物に出かけ、食材や日用品を買って帰宅した。切れていた廊下の電球を取り替え、取れかけていたユウトのシャツにボタンを縫い付ける。裁縫は苦手なので、針で何度も指を刺してしまった。

夕方になるとユウティの散歩に出かけ、帰ってから夕食の支度を始めた。料理はまずまずの出来だったが、ひとりで食べる食事は嫌になるほど味気なかった。

ユウトが帰宅したのは十時頃だった。疲れた表情をしているので、本当に仕事だったのかと思いかけたが、お帰りのキスをした時、ユウトの匂いではない香りが鼻孔を掠《かす》めた。シトラス系、おそらくマンダリンだ。浮気相手のつけている香水だろう。移り香に狂おしい嫉妬を覚えたが、どうにか平静を装い、「夕食は食べたのか？」と尋ねた。

「まだだ。先にシャワーを浴びてくるよ」

どこかげっそりした様子でユウトは浴室に消えた。マンダリンの男と会ってきたはずなのに、食事はまだだと言う。会うなり盛り上がってベッドインしたから、食べる暇などなかったということか。

「……っ」

悲しくて悔しくてテーブルを思いきり叩くと、ユウティが大きな音にびっくりして飛び上がった。怒りの気配を察したのか、ディックの様子を離れた場所から不安げに窺《うかが》っている。

「驚かせたか。すまん、ユウティ」

ユウティの前にしゃがんで頭を撫《な》でた。本当は今すぐにでもユウトのところに行って「俺よりそいつのほうが好きなのかっ？」と問い詰めたくて仕方なかった。知らないふりをすると決めたはずなのに、ユウトの本心を知りたくて気が狂いそうだ。

けれど、一度口火を切ってしまえば後戻りできなくなる。きっと感情的になるだろう。そうなった時、カッとなってユウトを傷つける言葉を口にしてしまうかもしれない。

ディックは過去に何度もユウトを傷つけてきた。だからこそ、もう二度とユウトを悲しませないと誓った。冷静さを保つ自信がないなら、やはり今は黙っているべきだ。

ロブも言っていた。今は我慢だ、大きな態度でユウトを見守ってやれと。あれは都合のいい解釈をするなら、ユウトは浮気をしているがディックと別れるつもりはないという意味にも取れる。

ユウト自身、自分の過ちをどうにかして正そうと、足掻《あが》いているのかもしれない。マンダリン男ではなく、最後は自分を選んでくれると信じて待とう。どれほど辛くても耐えて待つんだ。

「クゥーン……」

困惑するような小さな鳴き声が耳に入り、ハッと我に返った。気がついたらユウティを強く抱き締めていた。ディックは慌ててユウティを解放した。

毎日、ユウトより早く帰って夕食をつくり帰宅を待った。ユウトは遅い帰りが続いている。いつもマンダリンの香りがするので、きっとマンダリン男との逢い引きを重ねているのだろう。ユウトも苦しんでいるような気配があった。冴えない表情を浮かべることが多く、ディックに向ける笑顔もどこか無理しているように見える。

きっとユウトは自分のもとに帰ってきてくれる。そう信じて待つしかない状況に身を置きながら、ふと思い出したのは、ふたりがまだ離ればなれだった頃の記憶だ。あの頃のユウトの辛さに比べれば、自分の味わっている苦痛などたいしたことはない。何度もそう言い聞かせ、ディックは変わらない態度でユウトに接し続けた。

土曜日の夜、ユウトは久しぶりに早く帰宅したというのに、ディックは会社から持ち帰った事務作業があり、夕食後に自分の部屋でパソコンと向き合う羽目になった。ブライアンのディックに対する信頼は強まる一方で、最近は社員の管理や警備派遣のシフト組みまで任されている。頼りにされるのは嬉《うれ》しいが、仕事が増えるのはまったく嬉しくない。

二時間ほどかかってやっと終わり、リビングに戻った。ユウトはソファに座ってテレビを見ていた。ワインを飲みながら熱心に見ているのは、『マディソン郡の橋』だった。クリント・イーストウッドとメリル・ストリープが共演した有名なラブロマンス映画だ。ディックも昔、見たことがある。

　アイオワ州の田舎町に住む主婦が、その町に訪れたカメラマンと出会い恋に落ちる。お互いにこれこそが本物の愛だと思うが、主婦は家族を捨てられず、カメラマンはひとり去っていく。ふたりはたった四日間の恋を胸に秘め、その後の人生を生きていく。

　大ヒットした映画だが、ディックにはどこがいいのかまるでわからなかった。不倫を美化しすぎではないか。ふたりの愛に感動する以前に、妻の裏切りを知らずに死んでいった夫が気の毒でならない。

　ユウトは映画を見ながら、鼻をすすっていた。よく見ると泣いているではないか。ディックは静かに隣に腰かけ、クリネックスの箱をユウトに差し出した。ユウトは照れ臭そうに引き抜き、鼻をかんだ。

「お前が恋愛映画を見るなんて珍しいな」

「テレビつけたら、たまたまやってたんだ。クリント・イーストウッドが好きだから見始めたら、結構面白くてさ」

「鼻が赤いぞ」

　からかうように鼻先を指で触ったら、ユウトは気恥ずかしそうにディックの手を払いのけた。

「俺も前に見たけど、そんなに泣ける映画だったか？」

「泣けるよ。深く愛し合ってるのに諦めなくちゃいけないところとか、やっぱり切ないじゃないか。不倫はいけないことだけど、報われなくても相手を純粋に想い続けるっていいよな」

ユウトの率直な感想を聞いて、胸が軋《きし》むように痛んだ。もしかしてヒロインに自分の姿を重ねて見ていたのだろうか？

マンダリン男のことをどんなに好きでも、ディックがいるから別れなくてはいけない。そういう気持ちがあるから、別離を選んだヒロインに強く感情移入してしまったのではないのか。

「ああ、そうだ。明日は急に仕事になったんだ」

ユウトがすまなそうに切り出した。日曜でも出勤することはあるが、明日は仕事で出かけるのではないと感じる。ユウトの嘘はなんとなくわかるのだ。

またマンダリン男か。仕事帰りに会っているのに、休みの日までそいつと一緒にいたいのか。ユウトとそいつは、この映画の主人公たちのように深く愛し合っているのだろうか。だとしたらディックこそが女房の浮気にも気づかず、円満な夫婦だと思い込んで死んでいった気の毒な亭主そのものだ。

ユウトの心はもう自分にはない。その想像はディックから瞬く間に冷静さを奪った。嫌だ。ユウトを失いたくない。誰にも渡したくない。それしか考えられなくなり、咄嗟にユウトを強く抱き締めていた。

「ディック……？」

突然の強い抱擁に驚いたのか、ユウトが不安そうな声を出す。

「どうしたんだ？　そんなに強く抱いたら苦しいよ」

なだめるように背中をさすられた。まるで子供をあやす母親のような態度だと思ったら、男扱いされていない気がして苛立《いらだ》ちが湧いた。

ユウトの顔を両手で挟み、強引に口づけた。噛《か》みつくような勢いで唇を重ねて、中に入り込む。熱い舌を絡め合うことでユウトの変わらぬ愛を確かめたいと思ったのに、それは叶《かな》わなかった。

「ん……ディック、やめろよ……っ、急にどうしたんだ？」

ユウトは顔を背けてディックから逃げた。乱暴なキスを嫌がっただけかもしれないが、今のディックには自分を拒絶されたとしか思えず、頬を張られたような気分になった。

――もう俺に触れられるのは嫌なのか？

そう言いそうになるのを必死で我慢し、「悪かった」と謝って身体を離した。

「謝らなくていいけど。……何かあったのか？」

「何もない。泣いてるお前が可愛《かわい》くて、めちゃくちゃにキスしたくなっただけだ」

軽い口調で言うと、ユウトはほっとした表情を浮かべた。

「ディック。このところ忙しくて、家のこととか任せっぱなしだったろ？　本当にごめん。悪いと思ってる。明日で抱えていた仕事が一段落する。来週からは早く帰れるはずだから、俺も頑張るよ」

そう言って微笑《ほほえ》む顔は、以前より儚《はかな》く見えた。理由はすぐわかった。ユウトは痩せた。そのせいで頬の肉が落ちて、弱々しく感じてしまうのだ。

「無理しなくていいんだ。でもお前が早く帰ってきてくれるのは嬉しいよ。……シャワーを浴びてくる」

ユウトの頬に軽いキスをして立ち上がった。浴室へ向かいながら、さっきのユウトの言葉について考える。ユウトはもしかしたら明日のデートを最後にして、マンダリン男とはもう会わないつもりなのだろうか？　明日を別れの日だと決めていたから、この数日間は毎日のようにデートを重ねていた？

もしそうなら来週から平穏な日々が戻ってくる。ユウトとの穏やかで幸せに満ちた、優しい日々が——。

シャワーの湯に打たれながらそこまで考えたが、それはあくまでも自分にとっての幸せだと気づいた。ユウトは違うだろう。別れたあともマンダリン男のことを想い続けるのかもしれない。あの映画のヒロインのように。

シャワーを終えてリビングに戻ってくると、ユウトはソファに横たわって眠ってしまっていた。抱き上げてベッドまで運んでやろうとしたが、思いとどまった。触れたら欲しくなる。求めればユウトは応じてくれるかもしれない。だがディックは抱きながらユウトの本心を推し量ってしまう。本当は嫌なのではないか。別の男のことを考えているのではないか。そんな虚しいセックスはしたくない。

ユウトの身体に毛布をかけてやり、明かりを消して自分の部屋に入った。ベッドに寝転がりながら考える。ユウトと一緒に生きることはディックの最高の喜びであり、幸せそのものだ。だがユウトは違っていたら？　他の誰かと一緒に生きていくことが本当に幸せだとしたら？　ユウトを愛している。誰よりも深く。自分の命を投げ出してもいいと思うほど真剣に。自分ほど強くユウトの幸せを願う人間はいないはずだ。

――だったらお前が身を引くべきじゃないのか？

ディックは顔を両手で覆った。嫌だ。ユウトと別れたりできない。彼を失えば心が死ぬ。だがこのままでは、自分がユウトを不幸にしてしまう。愛しているという自分の気持ちは、しょせんエゴイスティックな感情なのかもしれない。

目の前に究極の選択がある。自分の幸せを優先させるのか、それとも愛する人の幸せを優先させるのか。本当に愛しているなら、ユウトの幸せを叶えるべきではないのか。

かつてコルブスを追っていた頃、ユウトは自分がどれだけ辛くても、ディックが再び人生の中に光を取り戻せるよう、それこそ命がけで追いかけてきてくれた。ディックの幸せだけを願い続けてくれた。

一度は死んだも同然だったディックに、生きる希望と喜びを与えてくれたのはユウトだ。そんな相手を自分のエゴで不幸にしてもいいのか？

　ユウトがくれたたくさんの幸せについて考えているうち、ディックの目には涙が浮かんできた。それは最愛の人を失うかもしれないという悲しみの涙ではなく、ただただユウトという男が愛おしくてたまらないがゆえの涙だった。


「で、相談したいことって何？　悪いけど、あんまり時間がないから手短に頼むよ」

　ヨシュアと一緒にやって来たロブは、ダイニングテーブルの椅子に座るなり尋ねてきた。なんでもこれから用事があるらしい。無理を言って立ち寄ってもらった手前、無駄に時間を取らせるわけにもいかず、ディックはさっそく本題に入った。

「ユウトと別れることにしたんだ。ふたりには真っ先に報告したかった」

　ロブはあんぐりと口を開き、普段、滅多に表情を変えないヨシュアまでが瞠目している。

「それで俺がいなくなったあと、ふたりにはユウトを支えてやってほしいんだ。頼めるか？」

「ちょ、ちょっと待ってくれよ、ディック！　君は突然、何を言い出すんだ？　変な冗談はやめてくれ」

　ロブの言葉に俺は首を振った。

「冗談なんかじゃない。本気で言ってる。これからも友人としてユウトのことを見守って――」

「ストップ！　ちょっと待ってくれないかっ。本当に本当に本気なのか？」

「ああ、そうだ。本気で言ってる」

「ディック、理由を教えてください。あなたはユウトのことを誰よりも愛しているはずです。なのに、なぜ別れるなんて言うんですか？　一体ふたりに何があったんです？」

ヨシュアが食い入るような眼差しで尋ねてきた。

「……ユウトのためを思っての判断だ。俺さえ身を引けば、ユウトはマンダリ――いや、今つき合っている男と一緒になれる」

「なんですって？　じゃあ、ユウトは浮気をしているんですか？」

信じられないという表情でヨシュアは眉根《まゆね》を寄せた。

「ああ。だがあれは浮気じゃなく本気の恋だ。ユウトの最近の様子を見ていればわかる」

「ディック！　頭がどうかしちまったのか？　ユウトが浮気なんてするはずないだろうっ。彼はそんな男じゃないぞ」

ロブが怒ったように反論してきた。何を言ってるんだと怪訝に思いながら、ディックはロブをにらみつけた。

「今さらしらばっくれなくてもいいだろう。先週、ここでユウトから浮気の相談を受けていたくせに。俺にも言ったじゃないか。他の男とどうこうなんて話、ユウトは口が裂けても俺に言えるわけがないって」

ロブは口をぱくぱくさせていたが、不意に大きく頭を振って「違うんだ！」と叫んだ。

「あれはそういう意味じゃないんだ。全部誤解だよっ」

「ロブ、安心しろ。ユウトには君から聞いたなんて絶対に言わないから。俺はユウトの浮気にはいっさい気づかず、ただここでの暮らしが嫌になって勝手に出て行ってしまった。そういうことにしておいてほしい。でないとユウトは罪悪感を覚えて、マンダ——相手の男と一緒になれないだろう。俺はひとまず今日中に荷物をまとめて、ユウトが帰ってくるまでに出て行くから——」

「だから違うんだって！　ユウトは浮気なんかしてないっ。この前、ここで話していたのは、そういうんじゃないんだよ。ユウトが君にどうしても秘密にしたかったのはダンスだっ」

ロブが口を閉じると、部屋の中は五秒ほど静まり返った。

「……ダンス？」

「そう、ダンスだよ！　ダンスをどうしてもディックに見られたくないって言うから、俺は内緒にすることを了承したんだ。ねえ、ヨシュア？」

急に同意を求められたヨシュアは、「ええ」と頷いた。

「今日のダンスはディックには絶対に秘密にしたいから、私にも黙っているようロブ経由でユウトから頼まれていました」

「今日のダンスってなんの話だ？　ユウトはどこかで踊るのか？」

浮気の話をしていたのにダンスにすり替わった。まったく話が飲み込めない。

ロブは「そうなんだよ」と大きく頷いた。

「これから高校の体育館でロス市警主催のチャリティーダンスイベントがあるんだ。オープニングではロス市警のダンスチームが踊ることになってる。ユウトはその一員なんだ」

「それはとても名誉なことじゃないか。なぜ俺に隠す必要がある?」

ロブとヨシュアは困ったように顔を見合わせた。なんだ? ふたりは何を戸惑っている?

「こうなったらディックも一緒にダンスイベントに行こう。説明するよりそのほうが早い」

腕時計を見ながらロブは立ち上がった。

「百聞は一見にしかずだ。踊るユウトを自分の目で見れば、秘密にしたがった彼の気持ちも理解できるだろう」


体育館の中央付近にぞろぞろと集まってきたのは、スパンコールが装飾された派手なミニドレスをまとったダンサーたちだった。全部で二十名ほどいるだろうか。

遠目で見るときらびやかな美々しい集団だが、近づけば全員がたくましい男だとわかる。筋肉質の腕や足が剝《む》き出しだ。

ウイッグを被《かぶ》って濃いメイクをした女装のダンサーたちに、周囲から歓声が上がる。もちろん笑いも混じっている。

音楽が始まった。去年大ヒットした女性シンガーの歌だ。可愛いダンサーたちが街中で楽しく踊るミュージックビデオが受けて、何かと話題になった。

軽快なリズムに乗って、女装ダンサーたちが身体をくねらせて踊り始める。どうやらミュージックビデオの踊りを摸しているようだ。相当に練習したのだろうと思わせるいい動きで、観客が口笛で囃《はや》し立てる。明るいダンサブルな曲だから、みんな手拍子したり足踏みしたりしてどんどん盛り上がってきた。

曲の中盤で他のメンバーよりほっそりしたダンサーが、集団の前に出てきた。ソロパートらしい。ボブヘアのウイッグを被ったダンサーは、かなり上手い踊り手だった。リズムの取り方もステップも秀逸だし、腰のくねらせ方がなかなかセクシーだ。

最初は純粋に踊りに見とれていたが、ある瞬間、ハッと気づいた。あの足のラインには見覚えがある。ディックは隣にいるロブに顔を向けた。

「ロブ、まさかあれって……」

「そのまさかだよ。あそこでセクシーに踊っているのは、君の恋人だ」

耳もとで囁《ささや》かれ、ディックは呆然となった。あの美女がユウトなのか？　まるで別人だ。

そういえば学生時代、ダンスをやっていたと聞いた覚えがある。だがこれほど本格的に踊れるとは思いもしなかった。

「お、ユウトの浮気相手のお出ましだぞ」

面白がるような口調でロブが耳打ちしてきた。右端から女装していない男がステップを踏みながら出てきた。こちらはひと目でプロ級だとわかるダンサーだった。動きのキレが違う。にやけた顔をした男はユウトと並んで踊りだした。息の合った激しいステップに、観客は大喜びだ。途中からは腰を抱き、腕を取り、絡み合うダンスになり、一気にセクシーさが増した。見つめ合って踊るふたりに、ディックはギリっと奥歯を噛みしめた。

もう曲が終わるという直前、男はユウトを抱き上げ、頬にキスをした。もちろんこれも演出だ。それでもはらわたが煮えかえりそうになる。それまでにこやかに踊っていたユウトは芝居がかった態度で男の頬を叩くふりをし、退場していく。

追いかけようとする男の前に、女装ダンサーたちが警察官よろしく怖い顔で腕を組んで立ちはだかり、観客から大きな笑いが起こる。拍手喝采の中、ダンサーたちは引き上げていった。

「これでわかった？　ユウトは女装してダンスする姿を、どうしても君に見られたくなかったんだ。さらに言えば、他の男と親密に踊る姿は絶対に見せたくなかった。だって君がやきもちを焼いて怒るだろうからね。さあ、控え室に行こう」

体育館を出てロブに連れていかれたのは校舎の一階にある教室で、入ってみるとさっきの女装ダンサーたちと手伝いの関係者たちで、ごった返していた。

「ちょっと、ウイッグは乱暴に扱わないでよね！　あ、そこのお兄さん、タオルでこすったってメイクは落ちないわよ。ちゃんとコールドクリーム塗んなさい」

ひときわ元気な男がいた。ロブの友人のマーブだ。ゲイのヘアメイクアーチストで、何度も会ったことがある。

「やあ、マーブ。ヘアメイク担当お疲れさま。大変だったね」

「あら、ロブ。来てくれたのね。もう大変なんてもんじゃないわよ。熊にメイクしてるみたいな気分だったわ。……やだ、ディックもいたの？　ああん、相変わらずいい男ね！」

熱烈にハグされて「久しぶりだな、マーブ」と背中を叩いたが、ディックの目はユウトを探して辺りをさまよっていた。

いた。部屋の隅にユウトはいた。ペットボトルの水を飲みながら、誰かと話している。相手を見て、面白くない気分になった。あのにやけたダンサーだ。

視線を感じたのか、ユウトがこっちを見た。目が合った。ユウトは明らかにギョッとした表情になり、パッと背中を向けてしまった。

ディックはユウトに向かって足早に歩きだした。

「ユウト？　どうかしたのかい？」

急に壁を向いてしまったユウトを不審に思ったのだろう。にやけ男が肩に手を置いた。辛抱たまらずユウトの腕をグイッと摑《つか》んで自分のほうに引き寄せ、男から引き剝《は》がした。

「君、なんだい？」

突然割って入ってきたディックに、男は驚いた目を向けてきた。男からぷんぷん漂うマンダリンの香り。そうか、こいつがマンダリン男だったんだな、と納得した。浮気はしていなかったが、ユウトはこの男とダンスの練習を重ねていたのだ。

「失敬。俺はユウトの友人だ。彼に話があるんだ。……ユウト、一緒に来てくれ」

腕を掴んだまま廊下に出て、隣の空いていた教室にユウトを連れ込んだ。ユウトは壁にもたれて俯《うつむ》いてしまった。一度もディックの顔を見ようとしない。ばつが悪いというより、女装した姿を見られるのが恥ずかしくてたまらないといった表情だ。

「あんなにダンスが上手だとは知らなかった」

「……見てたのか?」

「全部見てた。最高によかった。あのにやけた男さえいなければ、もっとよかったがな」

ユウトは顔を上げて、「ひどいな」と苦笑を浮かべた。

「ジョージは今回のショーの振り付けとレッスンを、ボランティアで引き受けてくれたんだ。すごくいい奴なのに」

「いい奴でもお前に色目をつかう男は大嫌いだ」

頰を優しく撫でながら言った。ユウトはその手に自分の手を重ねて、「演出なのに」と小さく笑った。

「相当練習したんだろ?　だからずっと帰りが遅かったんだな」

「本当は他の奴がソロパートで踊るはずだったんだけど、そいつが足を捻挫して急遽《きゅうきょ》、俺が踊ることになったんだ。毎日仕事が終わってから猛レッスンでへとへとになった。でもなんとか無事に終わってほっとした」

本当に安堵《あんど》しているのだろう。リラックスした表情をしている。

「黙っててごめん。お前にこんな恥ずかしい姿、どうしても見られたくなくて内緒にしてた。結局、ばれちゃったけど。ロブの奴、あれだけディックには言わないでくれって頼んだのに、やっぱり喋《しゃべ》ったんだな」

ロブが悪いわけではないのだが、ここはひとまずそういうことにしておこう。

「それにしても、その格好はセクシーすぎるだろ」

網タイツの太ももを撫でながら囁くと、ユウトは赤い顔で「どこがだよっ」と言い返した。

「こんなの笑えるよ。俺の女装なんて気持ち悪いだけじゃないか」

「そんなことはない。ゲイの俺でもクラッとくるんだ。相当な色気だぞ」

「よく言うよ。俺は一刻も早く化粧を落としたいし、服だって着替えたい」

ユウトは自分の女装姿を、これ以上ディックに見られたくないらしい。スカートの中に手を入れたい誘惑を必死で抑えつけ、ユウトの額にチュッとキスをした。

「わかったよ。戻ろう。でもその前に携帯で写真を撮ってもいいか？」

返事は聞くまでもなかったが、当然ディックの頼みは即座に却下された。

ロブからは浮気を誤解したことや、その挙げ句、別れまで決意したことは、絶対にユウトに言わないほうがいいとアドバイスを受けた。確かにユウトにすれば痛くもない腹を探られたわけで、ディックの勘違いを聞かされたところで腹が立つだけの話だろう。

だがディックはユウトに呆《あき》れられても怒られても構わないから、自分の愚かさをさらけ出して謝罪したいと思った。謝らなくてはどうしても気が済まない。

だから帰宅したあと、シャワーを浴びてリビングに戻ってきたユウトをソファに座らせ、すべてを打ち明けた。最後まで聞き終えたユウトは、なぜか無反応だった。少し難しい顔つきで床を見ながら黙っている。

「ユウト、何か言ってくれ。怒ってるんだろう? 俺は本当に馬鹿な男だ。お前を信じ切れなかった。自分でも最低だと思ってる。腹の虫が治まらないなら、俺を殴ってくれても構わない」

言い募るディックに目を向けて、ユウトは「別に怒ってないよ」と首を振った。

「もとはと言えば隠しごとをした俺が悪いんだし。それにロブとの会話も途中から聞けば、確かに誤解させる内容だったと思う。状況的にディックが早合点したのは無理のない話だ。だから誤解はいいんだ。だってそういうのは、不幸な事故みたいなものだろう?」

ディックの勘違いは許すと言いながら、ユウトの表情に笑顔はない。

「でもやっぱり怒ってる。顔を見ればわかる」

「怒ってるんじゃなくて、お前の愛情が深すぎてすごく複雑なんだよ」

「え？」

まったく意味がわからず、「どういうことだ？」と尋ねた。ユウトは表情を曇らせてディックを見つめた。

「浮気を疑ったのに、お前は俺を問い詰めなかった。それどころか身を引こうとした。いつも俺なしじゃ生きていけないって言ってるお前がだ。俺を傷つけたくないっていう気持ちも、俺の幸せを願う気持ちも嬉しいけどさ、でもそういうの怖いよ」

「怖い？」

「ああ。全部ひとりで呑み込んで、俺に何も言わないまま結論を出すのって、俺にすればすごく怖いことなんだ。どんなに愛されていたって向き合えないんじゃ、俺の気持ちは行き場をなくしてしまう」

悲しげに曇るユウトの黒い瞳は、うっすら潤んでいた。

「だけど俺は自分の嫉妬深さが嫌いだ。自分のエゴでお前を傷つけるのは耐えられない」

「ディック、怖がらなくていいんだ。もし俺を傷つけたとしても、お前がその傷を癒やしてくれればいい。だからもう二度とひとりに戻ろうなんて思わないでくれ。辛くても苦しくても、いっぱい喧嘩《けんか》をしたとしても、一緒がいい。俺はお前と一緒にいたいんだよ」

ユウトはディックの手を握ると、指先にキスをした。言葉にならない熱い感情がこみ上げてくる。いつもこうだ。大きな愛情でユウトを包み込みたいと願っているのに、気がつけば自分がユウトの愛情に包み込まれている。

「長い人生を一緒に生きていくんだから、あんまり想像はしたくないけど、もしかしたらどちらかが間違いを犯すことだってあるかもしれない。でも黙って離れていくことだけはしないでほしい。それだけは絶対にしないって約束してほしい」

「わかった。約束するよ、ユウト」

見つめ合っているうち、自然と唇が重なった。甘いキスが止まらない。切ない吐息を漏らしながら舌を絡め合う。身体がどんどん熱くなってくる。

「なあ、ユウト」

キスの合間に囁くと、ユウトはディックの下唇を啄《ついば》みながら「何?」と囁いた。

「お前はどうなんだ？　もし俺が浮気していると知ったら——もちろんそれはお前の勘違いだが、その時はどう行動する？」

「そうだな。その時は浮気現場に乗り込んで、相手の男とお前に強烈なパンチを一発ずつお見舞いしてから、お前の首根っこを引っつかんで家に帰る。それから一晩中セックスして、お前にたっぷりいい思いをさせてやる」

予想しなかった答えに、思わず笑ってしまった。

「ものすごい飴《あめ》と鞭《むち》だ」

「それが一番いい男の操縦法なんだって。前にテレビでやってた。で、今夜はどっちが必要なんだ？　俺が浮気してるって誤解したお前にくれてやるのは鞭？　それとも飴？」

「できれば飴がいい。とびきりの甘い飴が」

ユウトは頷くように微笑んで、ディックの額にチュッと音を立ててキスをした。

「ユウト、もういい。そんなにしたら達《い》ってしまう」

さらさらとした感触の黒髪を撫でながら、ディックは訴えた。ユウトの性格そのもののようなひたむきなフェラチオに、ともすれば果ててしまいそうだった。

「達けばいい。俺の口の中に出してもいいのに」

ベッドの上でディックの股間に顔を埋めていたユウトは、頭を上げてそんなことを言った。長くディックのものをしゃぶっていたせいか、唾液に濡れた唇はいつもより赤くなっている。

この可愛い唇に自分のものを突き入れて、思う存分、腰を振ってみたい。そして喉《のど》の奥に放ってしまいたい。夢想にも似た激しい欲望を抑えつけながら、「今夜はいい」と答えた。ユウトが構わないと言ったとしても、苦痛を与えるようなセックスはしたくない。

「それより踊ってくれないか」

「え？」

「今日のダンスは本当にセクシーだった。俺の上でもあんなふうにいやらしく腰をくねらせて、踊ってくれ」

恥ずかしがって怒るかと思ったが、今夜は奔放な気分なのかユウトは冗談を返してきた。

「俺の悩殺の腰つきに興奮して、きっと五分ももたないぞ」

「だったら試してみよう。五分以内に俺を達かせられたらお前の勝ちだ」

「勝ったら何かご褒美でももらえるのか？」

ディックは少し考えてから、「別に何もないな」と答えた。ユウトは「なんだよ、それ」と笑いながらディックの腰に跨《また》がった。ディックのものに準備しておいたスキンを装着し、ローションを塗りつけながらも、まだ笑っている。

「まあいいや。お前とこうして抱き合える時間が、俺にとってご褒美みたいなものだから」

ユウトはそう言うと膝《ひざ》立ちになってディックのペニスを掴み、自分の奥まった場所へと導いた。窪みに先端を押しつけ、そっと腰を落としてくる。狭い入口に亀頭がぬぷっと呑み込まれ、ディックは低く呻《うめ》いた。内部の熱さと甘い締めつけに背筋が震える。

すべてを自分の中に収めると、ユウトはゆっくりと腰を動かし始めた。浅いピストンで上下に動き、慣れてくると前後に動いたり腰を回したりして、いろんな角度からディックの雄を責め立ててくる。

目を閉じて眉根を寄せるユウトは一見すると苦しそうだが、かすかに開いた唇がそうではないことを物語っていた。ディックを感じさせながら、同時に自分も快楽を追っている。没頭しているせいで、唇が勝手に開いてしまうのだ。

いつもきりっとしている口もとが、しどけなく開いたその表情に目が興奮する。時折、漏れる甘い声に耳が欲情する。もっと見たい。もっと聞きたい。

「ユウト、感じてるのか？　お前も気持ちいいのか？」

「……ん、いい。……気持ちいい」

腰をくねらせながらユウトが頷く。

「だったらもっと踊ってくれ。ほら、足を大きく開いて」

太股を摑んでそそのかすと、ユウトは素直に足を開いていく。膝が開くと自然と体勢が不安定になる。ディックは追い打ちをかけるように、ユウトの腰を後ろへと押しやった。倒れそうになったユウトが、咄嗟に後ろ手に腕をつく。

背筋をそらすような格好になり、結合部分がいっそう深くなった。ユウトは仰《の》け反《ぞ》るような姿勢が苦しかったのか膝を立てた。繋がった部分が丸見えになる。ディックの視線に気づいたユウトは、「馬鹿」と顔を歪《ゆが》ませた。

「見るなよ」

「見たい。なあ、動いてくれ。ほら」

下から突き上げると、ユウトは「ん」と鼻を鳴らし、また腰を使い始めた。ディックに見られていることが恥ずかしいのか、目を閉じて顔を背けている。そういう表情がまたそそるのだ。

「いい眺めだ。お前の可愛い口が、俺のペニスをうまそうにしゃぶっている」

自分の猛ったペニスがユウトの熟れたアナルに、ヌルヌルと出入りする様子はいやらしかった。引き込まれて目が離せなくなる。

「言うなって……っ、あ、ん、はぁ……っ」

快感に背中を押されているのか、ユウトは恥ずかしがりながらも腰を振り続けた。限界まで足を開き、ディックの雄を貪《むさぼ》る淫《みだ》らな姿はあまりに刺激的で、油断するとすぐにでも射精してしまいそうだった。

長く続けたいが無理のようだ。こうなったら最後のソロパートを頑張ってもらおうと思い、目の前で切なげに揺れているユウトのペニスを握った。軽く扱《しご》くとユウトは「あ、あ、あっ」と可愛い声を上げて首を振った。だがすぐに手を止める。

握るだけでの刺激では足りないはずだ。焦《じ》れたユウトは案の定、腰を振ることで後ろと前の両方の刺激を追い始めた。ユウトの漏らす先走りで、ディックの指はしとどに濡《ぬ》れた。

「すごいな。お漏らししたみたいに濡れてるぞ」

ディックの言葉責めにユウトは頭を打ち振った。恥ずかしいからやめろと目で頼んでる。いつもはやりすぎると逆効果なので下品な言葉は控えるのだが、今夜のユウトならむしろ興奮しそうだと踏んで続けた。

「気持ちいいんだろう？　前も後ろもぐちゃぐちゃだ。こんなにドロドロになって、いやらしい奴だな。俺のペニスがそんなに好きか。だったらもっと味わっていいんだぞ？　んん？」

言いながらユウトの手を摑み、自分のものを握らせた。その上から手を重ね、最初だけ一緒に扱いてやる。そのうちディックが手を離しても、ユウトは自分で扱き始めた。ディックのもので内部をかき乱しながら、自分のペニスを愛撫するユウトはたまらなく淫らで可愛かった。

「ディック、もう駄目だ……っ、ん、はぁ、達く……っ」

「俺も出そうだ。一緒に達きたいから、もっと激しく腰を振ってくれないか。……ああ、そうだ。そんな感じ。すごいな。なんていやらしいんだ。ああ、ユウト、本当にたまらない……」

律儀なユウトはディックのために、必死で腰を振っている。肉体の刺激もさることながら、ディックのために息を乱して一心不乱に律動をくり返す、ユウトの気持ちが嬉しくてたまらなくなった。

「ごめん、もう我慢できない……っ、ディック、達く……あ、くっ、もう……！」

小刻みに腰を振りながら自身のものを激しく扱き、ユウトは顎を上げて仰け反った。同時にペニスが弾けて白濁が噴き上がった。

ユウトのアナルが収縮するように締めつけてくる。吸い込まれるような甘美な快感に、ディックも欲望を解放した。低い呻き声をこぼしながら、ディックは最愛の男の中で果てる喜びを、じっくりと味わった。それは何度、体験しても感動的な瞬間だった。

「確かに悩殺の腰つきだったが、勝負は俺の勝ちだな」

後始末を終えてから、ぐったりしているユウトをベッドに横たえて言ってやった。

「ご褒美が欲しい」

「いい思いをしたくせに、そのうえご褒美まで要求するのか」

「そうだ。俺は強欲だからな。勝者へのご褒美っていえば昔から決まってる。美女のキスだ」

言いながらユウトに覆い被さると、「美女なんてどこにいるんだ?」と不思議そうな顔をされた。鈍い奴だと笑ってしまった。

「美女なら俺の目の前にいるだろ。網タイツの美脚が、まだ目に焼きついているぞ」

「なんだ、俺のことか。俺のキスなんて褒美にならないだろう」

ユウトは呆れたように笑ったが、すぐにディックの頭を引き寄せ、甘いキスを与えてくれた。

「明日からもう踊らなくていいんだって思ったら、すごい解放感だ」

「俺の上ではこれからも踊ってくれよ」

真面目な気持ちで言ったのに、ユウトに大笑いされた。ひとしきり笑ってからユウトはディックの額に自分の額を押し当てた。

「……昨夜、『マディソン郡の橋』を見て俺が泣いたのは、俺とお前の関係を重ね合わせていたからなんだ」

気恥ずかしそうにユウトが切り出した。

「俺たちの？」

「うん。あの映画の主人公たちは、深く愛し合っているのに別れを選んだだろう？　俺とお前も互いに勇気がなくて、一度はウィルミントンとＬＡで離ればなれに生きていた。もしお前がハガキを送ってこなかったら、もし俺がお前に会いにいっていなかったら、俺たちもあの映画のふたりみたいに、恋心をずっと胸に秘めたまま別々に生きて、二度と会うこともなく人生を終えたのかもしれないって思った。そんな人生を想像したら、すごく切なくなったんだ。同時に一緒にいられる今が、なんて幸せなんだろうって思った」

まさかユウトがそんなことを思って、あの映画を見ていたとは。ひどい誤解をした自分が本当に心底恥ずかしかった。

そんなディックの気持ちを察したのか、ユウトは優しく微笑んだ。

「お前があのビーチハウスで、ずっとひとりで暮らしている姿を想像したら、無性に切なくなって泣けた。胸が苦しくてたまらなかった。頼むから二度とひとりぼっちになるなよ、ディック。俺の隣がお前の生きる場所だ」

優しく、だが力強く言い切ったユウトに、返す言葉が見つからなかった。ディックはユウトを抱き締め、その温かな肌に顔を埋めながら、声もなく涙を流した。

# Lost without you（漫画版）

by 高階 佑

LosAngeles《ロサンゼルス》 Westlake《ウエストレイク》

ガチャッ
ユウト
昼飯《ひるめし》買《か》ってきたぞ
バタン
悪《わる》いな
ガサ ガサ
は――
いいかげん
車《くるま》の中《なか》で飯《めし》を食《く》う
のは飽《あ》きたぜ
早《はや》いところ あの女《おんな》
ホシに接触《せっしょく》して
くれねえかな

いいよなぁ
平日《へいじつ》の真《ま》っ昼間《ぴるま》に恋人《こいびと》とカフェでのんびりできるなんてよ
まったくだ
ユウトはつき合《あ》ってる彼女《かのじょ》と結婚《けっこん》とかしねぇの？
今《いま》のところ予定《よてい》はない
ふうん
彼女《かのじょ》に『そろそろ奥《おく》さんにしてよ』って言《い》い寄《よ》られないのか？
ないな
ありがたいことに結婚《けっこん》願望《がんぼう》はないみたいだし
……

ディック……?
どうしてこんな遠《とお》くのカフェに…?
今日《きょう》は家《いえ》でのんびりしているとばかり

ディック——？
なんだ？
誰《だれ》と話《はな》して
お
やっと出《で》てきたぞ

あ
あぁ
車《くるま》を尾《つ》けるぞ
気付《きづ》かれるな
了解《りょうかい》!
シュッ
ヴォーン
は…
ガチャン
ディック
ただいま……
ユウト……
帰《かえ》ったのか

ただいま
お帰《かえ》り
夕食《ゆうしょく》は？
食《た》べてきた……今日《きょう》は一日《いちにち》何《なに》をしていたんだ？
いろいろ頑張《がんば》ったぞ
ユウティの散歩《さんぽ》を一時間《いちじかん》だろ
それとシーツとベッドカバーの洗濯《せんたく》
床《ゆか》のワックスがけもしたし……
最後《さいご》にユウティを風呂《ふろ》に入《い》れてくたびれて寝《ね》ちまったんだ
へえ 本当《ほんとう》に頑張《がんば》ったんだな
他《ほか》には？
それで全部《ぜんぶ》だよ

――
シャワーを浴《あ》びてくるよ
ユウト
どうしたんだ？元気《げんき》がない
仕事《しごと》で何《なに》かあったのか？
なんでもないよ
ちょっと疲《つか》れただけだ
そうか…ならいいけど
無理《むり》はするなよ
ザー――

ディック――
どうして
嘘《うそ》をつくんだ？
あの男《おとこ》と
会《あ》っていたのは
俺《おれ》には秘密《ひみつ》にしなければ
ならないことなのか
――？
――詮索《せんさく》するのは
よそう
ディックが
言《い》いたくないと
思《おも》っているのなら
それは
俺《おれ》が聞《き》く必要《ひつよう》の
ないことなんだ
ディックにはディックの
考《かんが》えがある――

……チャック
よくわかってる
だが すぐには決《き》められないんだ
……違《ちが》う そうじゃない
考《かんが》える時間《じかん》が欲《ほ》しいだけだ
…そういう言《い》い方《かた》はやめろ
――ディック
いったいお前《まえ》に何《なに》が起《お》きているんだ……？

…ユウト
シャワー済《す》んだのか
ディック 喉《のど》が渇《かわ》いたから冷《つめ》たいものが飲《の》みたいな
ああ アイスティでいいか?
うん レモンも入《い》れてくれ

もし——
本当《ほんとう》に重大《じゅうだい》なことが
起《お》きているのなら
きっと自分《じぶん》から
話《はな》してくれるはず
——大丈夫《だいじょうぶ》だ
だから
ディックを信《しん》じよう
この平穏《へいおん》な生活《せいかつ》を
乱《みだ》すようなことは
絶対《ぜったい》に起《お》こったりしない
ずっとずっと
このまま
二人一緒《ふたりいっしょ》に——
LAPD《エルエービーディー》
ロサンゼルス市警察本部《しけいさつほんぶ》
よくやった!
ユウト デニー
必《かなら》ずあの女《おんな》のところに
連絡《れんらく》を入《い》れてくるだろう
という読《よ》みが当《あ》たったな

次《つぎ》のヤマも頼《たの》むぞ
報告書は月曜までに上げるように、
やっぱ外《そと》で飲《の》むコーヒーはうまいな――
あ――終《お》わった終《お》わった
悪《わる》いちょっと知《し》り合《あ》いがいた話《はな》して来《き》ていいか？
あぁいいぜ俺《おれ》は先《さき》に戻《もど》ってる

やあ ヨシュア
久《ひさ》しぶり
ガタ
……ユウト
こんにちは
おぉ
ユウトじゃないか
ブライアン
お久《ひさ》しぶりです
そろそろ
会《あ》いたいと
思《おも》っていたんだ
ビーエムズ・セキュリティ社長《しゃちょう》
ブライアン・ヒル
(ディックとヨシュアの雇用主《こようぬし》)
君《きみ》の気《き》が変《か》わって
我《わ》が社《しゃ》に来《き》てくれる
気《き》になった頃《ころ》じゃ
ないかと思《おも》ってね
変《か》わりませんよ

じゃあ いつ変《か》わるんだ? 待《ま》ってるんだから 早《はや》くしてくれなきゃ
ロス市警《しけい》を 定年退職《ていねんたいしょく》したら ぜひ雇《やと》ってください
つれないねえ
社長《しゃちょう》 私《わたし》はもう行《い》きます リンダがホテルで 待《ま》っているので
ガタン
ああ
リンダに私の名刺を渡してくれよ!
ユウト
今《いま》から仕事《しごと》なので 失礼《しつれい》します
日曜《にちよう》はネトの 送別会《そうべつかい》ですよね ロブの家《いえ》で お会《あ》いしましょう
ああ 楽《たの》しみに してるよ
カッ
カッ

クスクス
今日《きょう》のヨシュアは 格別《かくべつ》に男前《おとこまえ》ですね 映画《えいが》に出《で》てくる ボディガード みたいだ
だろう？
今日《きょう》は 女優《じょゆう》を警護《けいご》して レッドカーペットを 歩《ある》くんだよ
へえ
…そういえば ディックの奴《やつ》
もしかしたら 来週以降《らいしゅういこう》 しばらく 会社《かいしゃ》を休《やす》むかもしれ ないと言《い》ってきたが
旅行《りょこう》にでも 行《い》く気《き》なのか？
え……？
なんだ ユウトも聞《き》いて なかったのか？
恋人《こいびと》にも内緒《ないしょ》で 長期休暇《ちょうききゅうか》なんて
いったいどういう つもりなんだ？ ——

ガチャ・
バタン
ユウト ただいま
ディック
話《はなし》がある
今日《きょう》は早《はや》かったんだな
…どうした? やけに怖《こわ》い顔《かお》して…
いいから隣《となり》に座《すわ》ってくれ

…ディック
火曜日《かようび》の昼頃《ひるごろ》ウエストレイクのカフェにいただろ?
四十代《よんじゅうだい》くらいの男《おとこ》と一緒《いっしょ》だった——張《は》り込《こ》み中《ちゅう》に偶然《ぐうぜん》見《み》かけたんだ
ああ——
あれは昔《むかし》の友人《ゆうじん》だ
久々《ひさびさ》に会《あ》えないかって連絡《れんらく》があってな
……何《なに》を話《はな》していたんだ? すごく深刻《しんこく》そうなムードだった
お前《まえ》の勘違《かんちが》いだろう
昔《むかし》の思《おも》い出話《でばなし》に興《きょう》じていただけで別《べつ》に大《たい》した話《はなし》は——
ディック
お願《ねが》いだから嘘《うそ》はつかないでくれ
嘘《うそ》は嫌《いや》なんだ絶対《ぜったい》に——
ユウト……

今日《きょう》ブライアンに会《あ》った
お前《まえ》が長期休暇《ちょうききゅうか》を取《と》るかもしれないと言《い》っていた
それは カフェで会《あ》っていた男《おとこ》と関係《かんけい》のある話《はなし》なのか？
お前《まえ》の身《み》にいったい何《なに》が起《お》きてる……？
——わかった
言《い》うよ
全部《ぜんぶ》お前《まえ》に話《はな》す
——俺《おれ》が会《あ》っていた男《おとこ》の名《な》はチャック・ルイス
CIA《シーアイエー》のエージェントで俺《おれ》がコルブスを追《お》っていた頃《ころ》 サポートしてくれていた男《おとこ》だ
CIA《シーアイエー》……？とっくに縁《えん》が切《き》れたはずだろう
今頃《いまごろ》になってなぜお前《まえ》にコンタクトを？

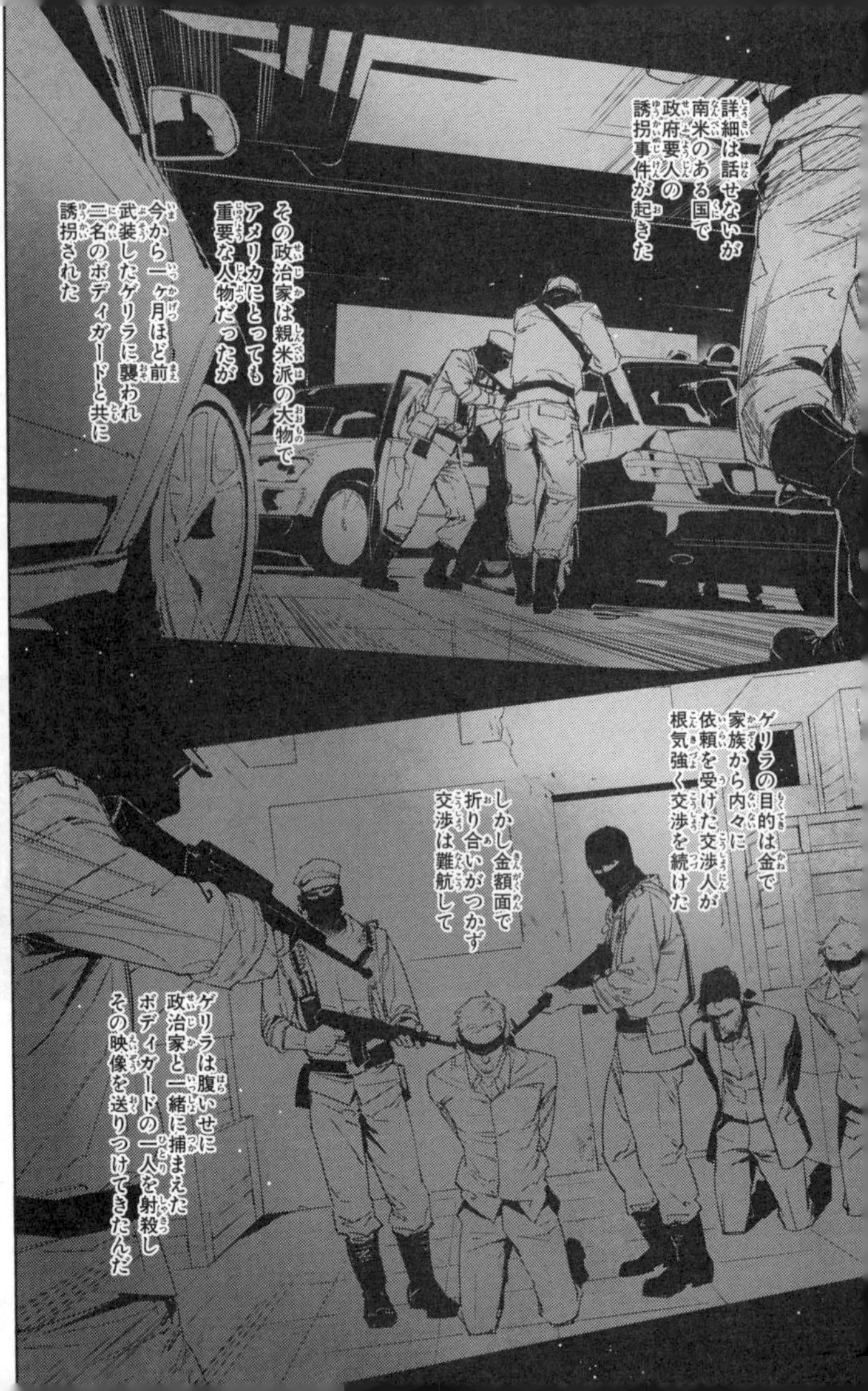
詳細《しょうさい》は話《はな》せないが
南米《なんべい》のある国《くに》で
政府要人《せいふようじん》の
誘拐事件《ゆうかいじけん》が起《お》きた
その政治家《せいじか》は親米派《しんべいは》の大物《おおもの》で
アメリカにとっても
重要《じゅうよう》な人物《じんぶつ》だったが
今《いま》から一《いっ》ヶ月《かげつ》ほど前《まえ》
武装《ぶそう》したゲリラに襲《おそ》われ
二名《にめい》のボディガードと共《とも》に
誘拐《ゆうかい》された
ゲリラの目的《もくてき》は金《かね》で
家族《かぞく》から内々《ないない》に
依頼《いらい》を受《う》けた交渉人《こうしょうにん》が
根気強《こんきづよ》く交渉《こうしょう》を続《つづ》けた
しかし金額面《きんがくめん》で
折《お》り合《あ》いがつかず
交渉《こうしょう》は難航《なんこう》して
ゲリラは腹《はら》いせに
政治家《せいじか》と一緒《いっしょ》に捕《つか》まえた
ボディガードの一人《ひとり》を射殺《しゃさつ》し
その映像《えいぞう》を送《おく》りつけてきたんだ

UNITED STATES
ARMY
その段階《だんかい》でやっと CIA《シーアイエー》が事件《じけん》を察知《さっち》し アメリカ軍《ぐん》と共《とも》に 政治家《せいじか》の救出作戦《きゅうしゅつさくせん》に 乗《の》り出《だ》すことになった
だが 何《なん》の協定《きょうてい》も 結《むす》ばれていない国《くに》に アメリカ軍《ぐん》は入《はい》れない
少人数《しょうにんずう》のチームを組《く》んで 隣国《りんごく》の国境《こっきょう》から ひそかに侵入《しんにゅう》し 密林地帯《みつりんちたい》を抜《ぬ》けて ゲリラの基地《きち》を襲撃《しゅうげき》し 力《ちから》ずくで政治家《せいじか》を 奪回《だっかい》するしか 方法《ほうほう》はないらしい
それで——?
CIA《シーアイエー》はお前《まえ》に 何《なに》を頼《たの》んで きたんだ?
案内《あんない》だ
チームに合流《ごうりゅう》して ゲリラの基地《きち》の 場所《ばしょ》を教《おし》える
それが 俺《おれ》の役割《やくわり》だ

デルタにいた頃《ころ》俺《おれ》はその国《くに》で長《なが》い間《あいだ》ゲリラと戦《たたか》った
当時《とうじ》その国《くに》の大統領《だいとうりょう》はアメリカ寄《よ》りで
俺《おれ》たちは反米《はんべい》ゲリラを一掃《いっそう》する仕事《しごと》を任《まか》されていたんだ
アメリカの目的《もくてき》は石油《せきゆ》のパイプラインだった
だが政権《せいけん》が交代《こうたい》してその国《くに》は反米《はんべい》に傾《かたむ》いた
パイプライン建設《けんせつ》は頓挫《とんざ》し俺《おれ》たちは帰国《きこく》した
…その時《とき》の経験《けいけん》を買《か》われてなのか？
あぁ
密林《みつりん》の道《みち》なき道《みち》を徒歩《とほ》で何日《なんにち》も進《すす》むしか術《すべ》がない
現地《げんち》のことをよくわかっている案内人《あんないにん》が必要《ひつよう》だ
……お前《まえ》じゃなくても他《ほか》に適任《てきにん》がいるだろう

当時《とうじ》 俺《おれ》と一緒《いっしょ》にゲリラと戦《たたか》ったデルタ隊員《たいいん》は八名《はちめい》
俺《おれ》のチームの他《ほか》の三人《さんにん》はコルブスに殺《ころ》された
もうひとつのチームの四人《よにん》はひとりが休暇中《きゅうかちゅう》に事故死《じこし》
一人《ひとり》はある作戦《さくせん》で片足《かたあし》を失《うしな》い退役《たいえき》
残《のこ》る二人《ふたり》は陸軍《りくぐん》を辞《や》めた後《あと》ある国《くに》で要人警護《ようじんけいご》の職《しょく》に就《つ》いた
…その政治家《せいじか》と一緒《いっしょ》に拉致《らち》された二人《ふたり》のボディガードがそいつらなんだ
……だからなのか……？
昔《むかし》の仲間《なかま》を助《たす》けたいからお前《まえ》はその国《くに》に行《い》こうとしているのか？

まだ行くとは決《き》めていない
返事《へんじ》は保留中《ほりゅうちゅう》だ
もし参加《さんか》するなら来週《らいしゅう》の水曜《すいよう》までに軍《ぐん》と合流《ごうりゅう》しなければならない
お前《まえ》に相談《そうだん》してから決《き》めようと思《おも》っていた
でもことがことだけになかなか切《き》り出《だ》せなかったんだ
……ユウト
こっちを見《み》てくれ

――断《ことわ》ってくれ
俺《おれ》は絶対《ぜったい》に嫌《いや》だ……！
お前《まえ》を危険《きけん》な目《め》に遭《あ》わせたくない
…俺《おれ》は戦闘要員《せんとうよういん》じゃないただの案内役《あんないやく》だ
作戦《さくせん》には陸軍《りくぐん》の精鋭部隊《せいえいぶたい》が参加《さんか》する
寄《よ》せ集《あつ》めのゲリラなんかにやられたりしない
どんなにすごい部隊《ぶたい》でも関係《かんけい》ない……
俺《おれ》はお前《まえ》を行《い》かせたくないんだ…… ……頼《たの》む…
――どうしても行《い》くっていうなら
俺《おれ》と……別《わか》れてからにしてくれ

……わかった
断《ことわ》るよ
だから
こっちを向《む》いてくれ

すまない ディック…
でも どうしても 無理《むり》なんだ……
わかってる
不安《ふあん》がらせて すまない
一番《いちばん》大事《だいじ》なのは お前《まえ》だ
だから 行《い》かないよ

ユウト
デザートのおかわりはどう？コーヒーは？
…………
…ユウト
はっ
——ごめん なに？
あ コーヒー もらうよ ありがとう
トーニャ
じゃあ その… 帰《かえ》るなら 送《おく》って行《い》くよ
気《き》をつけてね 二人《ふたり》とも
ええ
ロブ 今日《きょう》は 兄《あに》のために 本当《ほんとう》にありがとう お料理おいしかったわ
どういたしまして

バタン…
…パコはどういうつもりなんだろう
トーニャとはつき合《あ》えないって言《い》ったくせに
もう放《ほう》っておけ
パコだっていろいろ考《かんが》えているはずだ
ディックはいつもパコの肩《かた》を持《も》つ
肩《かた》を持《も》つとかそういうんじゃないだろ
お前《まえ》が口《くち》を挟《はさ》むとややこしくなるから放《ほう》っておいたほうがいいと言《い》ってるんだ
…なんだって?
俺《おれ》がいつふたりの関係《かんけい》をややこしくしたんだ?
言《い》ってみろよ

だいたい ディックはいつも冷《つめ》たいんだよ
心配《しんぱい》だから干渉《かんしょう》したくなるし黙《だま》ってもいられなくなる
そういう気《き》持《も》ちがわからないのか？
心配《しんぱい》でも見守《みまも》るだけのほうがいい場合《ばあい》もある
――もういいっ
…おいおい ユウト どうしたんだ？
何《なに》をそんなにムキになってるの？ 君《きみ》らしくないよ
………
声《こえ》を荒《あら》らげてすまない
――……悪《わる》いけど もう帰《かえ》るよ

バタン、
………
ごめん
ディック
俺《おれ》は
最低《さいてい》の男《おとこ》だ
何《なに》が？
ちょっと
喧嘩《けんか》したくらいで
そんなふうに
自分《じぶん》を責《せ》めることは
ないだろう
ちょっとじゃない
このところ
何度《なんど》もだ
あれから二日《ふつか》
些細《ささい》なことで
何度《なんど》もディックに
当《あ》たってしまう
どうしてこんなに
落《お》ち着《つ》かないんだろう
ディックは何《なに》も
悪《わる》くないのに——
ブォン

ティックはあれから一度《いちど》もあの話《はなし》を持《も》ち出《だ》してこない
…きっと本当《ほんとう》に断《ことわ》るって決《き》めたんだ
俺《おれ》が引《ひ》き止《と》めたから
俺《おれ》のために――…
ズキン

……ディック
七月四日《フォース・ジュライ》は
どこで
花火《はなび》を見《み》る？
ロブが
予定《よてい》がなければ
この前借《まえか》りた
レドンドビーチの
ビーチハウスに
また一緒《いっしょ》に
泊《と》まらないかって
言《い》ってたけど
いいな
あの家《いえ》からなら
ビーチの花火《はなび》も
よく見《み》えそうだ
『──ほら
始《はじ》まったよ
花火《はなび》』

来年《らいねん》の今頃《いまごろ》は きっと
ディックと 一緒《いっしょ》に――
…ディック
約束《やくそく》して くれないか
――今年《ことし》の 花火《はなび》は絶対《ぜったい》に 一緒《いっしょ》に見《み》るって

え?
約束《やくそく》なんてしなくても当然《とうぜん》だろう?
いいから言《い》ってくれ
……?
…わかったよ
約束《やくそく》するって
今年《ことし》の独立記念日《どくりつきねんび》の花火《はなび》はユウトと一緒《いっしょ》に見《み》る
絶対《ぜったい》だ
約束《やくそく》する
——…

…わかった
だったら行《い》ってこいよ
俺《おれ》はお前《まえ》が無事《ぶじ》に帰《かえ》ってくるのを待《ま》ってるから
ユウト…？
仲間《なかま》を助《たす》けてこい
ギッ

……ユウト
なぜ……？
…俺《おれ》が止《と》めてなかったらお前《まえ》は迷《まよ》わずに行《い》くと決《き》めたはずだ
俺《おれ》はお前《まえ》に後悔《こうかい》をさせたくない
だから――
もし作戦《さくせん》が失敗《しっぱい》したらディックは自分《じぶん》を責《せ》めるだろう
もういいんだ
ディックにはこれ以上《いじょう》重荷《おもに》を負《お》わせたくない――
…………
…本当《ほんとう》にいいのか？

ああ
お前《まえ》だって いつも俺《おれ》を 笑《わら》って送《おく》りだして くれるじゃないか
本当《ほんとう》は危険《きけん》な捜査《そうさ》に 携《たずさ》わってほしくないと 思《おも》ってるはずなのに…
俺《おれ》の生《い》き方《かた》を 認《みと》めて どんな時《とき》も 励《はげ》ましてくれる
だったら 俺《おれ》も お前《まえ》が望《のぞ》むことを 理解《りかい》して…
いつも
どんな時《とき》も ………
ユウト……

ディック……
絶対《ぜったい》に
絶対《ぜったい》に帰《かえ》ってきてくれ
お前《まえ》がいなきゃ駄目《だめ》なんだ……
俺《おれ》もだ
お前《まえ》なしじゃ本当《ほんとう》にどうしようもない
だから絶対《ぜったい》に戻《もど》ってくる
くそ――
ゴシ
泣《な》かないつもりだったのに…
お前《まえ》のことになると俺《おれ》の涙腺《るいせん》はすぐ崩壊《ほうかい》する
すまない

俺《おれ》はお前《まえ》を泣《な》かせてばかりで本当《ほんとう》にどうしようもないな……
でも俺《おれ》は何《なに》があっても帰《かえ》ってくる
一年前《いちねんまえ》ウィルミントンのビーチで誓《ちか》ったんだ
二度《にど》とお前《まえ》を悲《かな》しませないと——
何《なに》があってもお前《まえ》を守《まも》っていくと
だから俺《おれ》を信《しん》じてくれ

ああ――
信《しん》じるよ
信《しん》じ合《あ》う心《こころ》が ここにあるから
求《もと》める気《き》持《も》ちは 同《おな》じだから
別離《べつり》も不安《ふあん》も きっと乗《の》り越《こ》えていける
ディック
帰《かえ》ろう 俺《おれ》たちの家《いえ》に
ああ
ユウティも 待《ま》ってるしな ――

## <初出一覧>

Quirk of fate ～運命のいたずら～
……ドラマCD「DEADLOCK」ブックレット(2007年)

強き者、汝の名は女……バースデーフェア小冊子(2008年)

遠い夜明け……バースデーフェア小冊子(2007年)

Forked road ～分かれ道～
……ドラマCD「DEADHEAT」ブックレット(2008年)

Our footprint on the beach ～ふたりの足跡～
……ドラマCD「DEADSHOT」ブックレット(2008年)

Love begets love……全員サービス小冊子(2007年)

You mean a lot to me……全員サービス小冊子(2008年)

ヨシュア・ブラッドの意外な趣味
……バースデーフェア小冊子(2009年)

Day after day……バースデーフェア朗読CD(2010年)

I need a love that grows
……「DEADLOCK」番外編全員サービス小冊子(2009年)

Lost without you
……「DEADLOCK」番外編全員サービス小冊子(2009年)

Fall in love again……全員サービス小冊子(2009年)

Love me little love me long& 後日談漫画
……小説Chara vol.21 (2009年)

Midnight phone call……バースデーフェア朗読CD(2011年)

Never walk alone……書き下ろし

Lost without you 漫画版……小説Chara vol.23 (2011年)

この本を読んでのご意見、ご感想を編集部までお寄せください。
《あて先》〒105-8055 東京都港区芝大門2-2-1
徳間書店 キャラ編集部気付
「STAY DEADLOCK番外編1」係

2015年11月30日 初刷
2015年12月10日 2刷

著者 英田サキ
発行者 川田 修
発行所 株式会社徳間書店
〒105-8055 東京都港区芝大門2-2-1
電話 048-451-5960（販売部）
03-5403-4348（編集部）
振替 00140-0-44392

Chara
STAY DEADLOCK番外編1……【キャラ文庫】

印刷・製本 図書印刷株式会社
カバー・口絵 近代美術株式会社
デザイン 百足屋ユウコ＋中野弥生（ムシカゴグラフィクス）


ISBN978-4-19-900819-1

# キャラ文庫最新刊

## STAY《ステイ》 DEADLOCK《デッドロック》番外編1

英田サキ
イラスト✦高階 佑

ウィルミントンで再会後、L.A.で同居を始めた二人。ユウトは刑事として、ディックはボディガードとして新生活をスタートさせて!?

## 美しき標的

愁堂れな
イラスト✦小山田あみ

儚げな美貌の凄腕SP・卿《けい》は、某国の大臣の護衛を任される。そこに、警視庁刑事の小野《おの》島《じま》が現れ、「あいつは犯罪者だ」と言い放ち!?

## 初恋の嵐

凪良ゆう
イラスト✦木下けい子

箱入り息子の蜂谷《はちや》の家庭教師は、変わり者の同級生・入江《いりえ》!? 同じくゲイの入江は好みとは正反対だけど、だんだん距離が近づいて!?

## パブリックスクール―群れを出た小鳥―

樋口美沙緒
イラスト✦yoco

義兄のエドワードに、人目につくなと厳命されていた礼《れい》。けれど約束を破ってしまう。怒りに震えるエドに、礼は無理やり抱かれて!?

### 12月新刊のお知らせ

英田サキ　イラスト✦高階 佑　[AWAY《アウエイ》 DEADLOCK《デッドロック》番外編2]
遠野春日　イラスト✦嵩梨ナオト　[鼎愛―TEIAI―]
水無月さらら　イラスト✦みずかねりょう　[三度目はきっと必然(仮)]

12/18（金）発売予定